Kaffee mit Blut und Zucker

13. 9. 25

Dich Führer

DIRK FÜHRMANN

KAFFEE MIT BLUT UND ZUCKER

Roman

Bibliografische Information der Deutschen Nationalbibliothek:
Die Deutsche Nationalbibliothek verzeichnet diese Publikation in der
deutschen Nationalbibliografie; detaillierte biografische Daten
sind im Internet über dnb.dnb.de abrufbar.

Satz und Verlag:
BoD – Books on Demand GmbH,
In de Tarpen 42, 22848 Norderstedt

Druck: Libri Plureos GmbH,
Friedensallee 273, 22763 Hamburg

ISBN: 978-3-7597-5882-8

INHALT

GEBURTSTAGS-KAFFEE

Montag, 5. Mai 2008. Auf dem Grundstück steht ein großer Kastanienbaum, der bereits frische Blätter ausgetrieben und das vor kurzem noch etwas trostlos aussehende Gehölz in eine wahre Augenweide verwandelt hat. Der Vorbesitzer, der zurückgezogen und allein in dem Haus gelebt hatte, war unheilbar an Lungenkrebs erkrankt und hatte sich an einem Ast des Baumes aufgeknüpft.

Das jedenfalls erzählte die Nachbarin Frau Meinersen ihm, Heinrich Lichtenberg, dem seit einigen Jahren neuen Besitzer des Anwesens. Sie erblickte ihren früheren Nachbarn eines Morgens vom Fenster ihrer Küche aus in dem Geäst hängend und informierte die Polizei, die eine liegende Trittleiter, eine leere Weinflasche und einige Zigarettenkippen in der Nähe der Leiche fand.

Auf halbem Weg zwischen Kastanie und Wohnhaus wartet ein weiß angestrichener Pavillon, an dem stellenweise die Farbe abblättert, auf Besucher, die auf den Bänken in seinem Inneren Platz nehmen und von dort aus den Ausblick auf den etwas verwilderten, aber fantasievoll gestalteten Garten genießen.

Rund um den hölzernen Pavillon wurde ein Gartenteich

angelegt, der von Schilfpflanzen umsäumt ist und in dem sich einige Goldfische und Karpfen tummeln.

Eine kleine Brücke ermöglicht den Zugang über den Teich, der den Pavillon wie ein Burggraben umschließt.

Die Terrassentür der alten Villa steht offen. Das Telefon klingelt und ein älterer Herr mit grauen, kurz geschnitten Haaren nimmt den Hörer ab. »Lichtenberg!«

»Hallo, hier ist Manuela. Wie geht es dir Papa?«

»Hallo Manuela! Danke, es geht mir gut, und dir?«

»Mir geht es auch gut. Ich möchte dich für nächsten Sonntag zum Geburtstagskaffee einladen. Ich würde mich freuen, wenn du kommst. Wir haben uns ja schon einige Wochen nicht gesehen.«

»Natürlich komme ich. Ich werde doch den Geburtstag meiner einzigen Tochter nicht versäumen. Ich bin dann irgendwann am frühen Nachmittag da.«

»Prima! Also bis dann, mach es gut!«

»Ja, du auch, bis dann!«

Am Sonntagvormittag ist das Wetter sehr angenehm. Die Luft ist mild und trocken und nur ein paar kleine Wölkchen zieren den ansonsten strahlend blauen Himmel.

Heinrich Lichtenberg, der in der Stadt Braunschweig wohnt, ist mit seinem Auto auf der Landstraße unterwegs zu seiner Tochter.

Einige Rehe verstecken sich im Gebüsch neben der Straße, während sich das Auto von Lichtenberg nähert. Als er bis auf zehn Meter an die Tiere herangekommen ist, springen diese plötzlich aus ihrer Deckung und laufen über die Straße. Er macht eine Vollbremsung und drei Rehe können unbehelligt die Fahrbahn überqueren. Aber das letzte wird voll von dem Auto erfasst. Lichtenberg stellt die

Warnblinkanlage an, steigt aus und geht zu dem Tier vor seinem Auto. Es rührt sich nicht mehr und Blut läuft aus seinem Maul. Dem Reh ist offensichtlich nicht mehr zu helfen. Lichtenberg ist wütend über sich, weil er einen Moment lang unkonzentriert war. Wäre er etwas aufmerksamer gewesen und langsamer gefahren, hätte er den Zusammenstoß vermutlich verhindern können, und das bedauernswerte Geschöpf könnte sich weiter seines Daseins erfreuen. Er fragt sich, ob die anderen Rehe den Tod ihres Artgenossen ähnlich betrauern wie Menschen, wenn sie einen Angehörigen oder Freund durch einen Unfall verlieren, oder ob sie sein Dahinscheiden einfach nur zur Kenntnis nehmen.

Der Schaden an dem Auto ist nur gering und eine Reparatur wohl nicht nötig. Lichtenberg zieht das tote Tier von der Straße, ruft mit seinem Mobiltelefon die Polizei an und schildert den Vorfall, damit diese den zuständigen Jäger, oder wen auch immer, informieren kann und das verstorbene Reh abgeholt wird. Er zündet sich eine Zigarette an.

Am frühen Nachmittag trifft Lichtenberg bei seiner Tochter ein. Sie wohnt mit ihrer sechsjährigen Tochter in einem Einfamilienhaus am Stadtrand von Gütersloh. Sie begrüßen sich herzlich und umarmen sich. Lichtenberg sieht seiner Tochter lächelnd in die Augen, während er ihre Schultern mit seinen Händen umfasst.

»Ich wünsche dir alles Gute zum Geburtstag, mein Liebes!«

Ihm fällt das leicht geschwollene Auge seiner Tochter auf und er erkennt auch, ohne sich dies anmerken zu lassen, die reichlich aufgetragene Schminke, unter der sich vermutlich blutunterlaufene Hautpartien verbergen.

Dann begrüßt er liebevoll seine Enkelin, indem er ihr sanft über den Kopf streichelt.

»Hallo Jasmin, wie geht es dir?« Jasmin streckt Lichtenberg den Zeigefinger ihrer linken Hand entgegen.

»Ich habe mich am Finger geschnitten. Guck mal hier, Opa!«

»Das ist aber ein hübsches Pflaster. Wie ist denn das passiert?«

»Ich habe Mamma beim Kartoffeln schälen geholfen.«

Sie setzen sich an den Tisch und trinken Kaffee. Lichtenberg wendet sich seiner Enkeltochter zu.

»Gefällt es dir in der Schule, Jasmin?« Jasmin antwortet ihm, ohne ihn anzusehen, da sie gerade konzentriert damit beschäftigt ist, ein Stück Schokoladentorte aufzugabeln.

»Ja, letztes Mal haben wir gemalt. Ich habe ein Bild von Mamma gemacht.«

Nach einer Weile steht Jasmin von der Kaffeetafel auf und spielt in einer Ecke des Wohnzimmers mit ihren Puppen. Lichtenberg sieht seine Tochter mit ernster Miene an.

»Lass mich mal raten. Das blaue Auge ist doch von Stefan?«

Manuela zögert einen Moment, bevor sie antwortet.

»Ja, stimmt! Ich habe ihn zufällig in der Stadt beim Einkaufen getroffen. Er wird mit der Trennung nicht fertig. Ich habe es aufgegeben, mit ihm darüber zu diskutieren. Hoffentlich sieht er irgendwann ein, dass es keinen Sinn hat, mich weiter zu bedrängen.«

Sie gehen in den angrenzenden Wintergarten.

»Hier sitze ich im Herbst fast jeden Abend und genieße den Ausblick auf den Garten. Im Sommer verwandelt sich dieser Glaskasten allerdings in eine Sauna und ich sitze lieber draußen auf der Terrasse.«

Lichtenberg stößt versehentlich ein kleines Tischchen mitsamt einem darauf platzierten Blumenkübel um, der gegen eine Scheibe des Wintergartens fällt und diese zerschlägt.

»Das tut mit leid, Manuela.«

»Ist doch nicht schlimm, Papa. Scherben bringen Glück.«

»Meine Versicherung wird den Schaden übernehmen und ich werde mich um die Reparatur kümmern – keine Widerrede!«

»Lass uns in den Garten gehen, Papa!«

»Dein Garten ist eindeutig langweiliger als meiner.«

»Du meinst wohl, gepflegter?«

»Das wollte ich damit sagen. Hast du ihn angezeigt?«

»Nein, ich glaube, das würde ihn nur noch ärgerlicher machen. Ich versuche, ihm aus dem Weg zu gehen.«

»Was geht in diesen Leuten eigentlich vor, die sich mit einer Trennung nicht abfinden können und die, wenn alles Betteln und Jammern nichts hilft, eine Beziehung mit Gewalt erzwingen wollen oder ihren ehemaligen Partner verletzen oder töten? Haben sie in ihrer Kindheit nie gelernt, mit Anstand zu verlieren?«

»Vermutlich haben ihnen die Eltern alles durchgehen lassen. Wenn man als Kind mit genug Hartnäckigkeit immer seinen Willen durchsetzt, kann man als Erwachsener nicht begreifen, dass dies manchmal nicht funktioniert.«

»Ich glaube eher, dass diese Typen von ihren Eltern verprügelt wurden. Sie haben gelernt, dass man seine Interessen mit Gewalt durchsetzen kann.«

Lichtenberg und seine Tochter gehen durch den Garten und bemerken nicht, dass sie gerade aus dem nahen Gebüsch beobachtet und belauscht werden.

»Was wollen wir heute unternehmen, Manuela?«

»Wir könnten eine Bootsfahrt auf dem See machen.«

»Das ist eine gute Idee.«

Sie fahren mit dem Auto an das nahe gelegene Gewässer und mieten sich ein Boot. Lichtenberg rudert auf den See hinaus. Manuela lässt ihre Hand durchs Wasser gleiten, während Jasmin sich an der Bordwand festhält und vergeblich versucht, das Boot zum Schaukeln zu bringen.

Der Beobachter aus dem Gebüsch ist ihnen heimlich gefolgt und verbirgt sich im Ufergestrüpp, von wo aus er die drei weiter im Auge behält.

Nach einer Stunde wird die Bootsfahrt beendet und sie gehen zum Auto zurück. Dort sehen sie jemanden stehen, der offensichtlich auf sie wartet.

Es ist Stefan Mertens, der geschiedene Mann von Manuela und von Beruf Lastwagenfahrer, bis er betrunken bei einer Verkehrskontrolle aufgefallen war und daraufhin seinen Führerschein abgeben musste. Derzeit ist er arbeitslos, chronisch gereizt und schlecht gelaunt. Er ist etwa so groß wie Lichtenberg, aber kräftiger gebaut. Die drei bleiben wortlos vor dem Fahrzeug stehen. Stefan hat sich jetzt an die Beifahrerseite des Autos angelehnt und seinen rechten Arm auf das Autodach gelegt.

Mit einem leicht aggressiven und arroganten Tonfall richtet er das Wort an Manuela, während er Heinrich Lichtenberg ansieht.

»Wie ich sehe, hast du dir Verstärkung mitgebracht. Wie geht es dir, Schwiegerpapa?«

Lichtenberg antwortet mit ruhiger Stimme. »Was willst du?«

»Ich möchte meiner Frau zum Geburtstag gratulieren und meine Tochter wiedersehen.«

Manuela antwortet etwas genervt, ohne Stefan dabei anzusehen.

»Das wäre ja nun erledigt. Wir müssen jetzt wieder los. Außerdem bin ich nicht mehr deine Frau.«

Sie will ins Auto einsteigen, aber Stefan bleibt stur vor der Beifahrertür stehen und erwidert: »Warum so eilig? Wir können doch noch etwas plaudern.«

»Ich habe aber kein Interesse an einer Unterhaltung mit dir!«

Als sie die Tür öffnen will, hält er sie am Handgelenk fest. Lichtenberg geht auf Stefan zu. Ein Faustschlag trifft ihn am Kopf und lässt ihn zu Boden gehen. Heinrich liegt benommen neben dem Auto. Stefan widmet sich erneut seiner ehemaligen Frau und hält sie an beiden Armen fest. Jasmin steht im Hintergrund und weint.

Stefan schreit Manuela wütend an: »Ich lasse mir von dir nicht meine Familie kaputt machen. Du hast die Wahl. Entweder du kommst zu mir zurück oder ich bringe dich um und den Rest deiner Familie gleich mit. Mir ist inzwischen alles egal. Überlege es dir – aber nicht zu lange.«

Er lässt sie los und verschwindet zu Fuß in Richtung Straße. Lichtenberg rappelt sich wieder auf und bürstet sich mit seinen Händen den Staub von der Kleidung.

»Der hat einen ordentlichen Schlag drauf.«

»Was ist mit dir, Papa? Soll ich dich ins Krankenhaus bringen?« Lichtenberg antwortet mit entschlossener Stimme: »Nein, wir fahren nach Hause, und höre bitte auf zu weinen, Jasmin!«

Sie steigen ins Auto und fahren zurück zu Manuelas Haus.

»Sollen wir Strafanzeige stellen, Papa?«

»Natürlich, er hat unser Leben bedroht!«

Zu Hause angekommen, verständigt Lichtenberg telefonisch die Polizei. Er berichtet, was passiert ist und will übermorgen persönlich auf dem Polizeirevier erscheinen, um Anzeige gegen seinen ehemaligen Schwiegersohn zu erstatten.

Den Pfingstmontag verbringen die drei zu Hause bei Manuela. Sie arbeitet werktags in einem Büro und ist dank gleitender Arbeitszeit etwas flexibel in ihrer Tagesplanung. Sie bringt Jasmin vor der Arbeit zur Schule und holt sie danach auch wieder ab. Dienstagmorgen geht Lichtenberg zur Polizei und erstattet Anzeige. Dann erledigt er noch einige Besorgungen und fährt zurück zu Manuelas Haus, wo bereits der Wagen der inzwischen informierten Glaserei wartet. Er unterhält sich ausführlich mit einem Mitarbeiter der Firma und zeigt ihm dann den Wintergarten. Die Reparatur wird für kommenden Donnerstag vereinbart.

Am Nachmittag sind Manuela, die heute nicht arbeiten musste und Jasmin, die einen Ferientag hatte, nach einem Ausflug in einen Freizeitpark, wieder zu Hause. Lichtenberg hat den Tisch gedeckt und sie trinken zusammen im Wohnzimmer Kaffee. Jasmin möchte auch mal richtigen Kaffee probieren, aber sie muss sich schließlich doch mit Malzkaffee begnügen und macht deshalb für einige Sekunden einen Schmollmund.

Lichtenberg berichtet, was er erreicht hat: »Mein Anwalt will erwirken, dass er sich deinem Haus, deiner

Arbeitsstelle und der Schule sowie auch uns nicht mehr nähern darf, sonst droht ihm eine Haftstrafe.«

»Glaubst du, dass er sich daran halten wird?«

»Vermutlich nicht. Er hat doch gesagt, dass ihm alles egal ist, und Morddrohungen muss man immer ernst nehmen. Wie so was ausgeht, liest man doch ständig in der Zeitung. Ich sehe die Schlagzeile schon vor mir: Rachsüchtiger Mann zerstückelt Ex-Frau, Tochter und Schwiegervater mit der Kettensäge.«

Manuela mit aufgeregter und leicht verzweifelter Stimme: »Aber was sollen wir denn jetzt machen?«

»Das Beste wird wohl sein, wir verschwinden erst mal ein paar Tage von der Bildfläche. Donnerstag kommen die Handwerker wegen des Wintergartens. Ich habe ihnen schon einen Hausschlüssel gegeben. Du meldest Jasmin in der Schule krank, nimmst ein paar Tage Urlaub und wir verreisen eine Weile, um unsere Nerven zu schonen, und damit wir uns in Ruhe was überlegen können.«

Am nächsten Morgen laden sie etwas Gepäck ins Auto und fahren los. Nach etwa 500 Metern kommen sie zu einer Fußgängerbrücke, die die Straße überspannt. Als sie gerade unter der Brücke wieder herauskommen, trifft ein schwerer Schlag die Windschutzscheibe auf der Fahrerseite. Manuela schreit.

Die Scheibe ist an der Stelle, an der sie der Stein getroffen hat, innerlich zersplittert und milchig weiß getrübt, aber nicht durchlöchert. Lichtenberg bremst den Wagen ab und sieht im Rückspiegel eine Person von der Brücke verschwinden. Wortlos zieht er sich seine Lederhandschuhe an, steigt aus und hebt einen mehrere Kilo schweren Feldstein auf, der vor dem Auto liegt. Er öffnet den Kofferraum, legt den Stein hinein, steigt wieder ins Auto und fährt weiter.

»Wir wissen, wer das getan hat. Es war richtig, erst mal zu verschwinden«, sagt Lichtenberg mit ruhiger Stimme.

»Wieso ist die Scheibe noch heil? Ich dachte, du wärst tot. Der Stein wiegt doch bestimmt zehn Kilo!«

»Der Wagen ist gepanzert, sonst wäre ich vermutlich auch tot. Ich habe einen Teil meiner üppigen Rente in ein sicheres Fahrzeug investiert. Es sind heutzutage zu viele Desperados auf den Straßen unterwegs.«

»Warum hast du den Stein mitgenommen?«

»Vielleicht sind Spuren drauf – Fingerabdrücke oder Hautschuppen.«

Nach eineinhalb Stunden Fahrt Richtung Norden machen sie an einer Autobahnraststätte Pause und trinken draußen an einem Tisch einen von zu Hause mitgebrachten Kaffee. Jasmin saugt mit einem Trinkhalm an einer Apfelsafttüte, während sie ihren Stoffhund Gassi führt. Lichtenberg raucht eine Zigarette.

»Wo geht es eigentlich hin, Papa?«

»Ich habe in einem ruhigen Gasthof an der Küste in der Nähe von Emden Zimmer für uns gebucht. Ich war da schon ein paar Mal im Urlaub. Jasmin wird es auch gefallen.«

»Aber wir können uns nicht ewig verstecken. Ich muss arbeiten und Jasmin muss wieder in die Schule. Die Polizei kann uns nicht wirklich beschützen, und dass Stefan den Stein geworfen hat, können wir wahrscheinlich auch nicht beweisen. Ich habe Angst.«

»Die Situation ist in der Tat nicht gerade rosig.

Versuchen wir, die vielleicht letzten Tage unseres Lebens zu genießen.«

»Deine Gelassenheit möchte ich haben, Papa.«

Am frühen Nachmittag treffen sie an dem Gasthof ein und belegen ihre Zimmer, von denen man einen wunderschönen Blick auf das Meer hat. Später treffen sie sich zu einem Spaziergang am Strand.

Manuela geht barfuß neben ihrem Vater über den von der sanften Meeresbrandung durchnässten und geglätteten Sand. Ab und zu umspült eine Welle ihre Füße. Sie trägt ihre Sandalen in der rechten Hand und umfasst mit ihrem linken Arm die Hüfte von Lichtenberg, der daraufhin seinen Arm auf ihre Schulter legt.

»Nächste Woche ist der fünfte Todestag von Mama.«

»Ich weiß. Ich habe ihr Grab neu bepflanzen lassen. Ist ganz hübsch geworden. Ihr müsst mich mal besuchen kommen, wenn diese Sache überstanden ist. Jasmin, such doch mal ein paar Muscheln, da können wir etwas draus basteln!«

»Ist gut, Opa!«

»Manuela, weißt du eigentlich, dass ein großer Teil des Sandes am Strand aus zerriebenem Kunststoff besteht?«

»Im Ernst? Ich finde es schön, dass es dem Plastikmüll nicht anders ergeht als den Felsen. Klein gemahlen, bis man sich gemütlich darauf sonnen kann.«

»Ich vermisse deine Mutter noch immer sehr. Wir haben uns in der Ehe nie gestritten und wir haben uns prima verstanden. Oft hatten wir in bestimmten Situationen die gleichen Gedanken. Ich finde ihren Tod so sinnlos. Ein Unfall mit einem Zug an einem unbeschrankten Bahnübergang. Nur durch ein Blinklicht gesichert. Wer plant so etwas eigentlich? Denken diese Leute nicht daran, dass sie selbst, ihre Angehörigen oder Freunde auch zu Schaden kommen könnten? Wieso gibt es da keine strengeren Vorschriften?«

»Warum wohl? Weil es Geld kostet und die Bahnlobbyisten starken Einfluss auf die Politik haben.«

»Warum wird das denn nicht aus Steuergeldern finanziert? Auf die paar Cent pro Nase kommt es doch wirklich nicht an. Aber für Kriegseinsätze im Ausland ist genug Geld da. Wenn man durch die Sonne geblendet wird, ist so ein Signallicht als Sicherheit einfach zu wenig. In den letzten Jahren hat sich da immer noch nichts geändert. Wahrscheinlich müssen an der Stelle erst zehn tödliche Unfälle passieren, bis die sich endlich zu ein paar Schranken durchringen können.«

»Wir könnten morgen ja mal zu einer Insel fahren. Als ich noch klein war, habt ihr doch öfter Inselurlaub mit mir gemacht. Vielleicht erkenne ich etwas wieder.«

»In Ordnung, das machen wir!«

Am nächsten Tag geht es mit der Fähre nach Borkum. Sie mieten sich Fahrräder und erkunden die Insel. Jasmin sitzt in einem Kindersitz hinter Lichtenberg. Manuela erinnert sich an einige markante Punkte, wie den Leuchtturm, die mondäne Promenade und die Gartenzäune aus den Kieferknochen von Walen.

»Was sind Wale, Opa?«

Lichtenberg freut sich über das Interesse von Jasmin und antwortet mit betonter Stimme: »Wale sind die größten Lebewesen, die jemals auf der Erde gelebt haben und bis jetzt auch noch nicht ausgestorben sind. Aber das wird der Mensch schon noch hinbekommen. Manche Leute halten

Wale für Fische, aber es sind Säugetiere wie wir und eng mit den Walrössern verwandt, die du doch aus dem Zoo kennst. Wale haben Knochen und eine Lunge und bekommen lebende Junge, die sie mit Milch ernähren. Fische haben Gräten, Schuppen und Kiemen und legen Eier ins Wasser.«

»Bin ich auch ein Säugetier, Opa?«

»Ja, natürlich, und ein ganz süßes sogar!«

Nach einem ausgiebigen Mittagessen schlägt Lichtenberg einen Rundflug über die Insel vor. Sie fahren mit den Rädern zum Flugplatz und Lichtenberg bucht einen Flug.

»Wir haben noch eine halbe Stunde Zeit bis zum Abflug. Die Tour wird ungefähr fünfundvierzig Minuten dauern«, erklärt Lichtenberg. Sie setzen sich auf eine Bank und genießen die warme Sonne.

»Kommen Sie, es geht los!« Der Pilot winkt die drei heran. Manuela und Jasmin sitzen auf der Rückbank des Flugzeugs und Lichtenberg sitzt vorn, neben dem Piloten. Die Maschine hebt nach einigen holprigen Sekunden von der Startbahn ab und gewinnt rasch an Höhe.

»Ich drehe erst mal eine Runde über der Insel, dann geht es weiter bis nach Juist, Richtung Küste und dann wieder zurück. Ist das Ihr erster Flug in einem Flugzeug?«

»Für mich und meine Tochter nicht, aber für meine Enkeltochter Jasmin.«

Der Pilot versucht Jasmin Mut zu machen, die etwas verunsichert wirkt.

»Du brauchst keine Angst zu haben, Jasmin. Wir kommen bestimmt wieder runter.«

Manuela deutet mit dem Finger gegen das Seitenfenster. »Schau mal, Jasmin, wie klein die Menschen da unten am Strand sind.«

Lichtenberg beginnt eine Unterhaltung mit dem Piloten.

»Wie lange machen Sie den Job schon?«

»Ich fliege seit zwanzig Jahren an der Küste, mal hier, mal dort. Auf Borkum bin ich nur aushilfsweise beschäftigt. Ich habe früher in einem Büro gearbeitet, aber das wurde mir irgendwann zu langweilig.«

Die Passagiere genießen die meiste Zeit wortlos die Aussicht und hin und wieder gibt der Pilot Hinweise auf vermeintlich sehenswerte Objekte oder Landschaften. Jasmin drückt neugierig ihre Nase an die Fensterscheibe. Nach etwa vierzig Minuten nähern sie sich wieder dem Flugplatz von Borkum, der aus der Ferne als schmaler Streifen zu erkennen ist. Der Pilot hat schon eine Weile nichts mehr gesagt und es ist abgesehen vom Motorengeräusch still in der Maschine, die plötzlich in einen Sinkflug übergeht.

Lichtenberg sieht den Piloten an. Sein Kopf ist nach hinten gesunken und seine Augen sind geschlossen. Er schreit den Piloten an: »Hey, was ist los, schlafen Sie?«

Keine Reaktion. Lichtenberg schüttelt ihn am Arm. Manuela, mit Entsetzen in der Stimme: »Was ist mit Ihm? Wir stürzen ab!«

Jasmin wird blass, sagt aber nichts. Manuela rüttelt den Piloten von hinten an den Schultern und brüllt ihn an:

»Wachen Sie auf!«

Der Pilot gibt immer noch kein Lebenszeichen von sich. Das Flugzeug nähert sich nun mit rasanter Geschwindigkeit dem Erdboden und Manuela beginnt panisch zu schreien. Dann hält sie sich die Hände vor ihre Augen.

Lichtenberg schnappt sich das Steuerhorn des Kopiloten und bringt das Flugzeug in eine horizontale Fluglage. Die

Landebahn ist ungefähr noch drei Kilometer entfernt. Lichtenberg zieht den Gasknopf heraus, bis sich die Drehzahl des Motors auf etwas 1600 Umdrehungen verringert hat.

»Weißt du eigentlich, was du da machst?«, fragt Manuela, die inzwischen die Hände wieder vom Gesicht genommen und ihre Fassung wiedergefunden hat.

»Ich glaube schon«, sagt Lichtenberg und drückt den Schalter für die Landeklappen, sodass diese um 10 Grad ausfahren. Die Landebahn rückt näher und Lichtenberg beobachtet immer wieder den Fluglageanzeiger. Er versucht, den günstigen Gleitpfad von drei Grad für die Landung einzuhalten. »Hast du etwa einen Pilotenschein, Papa?«

»Leider nicht, aber einen Computer mit einem Flugsimulatorprogramm und ich habe damit schon ein paar Flugstunden in einer Cessna, ähnlich wie dieser, absolviert.«

Die Cessna nähert sich der Landebahnschwelle. Lichtenberg nimmt das Gas ganz weg und als das Flugzeug noch etwa fünf Meter über dem Boden ist, geht er in den waagerechten Flug über, den er beibehält, bis das immer langsamer werdende Flugzeug fast den Boden erreicht hat. Dann zieht er die Nase des Fliegers etwas nach oben, bis er ziemlich hart auf der Landebahn aufsetzt. Er bremst und stellt den Motor ab.

»Gar nicht so übel, wenn man bedenkt, dass dies meine erste richtige Landung war.«

Nachdem er den Piloten aus dem Flugzeug gezogen und auf den Boden gelegt hat, kommt dieser langsam wieder zu sich. Lichtenberg ruft mit seinem Telefon einen Notarzt, der mit dem Helikopter vom Festland kommt. Später stellt sich heraus, dass der Pilot nur einen Schwächeanfall erlitten hatte. Er wird zur Untersuchung ins Krankenhaus geflogen.

Den nächsten Vormittag verbringen die drei am Strand. Das Wasser ist zwar noch zu kalt für ein Bad, aber die Luft ist angenehm warm und sie verbringen die Zeit mit lesen und schlafen. Jasmin sucht am Strand nach Muscheln und Treibgut. Gegen Mittag brechen sie zu einem Ausflug nach Emden auf, essen dort in einem guten Fischrestaurant und machen dann einen Stadtbummel. Lichtenberg entdeckt einen Trödelladen und will sich darin etwas umsehen. Sie betreten das Geschäft.

»Wie wäre es mit dieser schicken Schiffsglocke für dich, Manuela?«

»Nein danke. Noch so ein überflüssiges Ding, das geputzt werden muss.«

»Was wollen Sie für diese Pendeluhr haben, junger Mann?«, fragt Lichtenberg den älteren Herren, der sich mühsam von seinem Ruhesessel aufrafft und auf die Uhr zusteuert.

»Das ist ein besonders kostbares und hochwertiges Stück, das mir ein Seefahrer vor zwanzig Jahren verkauft hat, der dringend Geld brauchte. Er hat sie angeblich von einem Voodoopriester auf Haiti erworben, der der Uhr Zauberkräfte verliehen hat. Wenn man das Pendel an seinem Herzen reibt und dabei dreimal den eingravierten Spruch oben an der Uhr laut aufsagt, dann schlägt das Herz so lange, wie das Pendel der Uhr in Bewegung bleibt. Allerdings habe ich von dem Zauber noch keinen Gebrauch gemacht.«

»Klingt ja geheimnisvoll. Und was soll dieses Wunderding nun kosten?«

»Geben Sie mir achtzig Euro und sie gehört Ihnen. Für den Zauber übernehme ich aber keine Garantie!«

»Einverstanden! Packen Sie mir das Ding bitte ein. Und was wollen Sie für diesen rostigen Säbel da an der Wand haben?«

»Rostiger Säbel? Dieses antike Artefakt in tadellosem Zustand gehörte einst einem Seeräuber, der damit einmal zwanzig Gegner gleichzeitig in Schach gehalten und nacheinander erledigt hat. Auch dieser Säbel besitzt magische Kräfte und macht seinen Besitzer unverwundbar, solange er ihn in der Hand hält. Für schlappe hundertfünfzig Euro wechselt er den Besitzer.«

Jasmin hört dem seltsamen Verkäufer mit offenem Mund und großen Augen zu.

»Münchhausen ist gegen Sie ein Amateur! Na gut, ich nehme ihn …auch ohne Zauberkräftegarantie.«

»Ich will auch was mit Zauberkräften haben!«, verkündet Jasmin energisch.

»Haben Sie noch etwas mit Zauberkräften? Aber was preiswertes, wenn möglich«, wendet sich Lichtenberg an den Verkäufer, der gerade den Säbel in Zeitungspapier verpackt.

»Ja, ich habe noch ein magisches Amulett. Wenn man es einem Todkranken auf die Stirn legt, den eingravierten Spruch dreimal in sein Ohr flüstert und das Amulett danach in einen Fluss wirft, dann wird die betreffende Person wieder gesund. Kostet Sie nur dreißig Euro.«

»Tolle Sache! Meine Brieftasche haben Sie jedenfalls schon mal leer gezaubert. Wir nehmen es!«

Lichtenberg nimmt die Tüte mit seinen neuen Besitztümern an sich und geht in Richtung Ausgang. Der Verkäufer ruft ihm nach: »Warten Sie! Mir fällt ein, dass ich noch eine magische Sanduhr habe.«

Lichtenberg geht zu ihm zurück und der ältere Herr verschwindet kurz hinter einem Regal, um dann flink wieder aufzutauchen. Er hält triumphierend eine etwa zwanzig Zentimeter hohe Sanduhr mit einem hölzernen Gestell in der Hand.

»Wenn Sie die Sanduhr zerbrechen, dann hält die Zeit für zehn Sekunden an. Nur nicht für den, der die Uhr zerbrochen hat. Ansonsten können Sie sie als normale Eieruhr verwenden. Kostet Sie nur hundert Euro.«

Lichtenberg leiht sich das Geld von seiner Tochter und steckt die Sanduhr in die Tüte.

Die drei beenden den Einkaufsbummel und fahren in den Gasthof zurück. Der Rest des Kurzurlaubs verläuft angenehm und ohne nennenswerte Zwischenfälle. Am Sonntag nach dem Mittagessen verlassen sie die Herberge, verbringen den übrigen Tag noch an der Küste und fahren dann abends wieder heim.

Manuelas Haus scheint unversehrt. Lichtenberg hatte schon befürchtet, dass Stefan sich während ihrer Abwesenheit hier austoben würde. Manuela schickt Jasmin ins Bett, die während der Rückfahrt schon eingeschlafen war und nun schlaftrunken vor sich hin blinzelt. Lichtenberg wünscht seiner Enkeltochter eine gute Nacht:

»Schlaf gut, Jasmin! Morgen geht's wieder zur Schule.«

»Schlaf auch gut, Opa!«

Jasmin trottet mit ihrem Teddybär unter dem Arm in ihr Zimmer.

»Willst du etwas trinken, Papa?«

»Ich hätte gern einen Kaffee.«

Manuela stellt den Wasserkocher an, bestückt einen kleinen Porzellanfilter mit Filterpapier und etwas Kaffeemehl und holt sich dann selbst ein Glas Rotwein. Sie setzt sich damit auf die Couch im Wohnzimmer, von wo ihr Blick auf den Wintergarten fällt. Lichtenberg mustert die Scheiben des Wintergartens.

»Haben sie die Scheibe repariert?«, ruft sie ihm zu.

»Ja, alles in Ordnung!«

»Ich mache uns ein paar Brote!« Manuela verschwindet in der Küche und kommt nach einer Weile mit den Broten und dem Kaffee zurück.

»Gute Idee, das mit den Schnittchen, Manuela. Ich habe tatsächlich etwas Hunger.«

Gegen Mitternacht geht Manuela schlafen.

»Ich muss morgen wieder früh raus. Schlaf gut nachher. Wenn du willst, mach dir den Fernseher an. Mein Schlafzimmer liegt ja weit genug weg, da höre ich das nicht.«

»Schlaf auch gut. Bis morgen dann.«

Lichtenberg holt sich ein Bier und macht das Licht aus. Er sitzt jetzt im dunklen Wohnzimmer und es fällt nur etwas Licht vom spärlich beleuchteten Wintergarten durch die große Glasfront, die ihn vom Wohnzimmer abtrennt. Es ist Vollmond, wodurch der Garten in ein kaltes Mondlicht getaucht ist. Lichtenberg hat sein Bier ausgetrunken. Es hat ihn etwas müde gemacht und die belebende Wirkung des Kaffees überlagert. Er entschließt sich, auch bald schlafen zu gehen. Plötzlich sieht er schemenhaft, wie eine menschliche Gestalt aus dem Garten in Richtung Wintergarten schleicht.

Lichtenberg bleibt regungslos sitzen. Seine Müdigkeit ist verschwunden und sein Blick verharrt auf der Person, die sich nunmehr direkt vor der Tür des Wintergartens befindet.

Er erkennt jetzt auch das Gesicht des Eindringlings. Es ist Stefan Mertens. Er hält ein Brecheisen in der Hand.

Stefan drückt die Klinke der Wintergartentür und merkt, dass sie nicht verschlossen ist. Er legt das Brecheisen auf den Boden und betritt vorsichtig den Wintergarten, dessen Tür sich hinter ihm selbsttätig wieder schließt. Nun sieht Lichtenberg, dass Stefan eine Pistole aus seiner Hosentasche holt. Er nähert sich der Glasfront zum Wohnzimmer und versucht, durch sie hindurch in das Wohnzimmer zu blicken. Da dieses dunkel ist, kann er nichts erkennen, obwohl er seine Nase an die Scheibe drückt.

Er tastet nach der Türklinke zum Wohnzimmer. Als er merkt, dass die Tür verschlossen ist, legt er seine Pistole auf den Boden und sucht nach der Brechstange. Ihm fällt wieder ein, dass er sie draußen vor dem Wintergarten abgelegt hat, und will sie holen. Plötzlich wird er von einem hellen Lichtschein geblendet. Lichtenberg hat die Beleuchtung im Wohnzimmer angeschaltet und steht nun ein paar Meter vor Stefan, gut sichtbar und nur durch eine Glasscheibe von ihm getrennt.

Stefan Mertens ist überrascht und starrt ihn an. Lichtenberg steht regungslos da und wartet ab. Stefan schnappt sich seine Pistole, die er auf den Boden gelegt hatte. Grinsend zielt er damit auf Lichtenberg und drückt ab. Es gibt einen heftigen Knall. Lichtenberg steht immer noch wie angewurzelt an seinem Platz. Die Glasscheibe ist zwar kreisförmig an der Stelle, wo sie die Pistolenkugel traf, gesplittert, aber das Geschoss konnte sie nicht durchdringen. Lichtenberg hat die Scheiben des Wintergartens durch Panzerglas ersetzen lassen. Stefan schießt noch zweimal, aber das Resultat bleibt das Gleiche.

Lichtenberg rührt sich immer noch nicht. Stefan glotzt ihn überrascht und dann ärgerlich an und will den Wintergarten durch die Außentür wieder verlassen. Er muss aber feststellen, dass sie sich von dieser Seite nicht öffnen lässt. Er greift erneut zu seiner Waffe und versucht, die Scheibe der Glastür zu zerschießen, was ihm ebenfalls misslingt.

Lichtenberg geht in den Nebenraum, der als Gästezimmer dient und in dem er derzeit schläft. Er kehrt mit vier großen Gaszylindern zurück, die auf einem Fahrgestell montiert sind, das er hinter sich herzieht. Er fährt die Gasflaschen dicht an die Glasfront heran, nimmt einen Schlauch aus der Halterung und steckt das Ende in einen Lüftungsschlitz nahe an der Decke des Wohnzimmers. Dann dreht er den Verschluss der Gasflaschen auf.

Das Gas, bei dem es sich um Kohlendioxid handelt, das man auch für Bierzapfanlagen verwendet, strömt aus dem Schlauchende und beginnt, den Wintergarten von unten her zu füllen, da es schwerer als Luft ist und sich am Boden sammelt. Die Flaschen, die er am Dienstag nach Pfingsten besorgt hatte, enthalten zusammen vierzig Kilogramm Kohlendioxid und da zwei Kilogramm davon einen Kubikmeter Gas bilden, reicht die Menge aus, um den kleinen Wintergarten etwa zwei Meter hoch mit dem Gas anzufüllen. Mehr als ausreichend, denn bereits eine Kohlendioxid- oder genauer gesagt Kohlenstoffdioxidkonzentration von etwas weniger als zehn Prozent in der

Atemluft wirkt bereits tödlich. Bei weniger Kohlendioxid müsste die Luft allerdings verwirbelt werden, um das Gas im ganzen Raum zu verteilen. Stefan hämmert in Panik mit den Fäusten gegen die Scheiben. »Mach die Tür auf, du Wahnsinniger, oder ich mach dich kalt.«

Heinrich Lichtenberg sieht sich das Schauspiel, das Stefan Mertens im Wintergarten aufführt, gelassen an. Nach einiger Zeit hat sich der Raum mannshoch mit dem Gas gefüllt und Stefan sinkt zu Boden.

»Treibhauseffekt einmal anders«, murmelt Lichtenberg vor sich hin, dreht die Ventile der Gasflaschen wieder zu und zieht den Schlauch aus dem Lüftungsschlitz heraus. Dann schiebt er den Wagen mit den Gasflaschen wieder ins Gästezimmer.

Manuela hat von dem ganzen Lärm anscheinend nichts mitbekommen, aber selbst wenn, hätte er auch nicht anders gehandelt.

Lichtenberg geht durch den Hauseingang nach draußen, um eine Zigarette zu rauchen. Dann öffnet er die Tür des Wintergartens so weit wie möglich und legt einen Ziegelstein davor, damit sie sich nicht selbstständig wieder schließt.

Er wartet einige Minuten, damit das Gas vollständig aus dem Gebäude herausströmen kann. Dann zieht er sich seine Lederhandschuhe an und schleift den leblosen Körper von Stefan, so wie er es beim Erste-Hilfe-Kurs gelernt hatte, aus dem Wintergarten bis zu seinem Auto und legt ihn zusammen mit der Pistole und dem Brecheisen in den Kofferraum. Nachdem er den Vorhang im Wohnzimmer vor den Wintergarten gezogen hat, fährt er mit dem Auto in Richtung Stadt. Dort lenkt er den

Wagen zum Stadtpark, den er noch von früheren Besuchen kennt, und wo er mit Manuela schon ein paar Mal spazieren gegangen ist.

Lichtenberg sucht sich einen Parkplatz in unmittelbarer Nähe des Parkeingangs, vergewissert sich, dass auch niemand in der Nähe ist, zieht Stefans Körper aus dem Kofferraum und legt ihn über seine Schultern. Dann trägt er ihn in den Park, setzt ihn auf eine Parkbank und stülpt ihm eine Plastiktüte über den Kopf, die er mit einem Gummiring am Hals fixiert.

Lichtenberg überprüft noch einmal, dass niemand in Sichtweite ist, der Zeuge der Aktion gewesen sein könnte. Aber es ist weit und breit kein Mensch zu sehen, und er fährt zu Manuelas Haus zurück. Dort ist alles ruhig und er legt sich schlafen. Am nächsten Morgen steht Lichtenberg früh auf und bereitet das Frühstück vor.

Manuela kommt im Morgenmantel gähnend in die Küche. »Guten Morgen, Papa! Hast du gut geschlafen?«

Lichtenberg wirft ihr einen flüchtigen Blick zu.

»Morgen, Manuela! Ja, ganz gut.«

Sie setzt sich zu ihm an den Tisch und fragt: »Sag mal, hast du gestern noch einen Actionfilm im Fernsehen gesehen? Ich habe zwar gesagt, du kannst den Fernseher anmachen, aber doch nicht in voller Lautstärke.«

»Entschuldige bitte, ich wollte dich nicht wecken.«

»Schon gut.«

Jasmin kommt herein und reibt sich verschlafen die Augen. »Guten Morgen, Opa! Fahren wir heute wieder ans Meer?«

»Nein, vielleicht in deinen nächsten Ferien. Pass schön in der Schule auf! Und du pass ebenfalls auf, Manuela.

Komm nach der Arbeit sofort mit Jasmin zurück. Man kann nie wissen.«

»Alles klar! Bis nachher. Ich fahre zur Sicherheit eine andere Strecke als sonst.«

Nachdem Manuela und Jasmin das Haus verlassen haben, ruft er erneut bei der Glaserei an und lässt die defekten Scheiben austauschen. Als Erklärung gibt er an, sich selbst versehentlich im Wintergarten eingeschlossen zu haben, und mit einer zufällig im Wintergarten liegenden Spitzhacke einen vergeblichen Ausbruchsversuch unternommen zu haben, bis ihm eingefallen sei, dass er den Türschlüssel in seiner Hosentasche hatte. Während der Reparatur des Wintergartens bringt er die Gasflaschen zum Händler zurück und lässt seinen Wagen gründlich von innen und außen reinigen. Die Patronenhülsen, die deformierten Projektile, die Pistole und das Brecheisen vergräbt er anschließend im Wald. Zum Glück hat der spät in der letzten Nacht einsetzende Regen weitere Spuren beseitigt. Seine Kleidungsstücke, die er gestern getragen hat, steckt er in die Waschmaschine und putzt seine Schuhe gründlich.

Abends kommen zwei Polizisten zu Manuelas Haus und berichten, dass man ihren geschiedenen Mann tot im Park aufgefunden hat. Sie sagen, dass er vermutlich Selbstmord begangen habe, aber man müsse die Obduktion und die weitere Untersuchung noch abwarten. Manuela ist einerseits geschockt, aber andererseits auch erleichtert, weil die Bedrohung dadurch verschwunden ist. Nach ein paar Tagen wird die Leiche von der Polizei freigegeben. Die Obduktion hat nichts Auffälliges ergeben, und der Fall wird als Selbsttötung zu den Akten gelegt. Lichtenberg bleibt noch ein paar Tage und fährt nach der Beerdigung von Stefan, an der er mit Manuela und Jasmin teilgenommen hatte, zurück nach Hause. Er nimmt den Feldstein, den Stefan auf sein Auto geworfen hatte, aus dem Kofferraum und platziert ihn am Rand seines Gartenteiches. »Ein ausgesprochen schöner Stein. Wenn er etwas größer wäre, könnte er einen guten Grabstein für Stefan abgeben.« Lichtenberg holt sich ein Bier aus dem Kühlschrank.

KNEIPEN-GESPRÄCHE

Montag, 16. Juni 2008. Die Ereignisse bei seiner Tochter lagen schon ein paar Wochen zurück und Lichtenberg dachte nur noch gelegentlich darüber nach.

Die defekte Frontscheibe seines Autos hat er inzwischen austauschen lassen.

Morgens trinkt er wie gewöhnlich einige Tassen Kaffee, perfekt ergänzt durch den Genuss einiger Zigaretten und die Lektüre der Tageszeitung.

Hunger hat er kurz nach dem Aufstehen selten. Der würde sich erst ein paar Stunden später einstellen.

Er überlegt, wie er den Tag gestalten soll und entschließt sich, ins Stadtzentrum zu fahren, um einige Lebensmittel zu besorgen. Anschließend will er einen kleinen Stadtbummel machen.

Der Supermarkt, in dem er einkaufen will, ist gut besucht, aber zum Glück nicht überfüllt. Allerdings stört ihn jedes Mal der Spießrutenlauf im Eingangsbereich, wo Vertreter von Telefongesellschaften, Spendensammler oder Warenverkäufer aller Art versuchen, vorbeikommenden Kunden Produkte aufzuschwatzen. Lichtenberg hat heute das Glück, unbehelligt in den Markt vorzudringen.

Nachdem er seine Einkäufe erledigt und bei Verlassen

des Geschäftes das Rufen eines Verkäufers eines zweifellos hervorragenden Reinigungsmittels – »Hallo, der Herr …«, demonstrativ überhört hat, beschließt er, zukünftig woanders einzukaufen.

In der Fußgängerzone versucht Lichtenberg, die mehr oder weniger talentierten Musiker, die sich hier ihre Brötchen verdienen, und die herumsitzenden Bettler unauffällig zu umschiffen. Nicht, dass er zu geizig wäre für eine kleine Spende. Schließlich wollen diese Leute auch nur leben und oft genug hatte er ihnen ja auch schon etwas gegeben. Aber entweder har er ein schlechtes Gewissen, wenn er an ihnen vorübergeht und sie einfach ignoriert, oder er schämt sich seiner Gönnerhaftigkeit, wenn andere ihn beobachten, wie er eine Münze in einen geöffneten Geigenkasten oder einen schäbigen Hut hineinwirft. Und jedes Mal müsste er sich entscheiden, ob er diesem oder jenem etwas gibt oder nicht. Er rettet sich in eine Buchhandlung und schlendert an den Regalen vorbei. In der Abteilung Physik hält er inne. Sein Blick fällt auf ein Buch, das sich mit Quantenphysik beschäftigt. Er schlägt es auf und liest dort, dass ein Teilchen auch gleichzeitig eine Welle sein kann, und ein unteilbares Teilchen gleichzeitig durch zwei Öffnungen in einer Wand fliegen kann und anschließend wieder als ein Teilchen hinter der Wand herauskommt.

Ob dies nun der Wahrheit entsprach oder nicht. Lichtenberg mochte sich nicht näher mit Ideen beschäftigen, die den gesunden Menschenverstand derart quälten.

Er isst in einem Selbstbedienungsrestaurant zu Mittag, kauft sich in einem Spielwarengeschäft ein funkgesteuertes Modellschiff und geht in den Stadtpark, wo er das Schiff zu Wasser lässt. Es gelingt ihm, das Schiff in eine Gruppe von Enten hinein zu steuern, die sofort die Flucht ergreifen. Nach einer Weile hat er genug und fährt wieder nach Hause, um sich auf dem Sofa auszuruhen und neue Pläne zu schmieden.

Nach dem Abendessen macht er einen ausgiebigen Spaziergang, kehrt anschließend in eine Eckkneipe ein, setzt sich an den Tresen und bestellt sich ein Bier. Dazu schmeckt natürlich auch eine Zigarette. Er beschließt, das Rauchen Ende des Jahres endgültig aufzugeben. Die Kneipe ist überwiegend mit Bier trinkenden und rauchenden Männern gefüllt, die sich an die letzten Oasen klammern, in denen man das Laster Rauchen noch in geschlossenen öffentlich zugänglichen Orten pflegen kann. Der Nachbar neben ihm am Tresen hat schon einige Biere Vorsprung und beginnt eine Unterhaltung.

»Ich feiere gerade meine Kündigung. Zehn Jahre lang habe ich Mobiltelefone zusammengebaut und jetzt wird die Produktion in ein Billiglohnland verlagert. Dreimal dürfen Sie raten, in welches. Ein Toast auf die Globalisierung!«

»Tut mir leid für Sie. Aber in ihrem Alter finden Sie sicher bald etwas Neues.«

»Ja vielleicht, aber bestimmt einen deutlich schlechter bezahlten Job, und die laufenden Kosten bleiben gleich oder steigen sogar noch. Wie soll ich denn so mein Haus halten? Meine Frau wird sich wohl auch eine Arbeit suchen müssen.«

»Das ist nun mal die Kehrseite der Globalisierung, aber ein Export orientiertes Land wie unseres kann nun mal nicht munter seine Waren in alle Welt verkaufen und sagen: Eure Produkte wollen wir aber nicht haben!«

Der Gesprächspartner ordert noch schnell ein neues Bier, indem er Blickkontakt mit dem Wirt aufnimmt und mit dem Finger auf das leere Glas tippt, das er gut sichtbar in die Höhe hält, und antwortet dann auf Lichtenbergs Bemerkung: »Da haben Sie schon recht. Ich finde aber, jede Regierung sollte selbst entscheiden können, welche und wie viel Waren ins Land dürfen, damit wenigstens ein Minimum der Arbeitsplätze sicher ist. Wenn unsere Produkte wirklich so toll und begehrt sind, dann werden die Regierungen der anderen Länder die Einfuhr schon erlauben.

Außerdem glaube ich, dass wir insgesamt trotzdem den Kürzeren beim Handel mit diesen Billiglohnländern ziehen.«

»Wieso denn das?«

»Wenn Sie, und ein paar andere, sich eine neue Waschmaschine kaufen und sich für das billige Produkt aus dem fernen Asien entscheiden, dann verliert hier jemand seinen Arbeitsplatz und dort entsteht ein neuer. Der asiatische Arbeiter oder Unternehmer kann sich mit seinem Geld nun ein Qualitätswerkzeug oder ein hochwertiges Konsumgut aus Deutschland kaufen, wenn er lange genug spart.

Der nun arbeitslose Deutsche kann dem deutschen Hersteller sein Werkzeug oder ein teures Auto nicht mehr abkaufen. Sein Kunde sitzt nicht mehr hier, sondern in Asien. Der Arbeitslose zahlt keine Steuern mehr und muss mit Sozialleistungen durchgefüttert werden. Auch wenn der deutsche Werkzeughersteller insgesamt nicht mehr

verkauft, meldet die Statistik freudig: Steigendes Handels-
volumen mit dem Ausland und wachsende Exporte.

Aber hier ist Nachfrage und ein Arbeitsplatz verschwunden. Das geht aus der Statistik nicht hervor. Ihre
vermeintliche Ersparnis durch die billige Waschmaschine
führt zu höheren Steuern und Sie zahlen dem deutschen
Arbeitslosen das gesparte Geld im Form von Lohnersatz-
leistungen zurück.«

»Das ist wirklich eine interessante Überlegung! Vielleicht sollten Sie umschulen und Wirtschaftswissen-
schaftler werden.«

Der arbeitslose Telefonmontierer verabschiedet sich
und wankt zur Tür hinaus, aber die entstandene Lücke
auf den Barhockern wird gleich gefüllt und ein neuer Gast
bestellt sich ein Bier. Lichtenberg schaut in sein Glas und
beobachtet den zusammensackenden Schaum auf seinem
Gerstensaft. Der neue Tresennachbar zündet sich eine Zigarette an und richtet sogleich das Wort an Lichtenberg.

»Was sagen Sie dazu, dass in Bayern in Kneipen und
Gaststätten gar nicht mehr geraucht werden darf?«

Lichtenberg blickt flüchtig zur Seite, um zu erkennen,
ob er der Angesprochene ist, und antwortet dann nach
einer kurzen Bedenkzeit. »Ich finde die Regelung hier
besser. Es muss ja niemand in eine Raucherkneipe gehen,
wenn ihn der Qualm stört. Dieses strenge Rauchverbot in
Bayern ist doch eine Bevormundung erwachsener Menschen. Das sollten die sich nicht gefallen lassen und der
Regierung bei den nächsten Wahlen die Quittung dafür
geben.«

»Ganz meine Meinung. Da wird dann mit dem
Gesundheitsschutz des Personals argumentiert und

Lüftungsanlagen würden auch nicht genug bringen, weil dann trotzdem noch sieben oder acht Rauchmoleküle in der Luft herumschwirbeln, und eine medizinisch unbedenkliche Konzentration gäbe es nicht.«

»Das Argument ist ja nicht ganz von der Hand zu weisen.«

»Dann müsste man den Alkoholkonsum in Gaststätten auch verbieten!«

»Wieso das? Als Bier- oder Weintrinker schade ich doch keinem anderen.«

»Eben doch, weil Alkohol ja verdunstet und andere müssen diese Dämpfe mit einatmen. Beim Alkohol gibt es auch keine medizinisch unbedenkliche Konzentration. Das Personal, unter dem es sicher auch einige zur völligen Abstinenz gezwungene trockene Alkoholiker gibt, muss die Alkoholgase mit einatmen. Auch anwesende schwangere Frauen, deren ungeborene Kinder besonders empfindlich auf Alkohol reagieren, sind dieser schädlichen Raumluft ausgeliefert.«

»Vielleicht haben Sie damit recht, aber erzählen Sie das bloß nicht weiter. Stellen Sie sich mal das Oktoberfest in Bayern ohne Bier vor!« Lichtenberg verabschiedet sich und geht nach Hause.

Es ist bereits dunkel geworden, aber es ist eine laue Sommernacht und recht angenehm zum Spazierengehen. Das Bier hat eine wohltuende, entspannende Wirkung, auch wenn Heinrich weit davon entfernt ist, betrunken zu sein. Nachdem er bereits den halben Weg nach Hause zurückgelegt hat, sieht er in einiger Entfernung mehrere Personen unter einer Straßenlaterne stehen.

Beim Näherkommen erkennt er drei junge Männer, die

ihn offensichtlich auch bemerkt haben, und aus der Distanz mustern. Lichtenberg hat ein ungutes Gefühl, geht aber scheinbar ungerührt an ihnen vorbei, wobei sie ihn immer noch anstarren. Nach einer Weile hört er Schritte hinter sich und ahnt, dass sie ihm folgen. Plötzlich wird er von hinten umschlungen und festgehalten.

»Na, so spät noch unterwegs, Opa? Wo soll es denn hingehen?«

Ein Schlag trifft ihn in der Magengegend und dann mehrere Fausthiebe am Kopf. Lichtenberg geht zu Boden und es hagelt Tritte auf ihn ein.

Er versucht, so gut es geht, seinen Kopf mit Armen und Händen zu schützen, und er spannt alle Muskeln seines Körpers mit ganzer Kraft an. Nach einer Weile werden ihm die Brieftasche und die Uhr sowie sein Handy abgenommen.

Lichtenberg bleibt regungslos liegen. Zwei der Jungen sind inzwischen weitergegangen und untersuchen ihre Beute. Der Dritte verspürt anscheinend noch Lust, sich weiter an Lichtenberg auszutoben, und tritt mit dem Fuß auf dessen Bauch ein. Lichtenberg bekommt den Stiefel des Angreifers zu fassen und dreht ihn mit ganzer Kraft herum.

Der junge Mann rotiert im Fallen um seine Achse und landet mit dem Rücken auf dem unbefestigten Gehweg. Lichtenberg quält sich schnell auf die Beine, geht auf den am Boden vor Schmerz stöhnenden Jungen zu und schlägt ihm mit voller Wucht seine Faust ins Gesicht, woraufhin dieser bewusstlos liegen bleibt. Inzwischen sind die beiden anderen aufmerksam geworden. Einer ruft: »Hey, was ist denn da los?«

Er rennt auf Lichtenberg zu, der dem Heranstürmenden ausweicht und ein Bein stellt. Der Angreifer landet auf der Nase. Lichtenberg verpasst ihm einen kräftigen Tritt zwischen die Beine, woraufhin der Bursche sich vor Schmerzen schreiend am Boden krümmt.

Der dritte Jugendliche steht da wie angewurzelt. Als Lichtenberg auf ihn zu geht, lässt er dessen Handy fallen und läuft davon.

Lichtenberg nimmt sich seine am Boden liegende Uhr, Brieftasche und sein Telefon und setzt seinen Heimweg fort, ohne sich weiter um die Jungen zu kümmern. Zu Hause nimmt er eine Dusche, macht sich ein Bier auf und stellt den Fernseher an. Nach einer Weile schläft er auf dem Sofa ein.

RADTOUR MIT FREUNDEN

Nach ein paar Tagen waren die blauen Flecke und die Prellungen verschwunden. Er hat in der Zeitung auch nichts von dem nächtlichen Vorfall mit den drei schrägen Vögeln gelesen. Lichtenberg beschließt, etwas für das Wochenende zu organisieren und ruft einen Freund an.

»Hier Müller!«

»Hallo Matthias, wie geht es dir?«

»Hallo Heinrich! Mir geht es gut! Was hast du auf dem Herzen?«

»Wie wäre es, wenn wir am Samstag etwas zusammen unternehmen? Das Wetter soll ja ganz gut werden und wir haben uns doch schon eine Weile nicht mehr gesehen. Wir könnten ja mal wieder eine Fahrradtour mit Picknick im Grünen machen.«

»Keine schlechte Idee. Meine Frau ist sowieso nicht da. Sie besucht mit unserer Tochter übers Wochenende ihre Schwester. Soll ich noch Dieter fragen, ob er auch mitkommt?«

»Ja, gut. Dann brauche ich ihm nicht Bescheid sagen. Wir sehen uns dann also am Samstag so gegen neun Uhr bei mir. Tschüss!«

Am Samstag treffen die beiden Freunde mit ihren

Fahrrädern kurz nach neun Uhr bei Lichtenberg ein. Sie trinken zusammen einen Kaffee und besprechen die Route, die an diesem Tag zurückgelegt werden soll. Dann radeln sie los. Nachdem sie die Stadtgrenze hinter sich gelassen haben, geht es auf unbefestigten Feldwegen über seichte Hügel, an schier endlosen Feldern entlang, und ab und zu durchqueren sie kleinere Ortschaften. Der Himmel ist wolkenlos blau, und es scheint ein heißer Tag zu werden.

»Was machst du eigentlich den ganzen Tag, Heinrich? Wird es dir so allein nicht langweilig?«

»Selten, Matthias! Ich habe genügend Ideen und Möglichkeiten, meine Tage interessant zu gestalten.«

»Komm doch im Oktober zu unserem Dorffest. Da gibt es ein paar alleinstehende Frauen, die auf Partnersuche sind. Wäre das nichts für dich?«

»Ich überlege es mir. Hast du denn schon Pläne für deinen bevorstehenden Urlaub, Matthias?«

»Wir haben ein Ferienhaus an der Küste gemietet. Ich will vor allem ausspannen, angeln und surfen. Meine Frau will mit unserer Tochter einfach nur am Strand ausruhen und Sonne und Luft tanken.«

»Das wird bestimmt schön. Und was ist mit dir, Dieter? Weißt du denn schon, was du im Urlaub machen willst?«

»Nein, ich habe diesbezüglich noch keine Pläne geschmiedet. Das wird sich noch ergeben. Vielleicht werden wir dieses Jahr in die Berge fahren, nach Bayern oder Österreich.«

»Die letzten Lebensjahre wollen gut genutzt sein. Als junger Mensch hat man scheinbar endlos viel Zeit. Jetzt, im Rentenalter, wird die Zeit doch arg knapp. In zehn Jahren bin ich steinalt und wie schnell sind zehn Jahre um.

Gerade mal zweieinhalb Legislaturperioden, und dabei hat man ständig das Gefühl, schon wieder vor den nächsten Wahlen zu stehen.«

Matthias weiß natürlich, warum das so ist: »Das liegt daran, dass die Politiker immer im Wahlkampf sind, sobald sie den Mund aufmachen. Ich habe auch keine Lust, über das Sterben oder das Alter nachzudenken. Das sind Dinge, die man sowieso nicht ändern kann und einfach kommen lassen muss.«

Dieter gibt auch seinen Kommentar zu dem Thema ab: »Ich finde dieses Altern und Sterben einfach abartig. Am liebsten würde ich das gar nicht mitmachen. Vielleicht erfinden die Wissenschaftler ja eines Tages eine Pille, die man jeden Morgen einnimmt, und damit altert man nicht mehr. Gegen Haarausfall gibt es so etwas schon.«

»Dann könnte es allerdings eines Tages auf diesem Planeten ziemlich eng werden, wenn keiner mehr unter den Rasen will. Stell dir mal vor, es würde keiner alt werden und alle Menschen würden ewig leben. Dann könnte man heute noch Julius Cäsar und Kleopatra, wenn der eine nicht ermordet worden wäre und die andere sich nicht umgebracht hätte, oder Leonardo da Vinci live im Fernsehen sehen«, erzählt Matthias.

Dieter kennt die Lösung für das Problem der Überbevölkerung. »Es müsste dann bald die Besiedelung des Weltraums beginnen. Man wandert nicht mehr in andere Länder oder Kontinente aus, sondern auf andere Planeten. Wenn es hier auf der Erde zu eng wird, dann gehen die Leute schon freiwillig. Was sagst du dazu, Heinrich?«

»Ein denkbarer Ausweg. Uns wird das jedenfalls nicht mehr betreffen. Lasst uns hier mal eine Pause einlegen!«

Sie suchen sich ein schattiges Plätzchen unter einem Baum und stärken sich mit den mitgebrachten Broten, Buletten, Hähnchenschenkeln und einem spritzigen Wein. Lichtenberg genehmigt sich als einziger Raucher unter den dreien zum Nachtisch eine Zigarette. Er legt sich auf den Rücken und blickt in den Himmel. Plötzlich hört er ein heftiges Röcheln und Husten. Er richtet sich auf und sieht, wie Dieter anscheinend nach Luft ringt. Vermutlich hat er sich an einem Bissen vom Hähnchenschenkel verschluckt, der vor ihm auf der Picknickdecke liegt, und wird den Brocken nicht mehr los. Er läuft herum und sieht recht panisch aus. Außerdem beginnt seine rötliche Gesichtsfarbe, sich ins Bläuliche zu verschieben. Lichtenberg erinnert sich an eine Erste-Hilfe-Methode. Er springt auf Dieter zu, umschlingt ihn von hinten mit den Armen und drückt ihm mehrmals ruckartig knapp unter dem Brustbein auf den Bauch. Der Fleischbrocken fliegt im hohen Bogen auf den Boden. Dieter jappst vor sich hin und setzt sich aufs Gras.

»Puh, das war knapp. Sei bedankt, Heinrich!«

Nachdem sich alle wieder beruhigt haben, packen sie die Sachen zusammen und radeln weiter. Nach ungefähr vierzig Kilometern, immerhin beinahe Marathon Distanz, kommen sie an einer Gaststätte vorbei, bei der man draußen auf der Terrasse sitzen kann, und kehren dort zu Kaffee und Kuchen ein. Am späten Nachmittag bewegen sie sich wieder in Richtung Heimat. Es sind inzwischen bedrohlich wirkende Gewitterwolken aufgezogen und sie machen sich Sorgen, ob sie noch vor dem Einsetzen des Gewitters zu Hause ankommen werden. Die Begeisterung für die Fortbewegung per Drahtesel hat inzwischen deutlich abgenommen, und Waden und Hintern fangen an, unangenehm zu schmerzen.

Plötzlich beginnt es zu donnern und zu blitzen, und es setzt heftiger Regen ein. Sie befinden sich auf freiem Feld und die nächste Ortschaft ist ein paar Kilometer entfernt. In der Nähe gibt es allerdings eine große Scheune, deren Tor weit offen steht und sie bringen sich dort, bereits stark durchnässt, in Sicherheit.

»So ein Pech. In einer Stunde wären wir wieder zu Hause gewesen«, sagt Dieter etwas frustriert. In der Scheune befindet sich ein Traktor samt Anhänger, diverse landwirtschaftliche Geräte sowie jede Menge Strohballen. Sie machen es sich im Stroh bequem, während draußen ein heftiges Gewitter tobt. Die letzte Flasche Wein wird geöffnet. Matthias nimmt sich ein volles Glas und lehnt sich gegen einen Strohballen. »Ich finde es sagenhaft gemütlich, wenn es draußen stürmt und man schön im Trockenen sitzt. Dazu ein Gläschen Wein – ist doch perfekt! Wie siehst du das, Heinrich?«

»Ich kann dir nur zustimmen, Matthias. Man fühlt sich sicher und geborgen. Es gibt übrigens Leute, die sich aus Strohballen richtige Häuser bauen. Das bringt eine gute Wärmedämmung. Natürlich wird das Stroh noch entsprechend behandelt, damit es nicht brennt und sich keine Mäuse darin einnisten.«

»Ein normales Steinhaus mit einer herkömmlichen Wärmedämmung ist mir trotzdem irgendwie lieber.«

Nach einer halben Stunde hat sich das Gewitter verzogen. Dieter ist eine Leiter hinaufgeklettert und balanciert auf einem Holzbalken in luftiger Höhe über den Strohballen. Er hat seine Arme seitlich ausgestreckt, um das Gleichgewicht besser halten zu können. Er ruft seinen Freunden zu:

»Wer macht mir das nach?«

Lichtenberg antwortet etwas besorgt:

»Sei lieber vorsichtig und komm wieder runter. Ganz nüchtern bist du nach dem Wein doch nicht mehr.«

»Das ist eine meiner leichtesten Übungen, außerdem falle ich ja weich.«

»Manche Leute werden mit den Jahren immer unvernünftiger. Komm wieder runter, Dieter. Wir wollen jetzt los!«, drängt ihn Matthias. »Ja, gleich!«

Auf einmal beginnt Dieter mit den Armen zu rudern, gerät ins Schwanken und kippt dann zu einer Seite weg. Er landet auf den Strohballen, rutscht seitlich ab und schreit dann kurz auf. Dann ist es still. Heinrich und Matthias sehen sich an und hasten dann um den Strohhaufen herum, wo Dieter auf dem Boden sitzt und sich mit beiden Händen den rechten Fuß hält. »So ein Mist. Ich glaube, der ist verstaucht.«

»Irgendwie habe ich so was kommen sehen«, sagt Lichtenberg.

»Wie kriegen wir den jetzt nach Hause, Heinrich? So kann er doch nicht Rad fahren?«

»Wir setzen ihn aus sein Fahrrad und schieben ihn zur nächsten Ortschaft. Dann rufen wir uns ein Taxi. Ich lasse mein Rad hier stehen. Das holen wir später wieder ab.«

Zum Glück hat der Regen aufgehört und nach einer halben Stunde erreichen sie die nächste Ortschaft. Sie gehen, den armen Dieter stützend, in die Dorfkneipe und bestellen sich ein Bier. Lichtenberg bittet den Wirt, ein Taxi zu rufen. Die beiden Räder müssen erst einmal vor der Kneipe stehen bleiben. Nach einer halben Stunde trifft das Taxi ein und die drei lassen sich zum nächsten Arzt mit Notdienst fahren, der die Verletzung behandeln soll. Der Arzt kann keinen Knochenbruch feststellen. Er macht einen Verband und entlässt die drei wieder. Mit einem anderen Taxi lassen sie sich nacheinander nach Hause fahren.

»Viele Grüße an deine Frau und gute Besserung, Dieter!«, ruft Lichtenberg ihm noch zu. Am nächsten Tag kommt Matthias mit seinem Transporter zu Lichtenberg und gemeinsam sammeln sie die Fahrräder wieder ein.

»Hoffentlich bekommt Dieter keinen Ärger mit seiner Frau. Vielleicht lässt sie ihn nächstes Mal nicht mehr mit, zu so einer Tour. Insgesamt hat es doch viel Spaß gemacht und Dieter kann sich über ein paar schöne arbeitsfreie Tage zu Hause freuen.«

»Das sehe ich genauso. Wir sollten das auf jeden Fall bald mal wiederholen«, schlägt Lichtenberg vor. Er verabschiedet sich von Matthias, und den Rest des Tages verbringt er lesend auf dem Sofa.

WIEDERSEHEN MIT GUNTER

Montag, 23. Juni. Lichtenberg wird an diesem Montag früh wach, was sicher daran liegt, dass er sich am Abend zuvor ein paar Flaschen Bier gegönnt hatte. Er beschließt, in den Garten zu gehen, um frische Luft zu schnappen und sich etwas zu bewegen. Offensichtlich hatte er letzte Nacht eine ungünstige Schlafposition eingenommen, denn sein Rücken ist verspannt und schmerzt beim Bücken.

Nach dem Frühstück fährt er in die Stadt, um einige Einkäufe zu erledigen. Unter anderem braucht er dringend ein Paar neue Schuhe, und da er bei seiner Fußbekleidung auf Bequemlichkeit und Qualität großen Wert legt, geht er in ein Fachgeschäft. Er lässt sich einige Modelle in seiner Größe bringen und beginnt mit der Anprobe.

Es sind noch einige andere Kunden im Geschäft, und als er seinen Blick in dem Laden umherschweifen lässt, wird Lichtenberg stutzig. Ein Mann um die vierzig, in Begleitung einer attraktiven Dame, schätzungsweise Anfang dreißig, begutachtet die Herrenschuhe in einem Regal. Der Mann kommt ihm irgendwie bekannt vor. Als das Pärchen anfängt, sich zu unterhalten und er die Stimme des Mannes hört, fällt es ihm wieder ein.

Der Mann ist Gunter Behrens. Vor etwa fünf Jahren

hatte er ihn bei einer Gerichtsverhandlung gesehen. Behrens wurde beschuldigt, fahrlässig einen schweren Unfall verursacht zu haben. Er hatte ein junges Mädchen auf einem Zebrastreifen überfahren und anschließend Fahrerflucht begangen. Behrens war mit überhöhter Geschwindigkeit und zudem Alkohol im Blut durch die Stadt gerast und Nicole, so hieß das Mädchen, war zur falschen Zeit am falschen Ort. Sie hatte den Unfall überlebt, war aber seither querschnittsgelähmt und auf einen Rollstuhl angewiesen. Sie feierte vor vier Wochen ihren fünfzehnten Geburtstag und ist die Tochter seines Freundes Matthias.

Ein Zeuge konnte sich damals geistesgegenwärtig das Kennzeichen des Autos merken, und so wurde der Unfallfahrer schnell ermittelt.

Er wurde zu einem Jahr Gefängnis verurteilt und nach sieben Monaten wieder auf freien Fuß gesetzt, wobei der Rest der Strafe zur Bewährung ausgesetzt wurde. Zudem wurde ihm seine Fahrerlaubnis auf unbestimmte Zeit entzogen. Dieser Gunter Behrens, den er seither nicht mehr gesehen hatte, befand sich nun in greifbarer Nähe hier im Schuhgeschäft und unterhielt sich, offensichtlich bei bester Laune und Gesundheit, mit seiner attraktiven Frau oder Freundin. Sie haben sich ein Paar Schuhe ausgesucht, und Gunter setzt sich in einiger Entfernung zur Anprobe auf einen Stuhl. Lichtenberg beobachtet die beiden unauffällig, während er weiterhin Schuhe anprobiert. Allerdings ist er jetzt nicht mehr wirklich an den Schuhen interessiert, sondern erforscht Gunters Gesicht. Er bemüht sich, eventuell vorhandene Anzeichen eines schlechten Gewissens oder gar einer Depression in seinen Gesichtszügen zu erkennen.

Viele Menschen würde so ein Ereignis, bei dem sie das Schicksal eines anderen Menschen und seiner Angehörigen in so tragischer Weise in eine andere Bahn gelenkt hatten, nachhaltig erkennbar verändern, und seien es nur ein paar Sorgenfalten.

Gunter schien allerdings ein unbeschwerter Mann in seinen besten Jahren zu sein. Vermutlich beruflich erfolgreich und insgesamt zufrieden. Lichtenberg überlegt, wie er reagieren soll. Soll er sich zu erkennen geben und ihn in Gegenwart seiner Begleitung auf den Fall ansprechen? Vielleicht weiß sie ja gar nichts von diesem Kapitel aus seiner Vergangenheit. Plötzlich gehen die beiden zur Kasse und lassen sich die eben anprobierten Schuhe einpacken. Sie bezahlen und verlassen das Geschäft. Lichtenberg folgt ihnen. Sie gehen noch eine Weile durch die Stadt und sehen sich einige Schaufenster an, bevor sie in einer Tiefgarage verschwinden.

Lichtenberg folgt ihnen auch dorthin und kann erkennen, wie sie in ein Auto einsteigen. Gunter nimmt auf der Beifahrerseite Platz und seine Begleitung steuert den schmucken Sportwagen gekonnt aus der Parklücke und dann zügig zur Ausfahrt des Parkhauses. Lichtenberg hat sich das Kennzeichen eingeprägt.

Er ruft, unter Angabe eines anderen Namens, von einem öffentlichen Telefon aus, das Straßenverkehrsamt an und bittet um die Anschrift des Fahrzeughalters, der ihm auf der Landstraße im Vorbeifahren den Außenspiegel abgefahren hätte und verschwunden sei, ohne sich darum zu kümmern. Er erfährt, dass das Fahrzeug auf den Namen einer gewissen Bettina Helmholz zugelassen ist, die in der Nähe des Theaters wohnt.

Lichtenberg fährt zu der angegebenen Adresse und parkt in einiger Entfernung so, dass er das Haus gut beobachten kann. Der Sportwagen von Bettina Helmholz steht in der Hofeinfahrt des ansehnlichen Gebäudes.

Er raucht eine Zigarette und wartet ab. Als sich nach zwei Stunden nichts Auffälliges ereignet hat, fährt Lichtenberg nach Hause. Der Gedanke, dass dieser Gunter Behrens offensichtlich ein gutes Leben führt, während die Tochter seines Freundes seinetwegen im Rollstuhl sitzt, macht ihn maßlos wütend und er hält einen Vortrag vor einem imaginären Publikum:

»Dieses deutsche Justizwesen ist doch ein einziger stinkender Misthaufen, der vor allem die Täter schützt und das Gerechtigkeitsempfinden der meisten Bürger mit Füßen tritt. Selbstjustiz ist natürlich keine Lösung. Wenn jeder die Gerechtigkeit in die eigenen Hände nehmen würde, dann gäbe es nur noch Anarchie in diesem Land.

Es gibt ja die unselige Tradition der Blutrache und die sogenannten Ehrenmorde in bestimmten Volksgruppen, die sich leider auch hierzulande ansiedeln und das Mittelalter, aus dem wir uns mühsam herausgearbeitet haben, wieder zu uns bringen. Viele selbsternannte Sittenwächter und Rächer erzeugen leider keine Gerechtigkeit, sondern nur neues Unrecht und Unglück. Aber wenn der Staat das Gewaltmonopol für sich in Anspruch nimmt, dann hat er auch die Pflicht, Straftäter einigermaßen angemessen zu bestrafen. Tut er das nicht, beginnen die Bürger den Staat infrage zu stellen, und das Recht in die eigenen Hände zu nehmen.«

Lichtenberg will in diesem Fall mal eine kleine Ausnahme machen und diese offensichtliche Ungerechtigkeit nicht einfach auf sich beruhen lassen. Ein paar Monate Gefängnis und Führerscheinentzug waren seiner Meinung nach eine deutlich zu geringe Strafe für das Unglück, das dieser Behrens verursacht hatte.

Lichtenberg überlegt, welche Strafe für diese Tat wohl angemessen sein könnte. In den nächsten Tagen beobachtet er das Haus, in dem Behrens mit seiner Freundin wohnt, und folgt ihm, wenn er mit dem Taxi davon fährt. Er findet heraus, dass er in einer Firma für Baumaschinen tätig ist und dort eine leitende Position in der Verkaufsabteilung inne hat. Lichtenberg wartet vor der Firma, in der Behrens arbeitet, und folgt ihm mit dem Auto, als er nach der Arbeit in eine Straßenbahn steigt und ins Stadtzentrum fährt.

Als Behrens aus der Straßenbahn aussteigt, sucht Lichtenberg nach einem Parkplatz. Er steuert in eine freie Parklücke, wo mit Parkscheibe geparkt werden darf, stellt die Ankunftszeit ein und folgt Behrens, der gerade um die nächste Ecke in die Fußgängerzone einbiegt. Behrens genehmigt sich einen Kaffee in einem Straßencafé. Lichtenberg setzt sich ein paar Tische entfernt hin, bestellt sich auch einen Kaffee und zündet sich eine Zigarette an.

Er überlegt, wie er weiter vorgehen soll. Irgendeinen Racheplan sollte er schon haben. Wie sollte er Behrens für seine Missetaten büßen lassen?

Nach der Kaffeepause folgt Lichtenberg seinem potentiellen Opfer weiter zu Fuß durch die Stadt. Nach einer Weile merkt er, wohin es Gunter Behrens drängt. Sie sind im Rotlichtviertel gelandet und Behrens verschwindet in einem der dortigen Etablissements.

»Das sieht diesem Typen ähnlich. Hat eine attraktive

Freundin und treibt es im Puff. Ein Grund mehr, diesen Vogel über die Klinge springen zu lassen.«

Lichtenberg wartet in der Nähe und nach einer halben Stunde taucht Behrens wieder auf. Er macht ein Bild mit seinem Fotohandy, als Behrens das Bordell verlässt, und folgt ihm mit einigem Abstand bis zu einer vielbefahrenen Straße am Rand der Fußgängerzone. Es hat zu regnen angefangen und Behrens hat sich die Kaputze seiner Jacke über den Kopf gezogen. Lichtenberg spannt seinen Regenschirm auf und steht nun hinter Behrens an der Fußgängerampel. Es sind sonst keine anderen Passanten in der Nähe und die Autos rasen dicht an den beiden vorbei.

»Was für eine einmalige Gelegenheit! Ein kleiner Schubs, und schon gibt es ein Arschloch weniger auf der Welt. Wer will beweisen, dass dies kein Unfall war? Ich muss nur einen günstigen Zeitpunkt abwarten, damit ein heranbrausendes Auto nicht mehr bremsen oder ausweichen kann und nicht schon so weit herangekommen ist, dass Behrens nur gegen die Fahrzeugseite prallt. Es kommt entscheidend auf das richtige Timing an.«

Zu spät! Die Ampel für die Autos springt schon wieder auf gelb um, wie man aus der Fußgängerperspektive beobachten kann, während die Fußgängerampel noch rot zeigt. Behrens scheint das auch bemerkt zu haben und macht einen Schritt nach vorn, ohne das Aufleuchten des grünen Männchens abzuwarten. Er übersieht dabei, vielleicht weil sein seitlicher Blick durch die übergestülpte Kaputze eingeschränkt ist, ein heranrasendes Auto, das offensichtlich unbedingt noch bei gelb über die Kreuzung will. Lichtenberg erfasst blitzartig die Situation, packt Behrens an der Kaputze und zieht ihn zurück, während das Auto dicht an ihm vorbeischießt.

»Puh! Das war knapp. Ich danke Ihnen vielmals«, stammelt Behrens bleich vor Schreck und etwas weich in den Knien, während er Lichtenberg ansieht.

»Keine Ursache. Sie sollten besser aufpassen, sonst werden Sie nicht alt.«

Lichtenberg überquert zügig die Straße und verschwindet zu seinem Auto, ohne sich nochmal umzusehen.

»So eine Pleite!« Frustriert muss er einsehen, dass er sich nicht zum eiskalten Rächer eignet. Im Gegenteil! Er hat diesem Widerling sogar noch sein erbärmliches Leben gerettet und so vielleicht in einen himmlischen Vergeltungsplan eingegriffen. Allerdings ist Lichtenberg nicht religiös und glaubt somit auch nicht an ein göttliches Eingreifen in den Straßenverkehr. Sonst würde es Nicole ja heute auch besser gehen.

Notwehr, um sich selbst und andere zu schützen, so wie er es bei seinem Schwiegersohn getan hatte, war eine Sache. Aber einen ahnungslosen Mann heimtückisch umzubringen, war einfach nicht sein Stil und hätte sein Gewissen zu sehr belastet. Er will aber zumindest ein Foto, das Gunter beim Verlassen des Bordells zeigt, an seine Freundin schicken. Ein bisschen Rache sollte es denn doch geben. Lichtenberg fährt nach Hause.

MAGENPROBLEME

Donnerstag, 26. Juni. Heinrich Lichtenberg hat heute einen Termin bei seinem Hausarzt. Er will sich einmal gründlich untersuchen lassen, da er in letzter Zeit unter Appetitlosigkeit leidet und etwas abgenommen hat.

Das Wartezimmer ist gut mit Patienten gefüllt, die in Illustrierten blättern oder sich miteinander unterhalten, wobei sich der Inhalt der Gespräche meistens um die Krankheiten dreht, unter denen sie leiden. Einige unbekümmert auf dem Fußboden spielende Kinder lockern die etwas verkrampfte Stimmung etwas auf, die sonst in den meisten Wartezimmern von Arztpraxen die Regel ist.

»Herr Lichtenberg, bitte!«, ruft ihn eine junge Arzthelferin und leitet ihn ins Behandlungszimmer. Der Arzt kommt ihm entgegen und begrüßt ihn mit einem Händedruck.

»Guten Morgen, Herr Lichtenberg! Nehmen Sie bitte Platz.«

Der Doktor deutet auf den Stuhl vor seinem Schreibtisch. Er erwidert die Begrüßung, setzt sich und schildert dem Arzt seine Beschwerden. Der untersucht ihn und anschließend wird ein Röntgenbild von seinem Oberkörper angefertigt. Dann wird er wieder zum Gespräch mit dem Arzt gebeten.

»Ich glaube, wir haben die Ursache für Ihre Appetit

losigkeit gefunden.« Er zeigt Lichtenberg die Röntgenaufnahme.

»Sie haben einen faustgroßen Tumor im Magen. Kein Wunder, dass Sie damit keinen großen Hunger haben. Ich überweise Sie zu einem Gastroenterologen, der Sie weiter untersuchen wird. Ob der Tumor bösartig ist, kann ich so nicht sagen. Es müssen erst Gewebeproben entnommen werden.«

Lichtenberg ist schockiert und er merkt, wie sein Mund trocken wird.

»Lassen Sie den Kopf nicht hängen! Die Geschwulst ist vermutlich gutartig und wenn Sie das Rauchen aufgeben, können Sie bestimmt noch hundert Jahre alt werden. Abgesehen vom Tumor scheint bei Ihnen alles in Ordnung zu sein. Wenn das Ergebnis der Untersuchung vorliegt, melden Sie sich bitte wieder, um das weitere Vorgehen zu besprechen.«

Lichtenberg verlässt die Arztpraxis und befindet sich in einer Art Trancezustand. So eine Nachricht, die ja quasi das Todesurteil bedeuten kann, muss schließlich erst einmal geistig verdaut werden. Er will jedoch auch nicht zu früh in Panik geraten und die Gewebeuntersuchung in Ruhe abwarten. Zur Entspannung geht er in die nächste Kneipe, um die schlechte Nachricht mit einem Bier herunterzuspülen. Die obligatorische Zigarette dazu, darf natürlich nicht fehlen. Ein paar Gläser Bier später geht Lichtenberg, nun innerlich beruhigt, in den nahegelegenen Park und setzt sich auf eine Bank am Teich.

Er beobachtet das Treiben der Wasservögel und denkt über die Sinnlosigkeit des Lebens nach.

Nach einer Stunde sitzt er immer noch auf der Bank.

Er hat die Beine ausgestreckt und die Arme vor der Brust verschränkt. Die Wirkung des Alkohols ist so gut wie verschwunden und er überlegt, ob er langsam wieder zum Auto gehen und nach Hause fahren soll.

Zwei junge Männer nähern sich lachend und nehmen einen Schluck aus ihren Bierflaschen. Einer der beiden tritt Lichtenberg im Vorbeigehen gegen die Füße, sodass er von der Bank rutscht und mit dem Hintern auf dem Boden landet. Die beiden gehen lachend weiter.

»Ja, seht nur zu, dass ihr Land gewinnt, ihr Feiglinge!«, ruft er ihnen hinterher. Die beiden machen kehrt und lachen jetzt nicht mehr. Sie wirken sogar etwas verärgert. Lichtenberg sitzt immer noch auf seinem Hintern neben der Bank. Der junge Mann, der ihn getreten hat, holt zum Schlag aus und will ihm offenbar auf die Nase hauen.

Lichtenberg hat allerdings inzwischen sein Pfefferspray aus der Jacke geholt und sprüht dem Angreifer eine Ladung ins Gesicht, ebenso seinem Kumpanen. Die beiden geben seltsame Laute von sich und halten sich die Hände vor die Augen. Lichtenberg ist aufgestanden und verpasst dem Treter mit seinem Ellenbogen einen heftigen Stoß ins Gesicht, der diesen zu Boden gehen lässt. Der zweite bekommt einen ordentlichen Faustschlag in den Magen und als Zugabe eine deftige Kopfnuss.

Heinrich ist noch nicht zufrieden und zerrt einen nach dem anderen zum Teich und befördert ihn mit einem Kinnhaken ins Gewässer. Dann macht er sich auf den Heimweg. Die Begegnung mit den beiden Jungs hat ihn wieder aufgemuntert.

Am nächsten Morgen sitzt er im Wartezimmer der gastroenterologischen Praxis. Er wird ins Untersuchungszimmer gebeten und muss eine süßlich schmeckende Flüssigkeit trinken, welche die Schaumbildung im Magen verhindert, damit der Arzt bei der Untersuchung gute Sicht hat.

Er muss sich auf einer Liege niederlassen und bekommt ein Mundstück zwischen die Zähne geklemmt. Dann wird das Endoskop eingeführt, und er verspürt bei jedem Schlucken, das sich leider kaum unterdrücken lässt, einen unangenehmen Würgereiz. Der Arzt entnimmt mit einer Zange am Endoskop eine Gewebeprobe aus dem Tumor. Nach einigen Minuten ist die Untersuchung beendet und er kann wieder nach Hause gehen. Einige Tage darauf wird ihm telefonisch das Ergebnis der Gewebeuntersuchung mitgeteilt. Der Tumor ist gutartig, sollte aber trotzdem bald entfernt werden. Lichtenberg ist erleichtert und beschließt, in Zukunft gesünder zu leben. Er will ab jetzt besser auf seinen Körper achten. Vielleicht würde er am Ende des Jahres sogar mit dem Rauchen aufhören – wer weiß? Er entschließt sich spontan zu einem Kurzurlaub auf Mallorca, um die Diagnose zu feiern.

FRAU IM CAFÉ UND
FRAU IM WASSER

6. Juli. Lichtenberg macht an diesem heißen späten Nachmittag einen Bummel durch die Fußgängerzone.

Die Straßencafés und Eisdielen sind gut besucht, da viele Leute zurzeit Urlaub haben oder gleich nach der Arbeit einen Spaziergang durch die Stadt machen, um das schöne Wetter auszunutzen. Er setzt sich an einen Tisch vor einem Eiscafè und bestellt sich ein Erdbeereis mit Sahne, gönnt sich danach noch einen Cappuccino und raucht eine Zigarette. Er bemerkt eine junge Frau mit verheultem Gesicht am Nebentisch. Ihre Augenschminke ist verlaufen, und so sieht sie doch recht bemitleidenswert aus. Darüber hinaus wirkt sie auch ziemlich verängstigt. Ihre Hände zittern, als sie sich eine Zigarette anzündet, und den Wein, den sie sich bestellt hat, kann sie nur mit Mühe trinken, ohne etwas davon zu verschütten.

Eine attraktive Frau, die so einen verlorenen Eindruck macht, weckt natürlich die Beschützer Instinkte der meisten Männer. Welche anderen Instinkte dabei unbewusst noch im Hintergrund ihre Fäden spinnen, sollte man vielleicht nicht näher ergründen.

»Was ist Ihnen denn passiert? Sie sehen ja schlimm aus«, spricht Lichtenberg die junge Frau an.

»Nur ein paar Beziehungsprobleme, aber danke der Nachfrage.«

»Darf ich mich zu Ihnen setzen?«

»Wenn Sie möchten …«, antwortet sie, wirft ihm dabei nur einen flüchtigen Blick zu und fixiert dann die Zigarette zwischen ihren Fingern, deren Nägel mit einem blutroten, glänzenden Lack in der Farbe ihres Lippenstiftes überzogen sind. Sie bestellt sich noch ein Glas Wein, als die Bedienung vorbeikommt, und Lichtenberg nutzt die Gelegenheit und bestellt sich ein Bier. »Möchten Sie darüber reden?«

»Ich habe mich von meinem Freund getrennt, weil er krankhaft eifersüchtig ist. Er kann sich nicht mit der Trennung abfinden und verfolgt und bedroht mich.«

»Ja, man muss höllisch aufpassen, mit wem man sich einlässt. Eine Beziehung anzufangen, erscheint einem zunächst wie ein harmloses Spiel. Aber im Grunde ist es ein lebensgefährliches Unterfangen. Was wollen Sie denn jetzt machen?«

»Ich kann vorübergehend bei einer Freundin wohnen. Ich muss allerdings noch meine Sachen bei ihm abholen. Die sind noch in seiner Wohnung. Ich hoffe, dass er sich bald beruhigt hat und wir unser Verhältnis anständig beenden können.«

»Meiner Meinung nach sollten Sie Ihre Sachen erst mal vergessen oder zumindest nicht selbst und auf gar keinen Fall allein abholen. Das wäre viel zu gefährlich. Was sie dringend brauchen, können Sie sich neu kaufen, und alles andere findet sich später. Wenn er Sie jetzt in die Finger bekommt, kann das schlimm für Sie ausgehen. Und lassen Sie sich auf gar keinen Fall auf eine letzte Aussprache mit ihm ein, von wegen versöhnliche Trennung oder so einen Unfug.«

»Sie haben recht. Ich werde dann jetzt gehen. Vielen Dank für das Gespräch. Ich fühle mich schon etwas besser.«

Sie verabschiedet sich und geht davon. Lichtenberg ruft ihr hinterher und sie kehrt noch einmal um.

»Warten Sie! Hier, nehmen Sie meine Visitenkarte und rufen Sie mich an, wenn Sie Hilfe brauchen. Viel Glück und auf Wiedersehen!«

Sie nimmt die Karte an sich und entschwindet in der Menge der anderen Passanten. Lichtenberg bleibt noch eine Weile bei seinem Bier sitzen. »Hoffentlich geht das gut«, denkt er, und zündet sich eine Zigarette an. Er braucht immer noch ein Paar neue Schuhe. Bei seinem letzten Besuch in einem Schuhgeschäft war ihm ja etwas dazwischen gekommen. Da er nicht weiß, ob der Verkäufer ihm seinen übereilten Aufbruch neulich übel genommen hat, geht er in ein anderes Geschäft und lässt sich abermals einige Schuhe bringen. Gleich das dritte Paar gefällt ihm und passt ausgezeichnet. Er kauft es und verlässt das Geschäft. Am Ausgang trifft er seinen Freund Matthias.

»Hallo Heinrich! Schön, dich zu sehen. Rate mal, wen ich vorhin getroffen habe. Diesen Gunter Behrens! Wir sind etwas in Streit geraten und ich habe ihm eins auf die Nase gegeben. Das tat richtig gut. Vielleicht zeigt er mich an, aber das wäre mir so was von egal. Lass uns irgendwo essen gehen und ein bisschen quatschen.«

»Ja, gern!« Sie gehen zu einem Restaurant in der Nähe, in dem sie schon mehrmals gewesen sind und setzen sich draußen an einen Tisch. Es sind nur wenige Gäste an den anderen Tischen, was wohl daran liegt, dass es noch etwas zu früh fürs Abendessen ist.

Nach Durchsicht der Speisekarte entscheidet sich Matthias für ein Steak mit Pommes frites, und Lichtenberg schließt sich solidarisch der Auswahl an. Vorweg gibt es natürlich ein Bier und für Heinrich die obligatorische Zigarette.

»Du und dein ständiges Qualmen. Das wird dich noch mal umbringen.«

»Damit könntest du recht haben. Wie war denn euer Urlaub an der Küste? Hattet ihr schönes Wetter?«

»Leider nur die letzten drei Tage. Vorher hat es nur geregnet. Aber ich habe mich dadurch nicht vom Surfen und Angeln abhalten lassen. Meine Frau und meine Tochter waren allerdings meistens im Haus. Nächstes Mal fahren wir in die Berge. Und was ist mit dir, Heinrich? Warst du mal weg?«

»Ich war letzte Woche auf Mallorca. Ich habe mir in dem deutschen Getto Peguera ein Hotelzimmer genommen, ein Motorrad gemietet und bin viel auf der Insel herumgekurvt, im wahrsten Sinne des Wortes. Kurvige Strecken gibt es da ja genug und das Wetter war auch prima.«

»Hört sich wirklich gut an. Vielleicht können wir so eine Tour ja mal gemeinsam machen und Dieter noch mitnehmen.«

»Dann sollten wir damit nicht zu lange warten und das Projekt bei nächster Gelegenheit verbindlich besprechen, sonst wird vielleicht nichts daraus.«

»Stell dir vor, man hat mir neulich in der Stadt mein Fahrrad geklaut, obwohl ich es angeschlossen hatte. Das Fahrradschloss lag kaputt an der Stelle, wo ich das Rad abgestellt hatte. Ich finde, man sollte es bei uns machen wie in London, wo praktisch die ganze Innenstadt mit Überwachungskameras kontrolliert wird. Dann würde es solche dreisten Diebstähle bei uns nicht mehr geben.«

»Da gebe ich dir recht. Allerdings ist es auch kein angenehmes Gefühl, ständig beobachtet zu werden.«

»Wieso? Die anderen Leute in der Fußgängerzone beobachten uns doch auch, ohne dass uns das sonderlich stört, und religiöse Menschen müssten sich doch eigentlich auch ständig von einer alles sehenden und wissenden Macht beobachtet fühlen. Sogar nachts in ihrem Schlafzimmer. Ob Gott, falls es ihn denn gibt, die Menschen jederzeit beobachtet, auch beim Sex oder auf der Toilette? Also, mir wäre das irgendwie peinlich. Gut, dass wir nicht daran glauben.«

Lichtenberg nimmt einen Zug von seiner Zigarette, bevor er antwortet.

»Ich glaube, dass wir bald alle von Satelliten überwacht werden. Wenn die Technik noch etwas besser wird, dann kann man vom Weltall aus alle Details erkennen und jederzeit wissen, wo wir uns aufhalten und was wir tun. Vielleicht beobachtet man uns dann sogar mit Wärmebildkameras in unseren Häusern.

Dann würde es auch kaum noch Verbrechen geben, weil man die Täter jederzeit erkennen und verfolgen kann. Wenn jemand einen Überfall macht oder einen Mord begeht, dann braucht man sich nur die Satellitenaufnahme vom Tatort ansehen, bis zur Tatzeit zurückspulen, und den Täter auf den Bildern bis nach Hause verfolgen. Dann muss die Polizei ihn dort nur noch abholen.«

Das Essen wird gebracht.

»Ich finde, das sieht gut aus und duftet himmlisch. Ich wünsche dir einen guten Appetit, Matthias. Wie schade, dass so ein armes Tier dafür sein Leben lassen musste. Aber die wenigsten Menschen eignen sich nun mal zum Vegetarier.«

»Ich bestimmt nicht. Und wenn die Natur es so eingerichtet hat, dass uns Fleisch schmeckt, dann kann es ja nicht wirklich falsch sein, es auch zu essen.«

Matthias hat seine Portion nach wenigen Minuten verdrückt und lehnt sich zufrieden zurück. Lichtenberg schafft seine Mahlzeit nicht ganz und erklärt, um eventuellen besorgten Nachfragen vorzugreifen: »Ich habe vorhin schon eine Kleinigkeit gegessen, deshalb bekomme ich das nicht auf.«

Nach einem letzten Bier und einem Verdauungsschnäpschen brechen die beiden auf und verabschieden sich voneinander. Eigentlich wollte Lichtenberg jetzt nach Hause, aber er fühlt sich berauscht von dem Gerstensaft und will in diesem Zustand nicht Auto fahren. Deshalb geht er in einen Park, um sich dort ins Gras zu legen und etwas zu dösen. Nach einer Stunde entspannten Liegens ist er etwas klarer im Kopf und entschließt sich, zur endgültigen Ausnüchterung noch eine Bootstour auf der Oker zu machen, die am Rand des Parks vorbeifließt und hier die Bezeichnung ›östlicher Umflutgraben‹ trägt. Natürlich ist bei dem schönen Wetter am Bootsanleger reger Betrieb und eine Warteschlange hat sich vor dem Kassenhäuschen gebildet.

Es sind viele junge Pärchen unterwegs und es herrscht ein ständiges Kommen und Gehen, ein fließbandartiges Ablegen und Anlegen der Ruderboote, Tretboote und

Paddelboote, dazu ein fröhliches Stimmengewirr, aufgeregte Schreie der Mädchen, wenn eines der Boote in eine bedrohliche Schieflage gerät, und befreiendes Lachen, wenn die gefährliche Situation gemeistert wurde.

Lichtenberg entscheidet sich für ein Tretboot. Nach einer halben Stunde Kräfte zehrenden Strampelns, gönnt er sich eine Zigarettenpause und lässt sich treiben. Er schließt die Augen und genießt das sanfte Schaukeln des Bootes. In diesem Abschnitt des Flusses sind nur wenige Leute unterwegs, und die Stimmen der anderen Freizeitkapitäne sind weit entfernt zu hören. Plötzlich vernimmt er einen dumpfen Schlag gegen sein Boot. Als er die Augen öffnet, bemerkt er, dass er von einem Paddelboot gerammt wurde. Allerdings ist niemand an Bord.

Lichtenberg schaut sich um und entdeckt in etwa zwanzig Meter Entfernung einen hellen Gegenstand im Fluss. Er tritt in die Pedale und steuert auf das gesichtete Objekt zu. Beim Näherkommen sieht er, dass es sich um einen menschlichen Körper handelt, mit dem Gesicht nach unten im Wasser treibend. Ohne zu zögern, springt er von Bord, packt den leblos wirkenden Körper und schafft es, ihn über das zum Glück seicht abfallende Ufer an Land zu zerren.

Es ist eine Frau, vielleicht Mitte vierzig. Sie regt sich nicht. Vermutlich hat sie Wasser geschluckt. Lichtenberg drückt rhythmisch ihre Arme auf ihren Brustkorb, um das Wasser aus ihrer Lunge zu quetschen und macht eine Mund zu Mund Beatmung. Nach einer Weile kommt die Frau hustend wieder zu sich. Offenbar hat sie noch nicht lange im Wasser gelegen.

»Gott sei Dank«, sagt Lichtenberg. Natürlich ist das für

ihn nur so eine Redensart, da er ja nicht an Gott glaubt. Zu seiner großen Erleichterung ist die Frau noch am Leben und hat anscheinend auch keine bleibenden Schäden davongetragen. Jedenfalls ist sie ansprechbar. Lichtenberg ruft mit seinem Mobiltelefon, zum Glück ein sogenanntes Outdoorhandy und somit wasserdicht, einen Krankenwagen, der kurz darauf, nach einer Aufsehen erregenden Querfeldeinfahrt durch den Park, eintrifft und die Frau nach kurzer Untersuchung abtransportiert.

Lichtenberg nimmt das Paddelboot in Schlepptau und bringt es zusammen mit dem Tretboot zurück zum Anleger. Er ist jetzt wieder völlig nüchtern, durch das Schwimmen im Fluss erfrischt und beschließt, nach Hause zu fahren.

Auf seinem Rückweg durch die Stadt fällt ihm ein, dass er seine Plastiktüte mit den neuen Schuhen im Restaurant vergessen hat. Der Wirt hat sie erfreulicherweise entdeckt und sichergestellt. Er ist allerdings verwundert, weil Lichtenberg tropfnass ist und eine kleine Überschwemmung in seinem Lokal hinterlässt. Daheim lässt sich Lichtenberg, nachdem er sich seiner nassen Sachen entledigt hat, müde ins Bett fallen.

»Morgen bleibe ich zu Hause«, schwört er sich.

TOILETTENFRAUEN
UND TATTOOS

9. Juli. Als Heinrich Lichtenberg an diesem Mittwoch-morgen in die Kaffeedose blickt, sieht er, dass sich nur noch wenig Kaffeemehl darin befindet und an ein be-friedigendes Frühstück somit nicht zu denken ist. Als er dann auch noch feststellt, dass er nur noch zwei Zi-garetten besitzt, ist endgültig klar, dass er dringend seine Nahrungsvorräte auffüllen muss.

Ohne eine ausreichende Koffeindosis setzt er sich nur ungern ans Steuer, weil dann seine Reflexe nicht optimal funktionieren und die Unfallgefahr unnötig wächst. Er fährt ins nahe gelegene Einkaufszentrum. Trotz intensiver Suche findet er in seinem Auto keine Euromünze für den Einkaufswagen, aber dafür einen Plastikchip.

Der große Drahtkorb auf Rädern lässt sich nur nach heftigem Zerren widerwillig von seinen Artgenossen trennen und ist dann auch nur mühsam zu schieben, weil seine Rollen aus unerfindlichem Grund schwergängig sind. Außerdem hat er einen deutlichen Linksdrall und bei näherem Hinsehen noch etwas zerknülltes Papier und Gemüseblätter in seinem Inneren.

Lichtenberg überlegt kurz, ob er ihn gegen einen ande-ren eintauschen soll, verwirft den Gedanken aber schnell wieder. Er hat keine Lust, sich lange mit dem Einkaufen aufzuhalten, zumal er plötzlich einen heftigen Harndrang verspürt und ein Schnürsenkel seltsamerweise immer wieder aufgeht und er sich ständig hinknien muss, um ihn wieder zuzubinden.

Er rafft also schnell die wichtigsten Dinge wie Kaffee, Milch, Schokolade, Bier und Chips zusammen, holt sich im Kassenbereich noch zwei Schachteln Zigaretten und will gerade zum Auto zurück, als sein Freund Dieter ihn anspricht.

»Morgen, Heinrich! So früh schon auf den Beinen?«

»Hallo, Dieter! Ja, ich musste dringend einkaufen. Lass uns da am Stehtisch beim Bäcker einen Kaffee trinken.«

»Ja, gern!«

»Besorg doch bitte schon mal den Kaffee und pass auf meinen Einkaufswagen auf. Ich geh mal eben auf die Toilette.«

»Alles klar!« Im Eingangsbereich der Toilette sitzt eine dicke Frau auf einem Stuhl, und neben ihr befindet sich ein Tischchen mit einem kleinen Teller, in dem ein Fünfzig Cent Stück liegt. Lichtenberg geht wortlos hinein.

Ein kräftiges »Guten Morgen!« wird ihm hinterher gerufen. »Morgen!« erwidert Lichtenberg, ohne sich umzudrehen.

Beim Hinausgehen legt er fünfzig Cent auf den Teller und verabschiedet sich höflich von der Frau, die das Geld sogleich in ihrer Kitteltasche verschwinden lässt.

Lichtenberg ist etwas verärgert, als er zu Dieter an den Tisch kommt, an dem bereits eine Tasse Kaffee auf ihn wartet.

»Als Verantwortlicher für ein solches Einkaufszentrum

würde ich als Erstes dafür sorgen, dass dieses Geldeinsammeln vor den Toiletten unterbleibt. So etwas trägt nicht zum Wohlbefinden der Kundschaft bei. Gepflegte und kostenlos zu benutzende Toiletten sollten selbstverständlich zum Service einer solchen Einrichtung dazugehören, wie in Japan zum Beispiel. Dort käme niemand auf die Idee, in einem Kaufhaus von seinen Kunden Geld für die Benutzung der Toiletten zu verlangen.«

»Reg dich wieder ab, Heinrich! Das sind doch Arbeitsplätze, die sich quasi von selbst bezahlt machen. Die Toilettenfrauen bekommen doch bestimmt nur ein schmales Gehalt und finanzieren sich hauptsächlich über die Abgaben der Toilettenbenutzer. Dafür sorgen sie für Sauberkeit. Wenn der Service umsonst wäre, dann würde sich das Unternehmen die Kosten über höhere Preise bei seinen Waren wieder hereinholen.«

»Dann sollen sie doch die Warenpreise erhöhen. Die Geldeinsammler bzw. Aufpasser vor den Toiletten sehen von dem Geld gar nichts. Die bekommen nur ihren schmalen Stundenlohn und das Geld sackt sich das Unternehmen ein. Da kommen aufs Jahr gerechnet riesige Beträge zusammen. Die sitzen da nur rum, damit die Leute ihr Geld abliefern. Ich finde es aber auch unproduktiv, wenn da jemand die meiste Zeit nur herumsitzt und Geld einsammelt, anstatt z.B. jede Stunde kurz vorbeizukommen, sauber zu machen und in der Zwischenzeit andere Aufgaben zu erledigen. Dann sollte man es besser so machen, wie in vielen Autobahnraststätten und einigen Kaufhäusern, bei denen es eine automatische Einlasskontrolle mit Münzeinwurf gibt. Wenn jemand vor dem Eingang einer Toilette herumsitzt, gibt es auch eine psychologische Hemmschwelle, da hineinzugehen.«

»Matthias hat erzählt, dass er dich in der Stadt getroffen hat und von dem Vorschlag berichtet, demnächst mal einen gemeinsamen Urlaub zu verbringen. Wollen wir uns kommenden Samstag bei mir zu Hause mal zusammensetzen und das Ganze besprechen?«

»Ja, gern. Wieso nicht? Bei der Gelegenheit könnten wir ja mal wieder grillen.«

»Gute Idee. Die Einzelheiten können wir ja noch telefonisch klären.«

Nachdem sie ihren Kaffee ausgetrunken haben, verabschieden sie sich. Lichtenberg hat noch keine Lust, direkt wieder nach Hause zu fahren, sondern will noch einen Abstecher in die Stadt machen. Er stellt sein Auto auf einem Parkplatz in der Nähe der Innenstadt ab, da er ein paar Nebenstraßen ablaufen möchte. Die Fußgängerzone kennt er ja schon auswendig. Zwischen den Wohnhäusern gibt es ab und zu kleinere Geschäfte und Kneipen. Er kommt an einem Tätowierstudio vorbei und sieht sich die verschiedenen Motive im Schaufenster an, die als gezeichnete Bilder oder abfotografierte Tätowierungen zu sehen sind.

Sie sind überwiegend schwarz, aber es sind auch einige in grellen Farben darunter. Viele Motive zeigen finstere Gestalten mit Totenköpfen. Andere stellen hübsche Mädchen mit einer Träne im Auge dar oder blutende Herzen, Schwerter, Blumen oder einfach graphische Muster. Insgesamt wirkt das auf Lichtenberg alles sehr schwülstig und kitschig. Er stellt sich vor, wie es wäre, wenn er sich eine nackte Frau auf die Brust tätowieren ließe und sich dann bei einem Arztbesuch entblößen müsste oder er damit bei seinem nächsten Urlaub an der See, nur mit Badehose bekleidet, am Strand entlang ginge. Er geht in den Laden hinein und lässt sich einen Katalog mit Motiven geben.

Hinter dem Tresen steht ein schwarz gekleideter junger Mann mit langen, zu einem Pferdeschwanz zusammengebundenen Haaren, zahlreichen obskuren Tätowierungen auf den Armen und Piercings an den Ohren und Augenbrauen. Von Zeit zu Zeit kommt eine junge Frau, ebenfalls schwarz gekleidet und mit Tätowierungen und Piercings geschmückt, aus dem Nebenraum.

Sie trägt Metallringe an den Lippen und Lichtenberg würde sie gern einmal küssen, um zu erfahren, wie sich das anfühlt. Sie kramt kurz in einer Schublade und verschwindet dann wieder nach nebenan.

Lichtenberg entschließt sich, einen farbigen Skorpion auf seinen rechten Unterarm tätowieren zu lassen. Darunter sollen sein Name und sein Geburtsdatum stehen – der 17. November 1948. Er wird in den Nebenraum gebeten, wo bereits eine junge Frau bäuchlings auf einer Bank liegt und von der jungen Tätowiererin mit einer brummenden Tätowiermaschine bearbeitet wird. Sie bekommt ein farbiges Tattoo in Form einer Schlingpflanze auf Schulter und Rücken gestichelt.

Lichtenberg legt sich mit dem Rücken auf eine Bank und überlässt dem Künstler alles Weitere. Wenn ihm das Gemälde später nicht zusagt, gibt es schließlich noch die Möglichkeit, sich das Ganze mit einer Laserbehandlung wieder entfernen zu lassen. Der Skorpion wird als Abziehbild auf seine Haut übertragen und dann mit Farbe und Tätowiermaschine in der Haut verewigt.

Die Prozedur ist schmerzhaft, aber durchaus erträglich, und nach einer endlos erscheinenden Zeit kann er das fertige Werk in Augenschein nehmen. Er ist mit dem Ergebnis sehr zufrieden, bezahlt und atmet erleichtert auf, als er wieder an der frischen Luft ist. Lichtenberg geht weiter die Nebenstraßen entlang und setzt sich draußen an einen Tisch vor einem Café, wo er ein spätes Frühstück einnimmt.

Von Zeit zu Zeit fällt sein Blick auf das neue Tattoo. Er krempelt sich die Hemdsärmel herunter. Die Haut ist geschwollen und blutig und im Moment noch kein schöner Anblick. Erst muss sie verheilen. In einer kleinen Buchhandlung stöbert er eine Weile herum und kauft sich schließlich ein bebildertes Buch über Bergsteigen in den Alpen. Lichtenberg beschließt, wieder nach Hause zu fahren.

EIN MÄDCHEN
IN NOT

Sonnabend, 12. Juli. Lichtenberg wird durch das Klingeln seines Telefons jäh aus dem Schlaf gerissen. Er blickt auf die Uhr auf seinem Nachttisch. Sie zeigt 10:15:00 an.

Das Telefon steht einige Meter von seinem Bett entfernt auf einem Schreibtisch. Lichtenberg lässt sich aus dem Bett gleiten und robbt zum Telefon, das er vom Boden aus gerade so erreichen kann.

Es ist ein Meinungsforschungsinstitut am anderen Ende der Leitung und will ihm ein paar sinnlose Fragen zu irgendwelchen Produkten stellen. Lichtenberg, noch völlig schlaftrunken und orientierungslos, möchte an der Befragung nicht teilnehmen und lehnt freundlich ab.

Er liegt jetzt auf dem Boden zwischen Bett und Schreibtisch und überlegt, ob er hier einfach weiterschlafen soll. Nach einer Weile wird es ihm jedoch in dieser Lage zu kühl, und da er nun schon einmal wach ist, kann er auch aufstehen.

Beim Frühstück blättert er wie jeden Morgen die Zeitung durch. Er sieht sich die Todesanzeigen an und rechnet nach, wie alt die Leute geworden sind. Irgendwann, in nicht allzu ferner Zukunft, wird auch seine eigene Anzeige hier drinstehen.

Sein Blick fällt auf ein Gruppenfoto eines Gesangs-vereins, auf dem ungefähr fünfzig Frauen, überwiegend mittleren Alters, abgebildet sind. Er studiert nacheinander die Gesichter und stellt fest, dass zwei Frauen seinem Geschmack entsprechen und er sich eventuell in sie verlieben könnte.

Er gießt sich seinen dritten Becher Kaffee ein. Die Wirkung des Koffeins hat längst seinen Geist belebt und er beginnt zu überlegen: »Es gibt ungefähr achtzig Millionen Menschen in unserem Land. Ungefähr die Hälfte davon dürfte weiblich sein, also vierzig Millionen. Die Alterspyramide lasse ich jetzt einmal weg, dann gibt es pro Jahrgang, bei angenommenen achtzig Lebensjahren, etwa 500 000 Frauen. Einen tolerierbaren Altersunterschied von zwanzig Jahren vorausgesetzt, ergibt das etwa zehn Millionen Frauen, die infrage kommen. Wenn davon etwa jede fünfundzwanzigste Frau meinem Geschmack entspricht, komme ich auf etwa 400 000 potentielle Kandidatinnen. Wenn nur jede fünfte Frau davon alleinstehend wäre und sich auch für mich interessieren könnte, wären das immer noch 80 000. Man könnte fragen, warum sich jede fünfte Frau von den infrage kommenden für mich interessieren sollte, wenn für mich selbst nur jede fünfundzwanzigste Frau interessant ist. Aber durch meine Vorauswahl kommen ja schon ähnliche Typen zueinander und gleich und gleich gesellt sich gern. Die Behauptung, dass es nur eine einzige wahre Liebe im Leben geben könnte, ist wirklich lächerlich. Es würden sich dann nie Paare finden. Die Wirklichkeit sieht so aus, dass die wahre Liebe hinter jeder Straßenecke lauert. Man muss nur etwas Initiative aufbringen.«

Nach dem Frühstück widmet sich Heinrich der Gartenarbeit. Der Rasen hat die letzte Düngung offenbar gut angenommen und ist kräftig gewachsen. Nach dem Rasenmähen schneidet er noch einige zu lang gewordene Zweige zurück, entfernt etwas Laub aus dem Gartenteich und beendet die Gartenarbeit mit einer Zigarette.

»Heute Nachmittag ist ja das Treffen mit Matthias und Dieter wegen unserer gemeinsamen Urlaubspläne. Da werde ich das Mittagessen ausfallen lassen.«

Ihm fällt ein, dass er schon eine Weile keine Zielübungen mehr gemacht hat. An der zum Garten gelegenen Hauswand ist eine große, massive Holzplatte mit einer aufgemalten Zielscheibe angebracht. Lichtenberg holt seinen Sportbogen und seine Pfeile aus dem Geräteschuppen und schießt einige aus zehn Metern Entfernung auf die Scheibe ab. Die ersten Schüsse landen einige Zentimeter neben der Mitte der Scheibe, aber dann trifft er mit fast jedem Schuss den Mittelpunkt, der durch eine rote kreisförmige Fläche von etwa drei Zentimetern Durchmesser dargestellt ist.

Als er genug mit Pfeil und Bogen geübt hat, holt er seine Wurfmesser und setzt seine Zielübungen fort. Auch in diesem Fall gelingen ihm bald einige gute Treffer.

Zwei Tauben haben sich inzwischen auf dem Dachfirst niedergelassen. Er hat an sich nichts gegen diese gefiederten Gesellen und er fragt sich, ob es wohl wilde Tauben sind oder ob sie einem Züchter gehören.

Jedenfalls kacken sie ihm regelmäßig die Gartenmöbel voll und Lichtenberg findet, dass sie sich als kleine Entschädigung für ein paar Zielübungen zur Verfügung stellen können. Natürlich will er die Tiere dabei nicht ernsthaft verletzen. Er nimmt einen Pfeil und steckt einen

Sektkorken, der tatsächlich noch aus Kork besteht und nicht aus Kunststoff, auf die Spitze. Dann nimmt er den Bogen und visiert eine arglose Taube an, die auf dem Schornstein sitzt und die Aussicht genießt, während sie Töne von sich gibt, die an eine Eule erinnern. Der Pfeil schießt ein paar Zentimeter am Kopf des Vogels vorbei, der aufgeschreckt davon fliegt.

Gleich darauf hört er ein lautes Schreien von der Straße. Lichtenberg schwant Übles. Er legt den Bogen zur Seite und geht ums Haus herum zur Straße. Der zum Glück entschärfte Pfeil hat seine Nachbarin, Frau Meinersen, eine nette alte Dame, voll am Kopf erwischt. Sie hat eine leichte Platzwunde an der Augenbraue und es läuft ein schmales Rinnsal Blut an ihrer Wange herab. Ihre Einkaufstasche ist auf den Bürgersteig gefallen und einige Kartoffeln liegen herum. »Um Gottes Willen, Frau Meinersen! Was ist Ihnen denn passiert? Sie bluten ja am Kopf!«

Lichtenberg zieht ein Papiertaschentuch aus seiner Hosentasche und tupft ihr das Blut ab, während er sich suchend nach dem Pfeil umsieht.

»Ich weiß auch nicht. Irgendwas hat mich am Kopf getroffen.«

Lichtenberg entdeckt das hölzerne Projektil neben einem am Straßenrand geparkten Auto im Rinnstein, wo Frau Meinersen es nicht so leicht sehen kann.

»Ich glaube, es ist nicht so schlimm. Vermutlich hat ein vorbeifahrendes Auto einen Stein aufgewirbelt und der hat Sie unglücklich getroffen. Ich bringe Ihnen Ihre Einkaufstasche nach Hause. Halten Sie sich an meinem Arm fest.«

Nachdem er Frau Meinersen nach Hause gebracht, ihre Wunde mit einem Pflaster versorgt und den Pfeil vom

Straßenrand aufgelesen hat, geht er in den Garten zurück und verstaut seine Sportgeräte wieder im Schuppen.

Das Training ist vorerst beendet. Nach einer kurzen Ruhephase auf der Gartenliege fährt er zu dem verabredeten Treffen mit Matthias und Dieter. Er geht gleich ums Haus herum in Dieters Garten, wo die beiden bereits mitten in den Grillvorbereitungen stecken. »Hallo, seid gegrüßt!«

»Hallo Heinrich!«, rufen sie zurück, werfen ihm einen kurzen Blick zu und konzentrieren sich sofort wieder auf ihre Aktivitäten. Matthias steht an einem kleinen Partyfass und zapft Bier.

»Nimm dir auch gleich eins – ist gerade fertig geworden. Das ist eine praktische Erfindung. Die Kohlensäurepatrone ist gleich im Fass eingebaut und hält das Bier lange frisch und unter Druck.«

»Danke für die Blume, Matthias. Das sieht wirklich köstlich aus. Ich habe ein paar Reiseprospekte mitgebracht. Die können wir ja nachher mal durchsehen.«

Dieter ist damit beschäftigt, den Grill in Gang zu setzen. Er schüttet einen Haufen Grillkohle aus Buchenholz auf den Grill, darauf etwas Grillanzünderflüssigkeit und zündet das Ganze mit einem Feuerzeug an. Lichtenberg hat sich zu Matthias an den Tisch gesetzt und beobachtet dessen Künste als Bierzapfer.

»Wo hast du denn deine Frau versteckt, Dieter?«

»Die ist mit einer Freundin ins Theater gegangen. Ich glaube, sie wollen sich irgend so ein kitschiges Musical ansehen.«

Das Grillfeuer ist inzwischen wieder erloschen und Dieter ist mit der entstandenen Glutmenge unzufrieden.

Daher gießt er noch Grillanzünder auf die Kohlen. Als er das Ganze erneut anzünden will, gibt es eine helle Stichflamme. Dieter schreit kurz auf. Heinrich und Matthias eilen erschrocken zu ihrem Freund. Die Stichflamme war zum Glück nicht sehr groß und hat nur Dieters rechte Hand, den Unterarm und einen Teil seiner Haare erwischt.

Matthias schimpft Dieter ärgerlich aus: »Sag mal, Dieter, wie alt bist du eigentlich? Du musst doch wissen, dass man nie Grillanzünderflüssigkeit in eine bestehende Glut schütten darf. Ist doch klar, dass das nicht gut ausgeht!«

Die Verbrennungen sind zum Glück nicht so gravierend, und so versorgen die beiden den Patienten mit Salbe und einem Verband. Um den Brandschaden an Dieters Frisur zu beseitigen, bekommt er kurzerhand von Matthias eine sportliche Kurzhaarfrisur verpasst.

»Also, ich finde, das steht dir ganz gut. Was sagst du denn dazu, Heinrich?«

»Ich finde, er hat schon mal attraktiver ausgesehen. Aber Strafe muss schließlich sein!«

Abgesehen von diesem kleinen Zwischenfall verläuft der weitere Tag ohne besondere Vorkommnisse. Die drei entschließen sich zu einem Urlaub auf Mallorca im September und Lichtenberg soll sich um die Buchung kümmern.

Heinrich und Matthias, die mit Fahrrädern angereist waren, machen sich spätabends wieder auf den Heimweg.

Zu Hause angekommen, lehnt Lichtenberg sein Fahrrad an die Hauswand und lenkt seine Schritte zur Haustür, wo er schemenhaft eine auf den Treppenstufen sitzende menschliche Gestalt erkennt. Als er näher kommt und der Bewegungsmelder das Licht am Hauseingang einschaltet, sieht er die Person deutlich. Es ist die junge Frau, die er neulich mit verheultem Gesicht im Cafè in der Fußgängerzone getroffen hat. Ihr Zustand hat sich nicht zum Vorteil verändert. Sie sieht immer noch, oder schon wieder, verheult und verängstigt aus und blickt Lichtenberg mit einem verlegenen, gequälten Lächeln an.

»Tut mir leid, aber ich wusste nicht, wo ich hingehen soll. Ich hoffe, ich störe Sie nicht.«

»Nein, gar nicht. Kommen Sie doch herein!«

Lichtenberg öffnet die Eingangstür und die beiden gehen ins Haus.

»Kann ich Ihnen etwas zu trinken anbieten?«

»Ein Glas Rotwein wäre jetzt genau das Richtige. Ich heiße übrigens Stefanie Krüger.«

Sie setzen sich ins Wohnzimmer. Lichtenberg reicht Stefanie ein Glas Rotwein und öffnet sich eine Flasche Bier. Beide rauchen eine Zigarette und Lichtenberg möchte wissen, welchen Grund ihr unerwarteter später Besuch hat.

»Erzählen Sie mal, was inzwischen passiert ist.«

»Ich bin zu meiner Freundin gefahren und habe seither bei ihr gewohnt. Ich habe mich da sehr sicher gefühlt. Als wir heute morgen zusammen ihre Wohnung verlassen haben, stand mein Exfreund plötzlich vor der Tür.

Er hat uns beschimpft und bedroht und ist mit einem Messer auf mich losgegangen. Meine Freundin wollte ihn aufhalten, und da hat er sie in den Bauch gestochen. Ich konnte weglaufen und habe mich in einem Hauseingang versteckt. Nach einer Weile bin ich dann zurückgegangen und habe gesehen, wie der Krankenwagen schon bei meiner Freundin war, den irgendwer gerufen haben muss.

Ich bin dann mit ins Krankenhaus gefahren. Sie ist zwar

schwer, aber zum Glück nicht lebensgefährlich verletzt. Die Polizei hat ihn zur Fahndung ausgeschrieben, aber er ist untergetaucht. Ich verstehe nicht, wie er mich überhaupt finden konnte. Er wusste doch überhaupt nichts von meiner Freundin.«

»Tragen Sie ein Mobiltelefon bei sich?«

»Ja, warum?«

»Wahrscheinlich kann er Sie damit orten und ist so immer über Ihren Aufenthaltsort auf dem Laufenden.«

»Ich wusste gar nicht, dass so was möglich ist.«

»Vermutlich hat er Ihr Handy in einem unbeobachteten Moment in die Finger bekommen und Sie ohne Ihr Wissen per SMS bei einem Ortungsservice angemeldet. Im Moment ist das rechtlich noch möglich, aber wahrscheinlich braucht man bald die schriftliche Zustimmung des Betroffenen. Sie sollten Ihr Telefon sofort ausschalten!«

Stefanie schaltet ihr Handy ab und trinkt eine Schluck aus ihrem Glas.

»Vermutlich weiß er bereits, dass Sie hier sind. Es ist besser, wenn wir von hier verschwinden.«

Die beiden gehen durch das Haus zur Garage und steigen ins Auto. Lichtenberg öffnet per Fernbedienung das Garagentor und fährt die Einfahrt entlang bis zur Straße. In diesem Moment stellt sich ein anderes Auto vor ihm in den Weg und hindert ihn am Weiterfahren. Der Fahrer steigt aus und geht auf Lichtenberg zu, der reflexartig die Tür verriegelt. Stefanie erkennt den Mann.

»Das ist Norbert, mein Exfreund!«, ruft sie panisch. Er versucht die Fahrertür zu öffnen, was ihm jedoch nicht gelingt. Wütend schlägt er gegen die Seitenscheibe.

»Mach sofort die Tür auf, du Arschloch, oder ich mache dich auch fertig.«

Lichtenberg gibt Gas und schiebt das Auto, das ihm die Ausfahrt versperrt, zur Seite. Dann fährt er mit quietschenden Reifen davon. Im Rückspiegel erkennt er, wie Norbert ihm mit seinem Auto folgt. In rasanter Fahrt geht es aus der Stadt heraus und dann die Landstraße entlang. Lichtenberg hat etwa einen Kilometer Vorsprung, aber der scheint sich langsam zu verringern. Anscheinend ist dieser Norbert ein sportlicher Fahrer und zudem auch gut motorisiert.

Lichtenberg versucht, sein Tempo zu erhöhen, und gerät in den Kurven bereits leicht ins Rutschen, was ihn zwingt, das Gas etwas zurückzunehmen.

Sie kommen durch eine kleine Ortschaft und Lichtenberg muss die Geschwindigkeit weiter verringern. Am Ortsausgang hat Norbert aufgeschlossen und hängt jetzt quasi an der Stoßstange von Lichtenbergs Auto. Der lenkt sein Auto in die Straßenmitte, damit Norbert nicht überholen kann. So fahren sie eine Weile hintereinander her.

Ein anderes Fahrzeug kommt ihnen entgegen, und so muss Lichtenberg wieder auf der rechte Spur fahren. Als das entgegenkommende Fahrzeug vorbei ist, nutzt der Verfolger die Gelegenheit und setzt sich mit seinem Auto neben Lichtenbergs Wagen, lenkt nach rechts und versucht anscheinend das Gefährt von der Straße zu schieben.

Da das Auto von Lichtenberg aufgrund seiner Panzerung sehr schwer ist, gelingt dieses Vorhaben trotz mehrmaliger Versuche nicht so recht. Wieder nähert sich ein Pkw mit hohem Tempo von vorn. Norbert muss abbremsen und sich mit seinem Wagen wieder hinter Lichtenberg setzen.

Nachdem er den Gegenverkehr vorbeigelassen hat, versucht er erneut, sich neben Lichtenberg zu setzen.

Als er bis zur Motorhaube von Lichtenbergs Auto aufgeschlossen hat, zieht dieser den Wagen nach links und drängt Norberts Fahrzeug von der Straße ab.

Der Wagen rast die Böschung neben der Straße herunter und kracht in eine Gruppe kleiner Bäume.

Lichtenberg stoppt am rechten Fahrbahnrand. »Warten Sie hier, Stefanie. Ich sehe mir das mal an.«

Lichtenberg läuft die schätzungsweise hundert Meter zu der Unfallstelle zurück. Als er durch die Fenster von Norberts Autos blickt, erkennt er, dass die Airbags ausgelöst haben und Norbert auch vorschriftsmäßig angeschnallt ist. Er hängt regungslos im seinem Gurt und der Kopf ist nach vorn geneigt. Heinrich kann nicht erkennen, ob Norbert tot oder nur bewusstlos ist. Es riecht nach Benzin und er geht ein paar Meter zurück. Vermutlich ist die Benzinleitung defekt und der Kraftstoff läuft aus. Er hebt einen kleinen Ast vom Boden auf und zündet ihn mit seinem Feuerzeug an. Dann wirft er ihn zum Unfallauto, das sofort Feuer fängt. Lichtenberg geht weiter zurück und sieht, wie das Feuer rasch auf den ganzen Wagen übergreift. Er eilt zu seinem Auto zurück und sieht Stefanie, die neben dem Auto wartet. »Was ist denn los?«

»Das Auto hat Feuer gefangen. Norbert war nicht mehr zu retten.«

»Das ist ja alles grauenhaft. Mir wackeln die Knie. Was machen wir denn jetzt?«

»Ich rufe jetzt Rettungsdienst und Polizei an und wir erzählen, was passiert ist, zumindest in etwa. Sie müssen ja nicht erwähnen, dass ich den Wagen abgedrängt habe, auch wenn das ja eigentlich Notwehr war. Wir sagen einfach, er hat versucht, uns von der Straße abzudrängen, und dabei die Kontrolle über sein Auto verloren. Wer will da was anderes beweisen? Natürlich ist das erst mal ein Schock für Sie. Aber sehen Sie es doch mal positiv. Ihr Ex ist jetzt ex und kann Ihnen nichts mehr tun.«

»Sie haben recht. Danke, dass Sie mir geholfen haben.«

Nachdem die Feuerwehr die Trümmer des Unfallwagens gelöscht hat, der Rettungswagen unverrichteter Dinge wieder abgezogen ist, die Spurensicherung an seinem Auto und die Befragung durch die Polizei abgeschlossen sind, fährt Lichtenberg Stefanie wieder zur Wohnung ihrer Freundin, die immer noch im Krankenhaus liegt.

»Versuchen Sie, die Sache erst mal zu verarbeiten, und wieder zur Ruhe zu kommen. Ihre Freundin wird sicher bald wieder auf den Beinen sein.«

Sie verabschieden sich und Lichtenberg fährt nach Hause. Er weiß, dass das Anzünden des Autos streng genommen ein Mord gewesen war, falls Norbert noch am Leben gewesen sein sollte. Andererseits hätte dieser seinen Rachefeldzug vielleicht nach seiner Genesung wieder aufgenommen und wäre damit ein unberechenbares Sicherheitsrisiko geworden. Jedenfalls waren Stefanie und ihre Freundin vor weiteren Nachstellungen in Sicherheit, und das war schließlich das Wichtigste.

Wegen Norbert hatte er keine Schuldgefühle, schließlich war der selbst bereit, zu töten. Da musste er mit solchen Konsequenzen rechnen. Es ist zwei Uhr nachts und Lichtenberg ist noch zu mitgenommen von den Geschehnissen, um gleich schlafen zu können. Er trinkt noch Bier und raucht, bis ihn irgendwann die Müdigkeit übermannt und er auf dem Sofa einschläft.

DIE PENDELUHR

Dienstag, 15. Juli. Lichtenberg muss sein Frühstück kurz unterbrechen, weil es an der Haustür klingelt. Der Paketzusteller hat einen Strauß Blumen und ein kleines Päckchen für ihn.

»Seltsam! Ich habe doch erst am 17. November Geburtstag. Von wem mag das sein? Vielleicht von Stefanie, die sich für die Beseitigung ihres Exfreundes bedanken will?«

Er öffnet das Päckchen, das eine Schachtel Pralinen enthält, und liest die beiliegende Karte. Sie ist von der Frau, die er neulich im Stadtpark vor dem Ertrinken gerettet hat. Sie heißt Birgit Hermann und hat seine Personalien, die er beim Rufen des Rettungsdienstes angegeben hat, herausgefunden und möchte sich mit diesem Präsent und einer Einladung zum Abendessen, bei ihr zu Hause, für die Lebensrettung bedanken. Er solle doch telefonisch einen Termin mit ihr verabreden, falls er die Einladung annehmen möchte.

»Das ist ja wirklich eine schöne Überraschung und eine sehr nette Geste.«

Er will es sich in Ruhe überlegen, denkt aber, dass er die Einladung annehmen wird, und will sie nachher anrufen. Kurz vor elf Uhr ist das Frühstück beendet und Lichtenberg plant den weiteren Tagesablauf.

Als er noch als Ingenieur für einen Autokonzern gearbeitet hat, war sein Tag immer schön geregelt gewesen, und er brauchte sich diesbezüglich keine Gedanken zu machen. Die Wochenenden hatte seine Frau oft verplant, und so war in dieser Hinsicht meist auch keine Eigeninitiative erforderlich. Die übrigen Wochenenden verbrachte er dann mit seinen Freunden oder mit seinen Hobbys.

Sein Blick fällt auf die mechanische Penduluhr, die er bei dem Ausflug nach Emden in dem Trödelladen gekauft hatte und die seit dem an der Wohnzimmerwand hängt. Er liest den oben an der Uhr auf einer Messingplatte eingravierten Spruch: »Aetas volat!« Die Zeit fliegt dahin, muss das in etwa bedeuten. Die Einrichtungsgegenstände in der Wohnung werden ja nach kurzer Zeit zur Gewohnheit und man beachtet sie kaum noch. Eine Penduluhr mit einem schwingenden Pendel und einem Schlagwerk, das in jeder Stunde einen Ton von sich gibt, sowie Gewichten, die sich langsam dem Fußboden nähern, wird dabei noch eher beachtet, als ein ruhender Gegenstand, wie ein Bild oder ein Schrank. Außerdem muss man sich um so eine Uhr von Zeit zu Zeit kümmern, weil man die Gewichte wieder nach oben ziehen und die Zeiger wieder auf die richtige Zeit einstellen muss, denn diese Uhren gehen ja nicht wirklich genau.«

Er beobachtet das Schwingen des Pendels und denkt an die Worte des alten Mannes, der ihm die Uhr verkauft hat.

»Wenn der selbst an die Zauberkräfte der Uhr geglaubt hätte, dann hätte er sie bestimmt nicht verkauft.«

Die Uhr geht etwas nach. Lichtenberg geht zu ihr und stellt den großen Zeiger drei Minuten vor. Er stoppt das Pendel, um das kleine Justiergewicht etwas nach oben zu drehen.

Aus Spaß nimmt er das Pendel in die Hand, reibt es in der Nähe des Herzens an der Brust und spricht die eingravierten Worte aus: »Aetas volat, aetas volat, aetas volat! Wer weiß? Wenn der Zauber nicht funktioniert, ist es ja egal, und falls er doch wirksam ist, wird er ja wohl nicht schaden.«

Er bringt das Pendel wieder zum Schwingen und geht dann in den Garten.

»Vielleicht sollte ich mir ein paar Kräuter irgendwo anpflanzen. Frisch aus dem Garten schmecken die doch viel besser, als aus dem Supermarkt und gesünder sind sie dann allemal, weil ich sie nicht mit Pflanzenschutzmitteln behandele.«

Lichtenberg schnappt sich einen Spaten, gräbt ein Stück vom Rasen um, entfernt die Grassoden und harkt das so entstandene Beet eben. Nach einer Stunde ist die Arbeit erledigt und es ist Zeit für eine kleine Pause. Er holt sich einen Kaffee aus der Küche und setzt sich auf das Sofa im Wohnzimmer. Sein Blick fällt wieder auf die Pendeluhr. Er sieht einen Fleck auf dem Pendel.

»Das muss passiert sein, als ich das Pendel vorhin berührte, und der Fleck stammt vermutlich von der Marmelade an meinen Fingern, denn ich habe mir nach dem Frühstück nicht die Hände gewaschen.«

Lichtenberg reinigt sich die Hände, geht zu der Uhr und hält das Pendel an, um es gründlich mit einem Stofftuch zu putzen. Plötzlich ergreift ihn panische Angst und er verspürt einen Schmerz in der Brust. Ihm wird schwindelig und er setzt sich auf den Fußboden. Dann verliert er das Bewusstsein. Nach einer Weile kommt er wieder zu sich und vernimmt als erstes den Stundengong der Pendeluhr, die irgendwie wieder in Gang gekommen ist. Wahrscheinlich hat er das Pendel wieder zufällig in Gang gesetzt, als er zu Boden ging.

Er fühlt sich wieder gut. Keine Spur mehr von Brustschmerzen oder Schwindel. Er beschließt dennoch, zeitnah zu seinem Hausarzt zu fahren, und sich untersuchen zu lassen. Er ruft an und bekommt für den Nachmittag einen Termin. Der Arzt untersucht ihn gründlich und teilt ihm das Ergebnis mit.

»Das EKG hat nichts Auffälliges ergeben. Ihr Herz scheint in Ordnung zu sein und der Blutdruck ist auch im grünen Bereich. Ich empfehle Ihnen eine eingehende Untersuchung beim Neurologen wegen des Vorfalls. Vielleicht liegt die Ursache in Ihrem Gehirn oder vielleicht hatten Sie lediglich eine kleine Kreislaufschwäche, weil Sie sich vorher bei der Gartenarbeit etwas überanstrengt haben. Vermutlich hat das Ganze aber nichts zu bedeuten. Was ist mit Ihrem Tumor im Magen?«

»Die Operation ist in vier Wochen.«

»Ich wünsche Ihnen viel Glück dabei.«

Lichtenberg bedankt sich und verabschiedet sich von dem Arzt. Die Untersuchung beim Neurologen wird erst einmal auf unbestimmte Zeit vertagt.

Er fährt zum Friedhof. Außer einer alten Frau, die ein Grab begießt, sind gerade keine anderen Besucher hier. Er steht vor dem Grab seiner Frau. Es ist ein Doppelgrab und sein eigener Platz ist somit schon reserviert. Er betrachtet die Grabstein Inschrift: Andrea Lichtenberg, geb. 25.11. 1955, gest. 15.5. 2003. Daneben steht sein Name:

Heinrich Lichtenberg, geb. 17.11.1948. Darunter die Worte: Glaube, Liebe, Hoffnung.

Was wäre eigentlich, wenn er in seinem Alter noch mal heiraten würde, und seine neue Frau würde auch vor ihm sterben. Für welches Grab sollte er sich dann entscheiden? Wahrscheinlich würde seine Tochter ihm die Entscheidung abnehmen und ihn zu ihrer Mutter legen.

Er stellt die mitgebrachten Rosen in eine Vase. Dann zündet er ein Grablicht an, obwohl dies auf einem evangelischen Friedhof eigentlich nicht üblich ist. Natürlich sind es sogenannte fair gehandelte Blumen, die er ihr mitgebracht hat. Er will sein Gewissen nicht damit belasten, dass er billige Blumen kauft, die unter gesundheitsschädlichen und ausbeuterischen Verhältnissen in Billiglohnländern produziert wurden. Auch der Grabstein ist anständig hergestellt worden und nicht von verzweifelten indischen Kindern für einen Hungerlohn. Auf solche Dinge hat er immer Wert gelegt. Zumal dann, wenn sich ein gutes Gewissen so einfach mit etwas Geld herstellen lässt. Die echten guten Veränderungen in der Welt sind oft das Ergebnis eines schlechten Gewissens. Das Gewissen ist zwar ein Quälgeist, besonders wenn es zu ausgeprägt ist, aber in der richtigen Dosierung ist es eine segensreiche Erfindung der Evolution.

Nachdem er das Grab begossen und noch eine Weile andächtig davor gestanden hat, beschließt er, noch einmal zu dem Bahnübergang zu fahren, an dem seine Frau ums Leben kam.

Nach einer halbstündigen Autofahrt kommt er an der Unfallstelle an. Seine Frau war damals unterwegs zu einer Geburtstagsfeier einer Freundin, und da es eine reine Damenrunde sein sollte, war er nicht eingeladen worden.

Wahrscheinlich wollten die Frauen mal in aller Offenheit humorvoll über die Männerwelt lästern.

Das schlichte Holzkreuz, das er neben der Straße vor dem Übergang aufgestellt hat, ist immer noch da. Es soll auch als Warnung für andere Verkehrsteilnehmer dienen. Allerdings hat dies nicht ganz funktioniert, denn er muss erkennen, dass ein weiteres Kreuz ganz in der Nähe im Boden steckt.

Es wurde offensichtlich erst kürzlich hier aufgestellt, denn es wirkt sehr sauber und nicht verwittert.

Nadine, 14.4.1988 – 27.4.2008, steht auf dem Kreuz.

»Was für eine Tragödie. Ein junges Mädchen – sinnlos gestorben, weil kein Geld für eine richtige Schranke oder eine Unterführung da ist. Obwohl …das Geld wäre bestimmt da, aber es fehlt ein betriebswirtschaftlicher Anreiz für diese Schreibtischtäter, hierfür Geld auszugeben.

Wenn die Bahn für jeden Toten an Bahnübergängen zehn Millionen Euro Strafe zahlen müsste, dann wären alle Übergänge längst gesichert.«

Er schreibt eine kurze Notiz mit seiner Telefonnummer auf einen Zettel, mit der Bitte, sich bei ihm zu melden, da seine Frau hier auch verstorben sei und er mit den Angehörigen oder Freunden von Nadine gern sprechen würde. Die Notiz steckt er am Fuß des Kreuzes in den Boden. Lichtenberg fährt wieder nach Hause. Dort ruft er Birgit Hermann an und bedankt sich für die Blumen und die Pralinen.

»Und besonders habe ich mich über Ihre Einladung zum Essen gefreut. Ich komme natürlich gern.«

»Als Dank für das, was Sie für mich getan haben, ist das natürlich nur sehr wenig. Vielleicht fällt mir ja noch etwas anderes ein, womit ich Ihnen eine Freude machen kann.«

Ihm gefällt ihre sanfte und ruhige Stimme, und er freut sich auf das Treffen mit ihr. Sie verabreden sich für den kommenden Freitagabend. Lichtenberg macht sich immer noch etwas Sorgen wegen seines Ohnmachtsanfalls, und er sucht im Internet nach einer geeigneten neurologischen Klinik. Er wählt ein Krankenhaus aus, das ihm geeignet erscheint, und er bekommt einen Termin für den neunzehnten August um zehn Uhr. Dadurch, dass er jetzt einen Termin für die Untersuchung hat, fühlt er sich bereits besser.

Er legt sich zum Ausruhen auf das Sofa. Die tote Nadine geht ihm nicht aus dem Kopf. Wer war sie, und hätte er ihren Tod verhindern können, wenn er mehr Druck gemacht hätte, damit da endlich eine Schranke hinkommt? Er macht sich Vorwürfe. Nach einer Weile fallen ihm die Augen zu und er schläft ein.

Er träumt, wie er in einem Cabrio mit offenem Verdeck über die Landstraßen fährt, an blühenden Raps- und Getreidefeldern vorbei, über mit Blumen geschmückten Hügeln, durch Wiesen, auf denen Kühe grasen und Pferde galoppieren. Er kommt zu einer Schranke, wie es sie in Parkhäusern gibt, drückt einen Knopf und es kommt eine Parkmünze heraus. Es ist eine schwere wertvolle Goldmünze, die im Tageslicht glänzt und ihn kurz blendet, als sie zufällig das direkte Sonnenlicht einfängt und in seine Augen spiegelt. Er fährt weiter und durchquert einen großen Friedhof. Am Ende des Friedhofes muss er an einer roten Ampel warten. Plötzlich kommt ihm ein Zug entgegen, der zur Warnung ein lautes Klingeln ertönen lässt.

Als der Zug näher kommt, erkennt Lichtenberg den Zugführer. Es ist sein Hausarzt, der ihn grinsend anstarrt. Lichtenberg ist wie gelähmt und der Zug rast frontal in sein Auto hinein. Da wacht er auf und hört, wie sein Telefon klingelt.

Es ist seine Nachbarin, Frau Meinersen. Sie bittet ihn, kurz herüberzukommen, um eine Glühlampe auszuwechseln, an die sie selbst nicht herankommt.

Selbstverständlich sagt er sofort zu, zumal er ja noch wegen des unglücklichen Vorfalls mit dem Pfeil in ihrer Schuld steht und deshalb dankbar ist, etwas für sie tun zu können. Die Arbeit ist schnell erledigt und Frau Meinersen bietet ihm noch einen Kaffee und ein Stück Kuchen an.

»Der Kuchen schmeckt ja köstlich. Haben Sie den selbst gebacken, Frau Meinersen?«

»Ja, natürlich! Er ist nach dem Rezept meiner Mutter gemacht, ein überbackener Quarkkuchen.«

Lichtenberg betrachtet ein Gemälde, das hinter Frau Meinersen an der Wand hängt.

»Das ist ja ein interessantes Bild, das Sie da haben.«

»Mir gefällt es nicht besonders. Es ist ein Porträt einer jungen unbekannten Frau, das mein verstorbener Mann vor langer Zeit aus einem Urlaub in Frankreich mitgebracht hat. Ich wollte es schon weggeben, aber es war, glaube ich, sehr teuer und zudem ist es ein Original.«

Sie unterhalten sich noch eine Weile über alte Zeiten und dann geht Lichtenberg wieder nach Hause. Sein Blick fällt erneut auf die Pendeluhr, die jetzt zwei Minuten vor geht, was er durch den Vergleich mit seiner stets genau gehenden, funkgesteuerten, solarbetriebenen und wasserdichten Armbanduhr erkennt.

Er beschließt, dies vorerst nicht zu korrigieren, und ein paar Tage abzuwarten, um das ganze Ausmaß der Abweichung zu ermitteln.

In der Nähe der Penduhr hängt seine andere Neuerwerbung – der angebliche Zaubersäbel, der unverwundbar machen soll. Er nimmt ihn von der Wand und schlägt damit durch die Luft, so als würde er mit einem unsichtbaren Gegner kämpfen. »Ja, so ein Pirat hatte sicher ein aufregendes Leben. Allerdings wäre mir das auf Dauer doch zu stressig, und immer auf dem Wasser unterwegs zu sein, ist auch nichts für mich.«

Lichtenberg macht eine schnelle Drehung und schlägt nach einem imaginären Feind, der sich von hinten angeschlichen hat. Der Säbel schlägt krachend in den Esszimmertisch ein und bleibt in der Tischkante stecken.

»So ein Mist!«, entfährt es Lichtenberg, der den Säbel durch vorsichtiges auf- und abwärtsbewegen aus dem Holz befreit und wieder an die Wand hängt.

DER ABEND MIT BIRGIT

Freitagvormittag, 18. Juli. Lichtenberg frühstückt gerade, d.h. er trinkt seine Milchkaffee und raucht eine Zigarette, während er die Zeitung liest. Das Telefon klingelt:

»Guten Morgen, mein Name ist Markus Oppenheimer. Ich rufe an, weil Sie einen Zettel an dem Kreuz bei dem Bahnübergang hinterlassen haben und mit einem Angehörigen von Nadine sprechen wollen. Ich war ihr Freund und bin gestern an der Unfallstelle gewesen, um frische Blumen dorthin zu bringen.«

»Danke, dass Sie angerufen haben. Wenn Sie Zeit haben, können wir uns heute noch treffen. Bis zum späten Nachmittag würde es gehen.«

Da Markus auch in Braunschweig wohnt, verabreden sie ein Treffen am frühen Nachmittag vor einem Restaurant am Altstadtmarkt.

Heinrich will heute Abend nicht mit leeren Händen zu seiner Einladung bei Birgit Hermann gehen, weshalb er in den Keller hinabsteigt, um eine Flasche Wein als Mitbringsel auszusuchen. Seine Wahl fällt auf einen fünf Jahre alten französischen Rotwein.

Das Weinregal hat er selbst bestückt, aber es war bereits da, als er die Villa kurz nach dem Tod seiner Frau gekauft hat. Obwohl das Haus schon ein paar Jahrzehnte auf dem Buckel hat, ist seine Bausubstanz noch völlig in Ordnung. Der Keller hat ein gemauertes Gewölbe und wirkt dadurch älter, als er tatsächlich ist. Man vermutet, dass man sich in einem historischen, mittelalterlichen Gemäuer befindet.

Der Bauherr hatte wahrscheinlich einen nostalgischen Spleen, denn so eine Bauweise war seinerzeit, als das Gebäude errichtet wurde, nicht mehr üblich. Lichtenberg fällt auf, dass ein Teil einer Fuge im Mauerwerk neben dem Weinregal viel dunkler aussieht als die anderen Fugen, und merkt bei näherem Hinsehen, dass gar kein Mörtel in dem Bereich der Fuge ist.

Als er mit dem Gesicht näher an die Stelle herankommt, verspürt er einen leichten Luftzug, der aus der Fuge zu kommen scheint. Er bringt die Weinflasche aus dem Keller, kommt mit einer Taschenlampe zurück und leuchtet in die offene Fuge, wobei er sich auf die Zehenspitzen stellen muss, und sieht hinein. Es befindet sich ein größerer Hohlraum hinter der Mauer. Mehr ist so nicht zu erkennen. Er will der Sache sofort nachgehen und holt sich aus dem Nebenraum, in dem er sich eine kleine Werkstatt eingerichtet hat, einen Vorschlaghammer. Nach einigen gezielten Schlägen gibt der Stein neben der fehlenden Fuge nach und fällt nach hinten in den Hohlraum.

Im Schein der Taschenlampe erkennt Heinrich, dass er auf einen gemauerten Gang gestoßen ist, der von dem Haus weg in den Garten führt.

Rasch sind weitere Steine aus der Mauer entfernt und Lichtenberg hat sich eine ausreichend große Öffnung geschaffen, um hindurchsteigen zu können. Der Gang ist etwa zwei Meter hoch und eineinhalb Meter breit, verläuft ungefähr zehn Meter geradeaus und macht dann eine Biegung. Lichtenberg geht den Gang entlang und kommt nach schätzungsweise dreißig Metern zu dessen Ende, an dem eine eiserne Leiter an der Wand befestigt ist. Die Leiter führt durch einen Schacht nach oben zu einer Luke, die durch einen Riegel verschlossen ist. Lichtenberg steigt die Sprossen hinauf und schiebt den Riegel der eisernen Luke zurück, was überraschend einfach geht.

Dann versucht er, sie nach oben zu drücken, aber sie bewegt sich nicht. Lichtenberg presst seine Schulter gegen die Klappe und drückt mit aller Kraft zu. Die Luke springt auf und helles Licht blendet ihn. Er steigt nach draußen und merkt, dass er sich in dem Pavillon in seinem Garten befindet. Heinrich kann es nicht fassen. Der Erbauer des Hauses hatte offensichtlich einen geheimen Fluchtweg angelegt, diesen aber aus unerfindlichen Gründen wieder zugemauert. Die Luke in dem Pavillon lässt sich von außen nicht erkennen, weil sie genau wie der Boden mit Mosaikfliesen bedeckt ist und die Fugen um die Luke herum mit Sand gefüllt waren.

Lichtenberg schließt die Luke wieder von Innen, ohne sie zu verriegeln, und geht durch den Gang zurück ins Haus. Er plant, den Eingang des Ganges völlig freizulegen, und mit einer Tür zu sichern. Zunächst kann er sich darum nicht weiter kümmern, denn er muss zu dem Treffen mit Markus Oppenheimer.

Heinrich ist schon etwas früher als abgesprochen eingetroffen und setzt sich an einen Tisch vor dem Restaurant. Er bestellt sich schon mal einen Milchkaffee und raucht eine Zigarette. Als Erkennungszeichen hat er sich, wie abgesprochen, eine gelbe Schirmmütze aufgesetzt. Nach einigen Minuten trifft Markus ein und begrüßt ihn.

»Guten Tag, ich bin Markus Oppenheimer! Sind Sie der Herr Lichtenberg?«

»Ja, freut mich, Sie kennenzulernen!«

Markus ist ein junger Mann, Anfang bis Mitte zwanzig, hat kurze blonde Haare und eine randlose Brille. Er bestellt sich einen Espresso und ein Glas Mineralwasser.

»Ich weiß, dass wir sozusagen Leidensgefährten sind, weil wir einen lieben Menschen auf die gleiche tragische Weise verloren haben, aber warum wollen Sie mich sprechen? Damit wir uns gegenseitig bedauern können oder warum?«

»Ich mache mir Vorwürfe, weil ich mich damals nicht mehr engagiert habe, damit dieser gefährliche Übergang besser gesichert wird. Dann wäre Ihrer Freundin dieses Schicksal erspart geblieben.«

»Ihre Frau war bestimmt nicht das erste und meine Freundin nicht das letzte Opfer. Sie haben nicht richtig aufgepasst oder einfach nur Pech gehabt. Es war eben ein Unfall.«

»Ich glaube, damit macht man es sich zu leicht. Wenn ich sehe, dass an einer Stelle Gefahr droht und ich tue nichts dagegen, dann mache ich mich mitschuldig, wenn dort wieder etwas passiert.«

»Aber was wollen Sie denn machen? Bittbriefe an die Bahn oder die Regierung schreiben, damit die etwas unternehmen?«

»Warum nicht? Das wäre zumindest ein Anfang. Man könnte noch mehr Betroffene ansprechen, um mehr Druck zu machen. Man könnte Spenden sammeln, um

Sicherungsmaßnahmen finanziell zu unterstützen. Ich denke, dass es einem hilft, die eigenen seelischen Verletzungen zu behandeln, wenn man aktiv etwas unternimmt und nicht nur passiv trauert.«

»Wie viele Mitglieder hat den Ihre Selbsthilfegruppe?«

»Mit Ihnen wären wir schon zwei. Die Vereinsgründung steckt quasi noch im Planungsstadium.«

»Hmm? Ich werde mal darüber nachdenken. Ich bin mitten im Studium und habe eigentlich nicht viel Zeit. Aber wenn Sie etwas auf die Beine stellen, würde ich mich in gewissem Rahmen beteiligen.«

»Das ist doch ein Wort. Wir sollten in Verbindung bleiben. Die Getränke übernehme ich.«

Die beiden verabschieden sich und Lichtenberg fährt nach Hause, um sich für den heutigen Abend umzuziehen. Er wählt legere Kleidung, Jeans und Jackett. Schließlich ist es kein offizieller Anlass, sondern ein privates Abendessen. Ein paar Minuten nach der verabredeten Zeit trifft Lichtenberg bei Birgit Hermann ein.

Die Begrüßung fällt herzlich aus, mit Begrüßungskuss auf die Wange, obwohl sie sich ja eigentlich gar nicht kennen. Er überreicht ihr den mitgebrachten Wein. Birgit ist eine attraktive Frau. Sie hat sich schön zurecht gemacht und trägt einen kurzen schwarzen Rock, schwarze Nylons und rote Stöckelschuhe, dazu eine weinrote Bluse und eine helle Perlenkette um den Hals. Sie hat lange schwarze Haare und ihre Lippen sind dunkelrot geschminkt.

Sie gehen ins Wohnzimmer, in dem ein kleiner, wunderschön gedeckter Tisch steht, mit brennenden Kerzen, Weingläsern, edlem Porzellan und glänzendem Besteck, das die Flammen der Kerzen wie funkelnde Sterne reflektiert.

»Ich bin schwer beeindruckt, ein Candlelight-Dinner! Das sieht ja fantastisch aus und wird nur noch von der Schönheit meiner Gastgeberin übertroffen. Ich hoffe, ich werde dem Bild einigermaßen gerecht, das Sie sich von mir gemacht haben. Schließlich haben Sie mich noch nie gesehen und womöglich einen attraktiven jungen Helden erwartet.«

»Ich hätte es schlimmer treffen können. Außerdem habe ich sie kurz gesehen, als ich wieder zu mir kam. Kann ich Ihnen schon etwas zu trinken anbieten?«

»Gern, ein Glas Wein würde ich nicht ablehnen.«

»Ich habe einen Entenbraten gemacht. Ich hoffe, Sie mögen Ente.«

»Ja, sehr gern. Leben Sie denn allein hier? Ich habe damit gerechnet, dass Sie Ihre ganze Familie bei der Gelegenheit gleich mit einladen.«

»Mein Mann und ich haben uns vor zwei Jahren getrennt und Kinder haben wir nicht. Von meinen Eltern lebt nur noch meine Mutter, aber sie lebt hundert Kilometer weit entfernt. Ich bin damals aus beruflichen Gründen in diese Stadt gezogen und habe hier auch meinen Mann kennengelernt. Leider haben wir uns auseinander gelebt und beschlossen, getrennte Wege zu gehen. Nein, das stimmt so nicht ganz. In Wahrheit ist der Mistkerl mit einer Jüngeren durchgebrannt. Daher sind wir jetzt unter uns und müssen die ganze Konversation selbst gestalten.«

»Was Männern ja meistens schwerer fällt als Frauen, auch wenn eine Untersuchung ergeben hat, dass Männer pro Tag mehr Worte sprechen als Frauen, was natürlich nichts über die Qualität der Gespräche sagt.«

»Und was ist mit Ihnen? Sind Sie verheiratet?«

»Nein, ich lebe auch allein. Meine Frau ist vor einigen Jahren gestorben und meine Tochter lebt mit ihrer Tochter ein paar Autostunden von hier entfernt. Ihr geschiedener Mann ist kürzlich unter tragischen Umständen ums Leben gekommen.«

»Das tut mir leid. Was machen Sie beruflich, wenn ich fragen darf?«

»Ich habe als Ingenieur bei einem Autokonzern gearbeitet und bin vor drei Jahren in den Vorruhestand gegangen. Ich hätte noch länger arbeiten können, aber wenn ich nicht mehr dringend gebraucht werde, überlasse ich den Job lieber einem anderen. Finanziell komme ich jedenfalls gut klar. Und was machen Sie so?«

»Ich arbeite in einer Werbeagentur. Wir bekommen Werbeaufträge von Firmen, setzen sie um und platzieren sie in geeigneten Zeitschriften. Man verdient da eigentlich ganz ordentlich, obwohl das Geschäft in den letzten Jahren schwerer geworden ist. Ich glaube, die Ente ist jetzt so weit. Nehmen Sie sich noch von dem Wein, wenn Sie wollen.«

»Gern. Wie kam es eigentlich dazu, dass Sie im Wasser gelandet sind? Haben Sie irgendwie das Gleichgewicht verloren, oder was ist passiert?«

»Ich kann mich wirklich nicht daran erinnern. Vermutlich bin ich ohnmächtig geworden und einfach aus dem Boot herausgerutscht.«

Lichtenberg schenkt sich noch einmal Wein nach. Der Entenbraten schmeckt gut und die Zeit verrinnt bei angeregten Gesprächen sehr schnell. Birgit legt eine CD mit romantischer Musik auf und Lichtenberg fragt, ob sie Lust zum Tanzen hat.

»Ja, sehr gern«, antwortet sie. Nach einer Weile legt

Birgit ihren Kopf beim Tanzen an seine Schulter, und als sie nach einer Weile ihren Kopf hebt und ihm in die Augen sieht, nutzt er den Moment, um sie zu küssen, was sie sich bereitwillig gefallen lässt, und sie erwidert den Kuss leidenschaftlich.

»Nach dem vielen Wein solltest du nicht mehr Auto fahren. Wenn du willst, kannst du über Nacht bei mit bleiben.«

Lichtenberg willigt ein. Am nächsten Morgen wachen sie im gleichen Bett auf. Birgit küsst ihn auf die Wange.

»Guten Morgen! Hast du gut geschlafen?«

»Guten Morgen, Birgit! Ja, ganz ausgezeichnet. Ich hoffe, ich habe nicht geschnarcht.«

»Nur ein wenig.«

Sie frühstücken zusammen und Lichtenberg verabschiedet sich bald darauf.

Er befindet sich nach diesem Erlebnis in euphorischer Stimmung, und er hätte nichts dagegen, Birgit jetzt häufiger zu sehen. Offensichtlich mochte sie ihn auch, und er hat sich tatsächlich etwas in sie verliebt. Lichtenberg fährt nach Hause.

DAS MÄDCHEN IM RESTAURANT

Dienstag, 22. Juli. Lichtenberg begibt sich wieder in sein Kellergewölbe. Der Vorschlaghammer liegt noch an der Maueröffnung vor dem entdeckten Geheimgang, und er macht sich daran, den zugemauerten Eingang ganz freizulegen. Die losen Ziegelsteine schafft er nach draußen und stapelt sie an der Hauswand auf. Währenddessen wird die massive Kellertür mit Metallummantelung geliefert, die er im Baumarkt bestellt hatte. Der Lieferant hilft dabei, sie in den Keller zu schaffen.

Lichtenberg montiert sie vor dem Gang, sodass dieser nun verschließbar ist. Dann schraubt er Rollen unter das Weinregal und schiebt es vor die Tür, um den Eingang zu dem Geheimgang damit zu tarnen. Durch die Rückwand des Regals hindurch dreht er Schrauben in die Tür, damit Regal und Tür fest miteinander verbunden sind. Die Türklinke und das Türschloss sind durch eine Aussparung im Regal zu erreichen und werden durch ein Holzkästchen abgedeckt. Lichtenberg ist mit seiner Arbeit zufrieden und gönnt sich eine Zigarettenpause im Garten. Er beobachtet die Eiche in der hinteren Ecke seines Gartens.

»Wie alt mag sie wohl sein? Bestimmt schon über hundert Jahre. Man könnte dem Stamm eine Bohrprobe entnehmen und anhand der Jahresringe das genaue Alter abzählen. Gibt es beim Menschen eigentlich auch eine Möglichkeit, das Alter zu ermitteln? Vielleicht könnte man einem Knochen eine Bohrprobe entnehmen und nachsehen, ob sich die Jahreszeiten irgendwie in der Knochenstruktur abzeichnen. Vermutlich gibt es aber eine Möglichkeit, das Alter über die Gene zu ermitteln, aber sicher bin ich mir da nicht.«

Er denkt an Birgit. Seit letztem Samstag hat er nichts mehr von ihr gehört und sich auch nicht bei ihr gemeldet. Wartet sie vielleicht auf eine Nachricht von ihm? Er beschließt, sie gleich anzurufen. »Birgit Hermann!«

»Hallo Birgit! Hier ist Heinrich. Ich wollte mal hören, wie es dir geht und was du so machst.«

»Hallo Heinrich! Schön, dass du dich meldest. Ich bin gerade gestresst von der Arbeit gekommen und fix und fertig. Ich werde gleich mal ein heißes Bad nehmen. Ich fand unseren gemeinsamen Abend sehr schön und danke dir nochmal für alles.«

»Ich würde dich gern bald mal wieder sehen. Hättest du am kommenden Wochenende Zeit?«

»Ich möchte ehrlich zu dir sein und sage es dir lieber gleich direkt. Ich möchte nicht, dass du dir falsche Hoffnung machst und denkst, dass ich mehr als freundschaftliche Gefühle für dich habe. Ich bin nicht in dich verliebt und möchte keine engere Beziehung zwischen uns. Was da am Freitag gewesen ist, war als einmaliges Geschenk an dich gedacht. Es hat mir sehr gefallen, aber es soll sich nicht wiederholen. Ich hoffe, du bist jetzt nicht zu sehr enttäuscht und wir können freundschaftlich in Verbindung bleiben.«

Lichtenberg ist ernüchtert und jäh aus seinen romantischen Träumen herausgerissen. Einen Moment lang verschlägt es ihm die Sprache, weil er mit dieser Antwort nicht gerechnet hat.

»Schade, ich hatte tatsächlich gehofft und mir eingebildet, dass du das gleiche empfindest wie ich. Aber das wäre auch zu schön gewesen, um wahr zu sein. Dein Angebot, freundschaftlich in Verbindung zu bleiben, nehme ich gern an und wenn du mich mal sprechen willst oder meine Hilfe brauchst, kannst du mich jederzeit anrufen.«

»Das mache ich bestimmt. Ich wünsche dir alles Gute!«

Lichtenberg ist nach diesem Telefonat etwas geknickt. Als therapeutische Maßnahme verschreibt er sich erst mal ein kühles Bier. Einerseits frustriert es ihn, so abserviert zu werden, aber andererseits nötigt ihm die Offenheit und Ehrlichkeit von Birgit Respekt ab. Sie hat ihm aus Dankbarkeit für ihr Leben eine Liebesnacht gewährt und ein köstliches Abendessen dazu. Er ist also reich beschenkt worden.

Er will dieses Kapitel damit abschließen und keinen Kontakt mehr zu ihr aufnehmen, es sei denn, sie würde sich bei ihm melden. Aber ihm ist bewusst geworden, dass er sich grundsätzlich eine neue Beziehung wünscht und er dazu bereit wäre, wenn sich die Gelegenheit ergeben sollte.

Die Türglocke vermeldet, dass jemand vor der Haustür steht. Es ist sein Freund Matthias.

»Hallo Heinrich. Ich war gerade in der Gegend und wollte mal auf einen Sprung bei dir reinschauen. Ich hoffe, ich störe dich nicht bei irgendwas.«

»Hallo Matthias, komm rein! Ich freue mich über deinen Besuch. Du trinkst doch sicher einen Kaffee mit mir.«

»Ja, gern. Wie weit bist du denn mit den Vorbereitungen für unseren gemeinsamen Urlaub?«

»Ich habe die Reise schon gebucht. Ich gebe dir deine Reiseunterlagen nachher gleich mit. Das Geld kannst du mir ja bei Gelegenheit überweisen.

Ich bin übrigens gerade dabei, einen Verein zu gründen, der sich für sichere Bahnübergänge engagiert. Hättest du Interesse, dich daran zu beteiligen?«

»Ja, natürlich! Ich bin dabei. Gib mir gleich mal ein Anmeldeformular. Was kostet mich das denn monatlich?«

»Es soll erst mal noch keine Formalitäten dabei geben, keine offizielle Mitgliedschaft und auch keinen Monatsbeitrag, da der Verein ja erst noch aufgebaut werden muss. Spenden sind natürlich willkommen. Dafür werde ich auch ein Konto einrichten. Es gibt zunächst nur eine Mitgliederliste und mit Deiner Zustimmung, nehme ich Dich darin auf. Wir sollten uns dann ab und zu treffen, über das Thema diskutieren und Aktionen beschließen. Ich überlege auch, ob ich eine Internetseite einrichte. Für eine offizielle Vereinsgründung brauchen wir mindestens sieben Mitglieder. Das holen wir dann später nach.«

»Klingt gut. Nur sollten wir uns dabei nicht auf Bahnübergänge beschränken, auch wenn dir das Thema bekanntermaßen aus persönlichen Gründen am Herzen liegt. Also, wenn ich Verkehrsminister wäre, wüsste ich schon, was ich zu tun hätte.«

»Dann erzähl doch mal. Ich mache mir dabei Notizen. Unsere erste inoffizielle Sitzung ist damit eröffnet.«

»Die Sicherung von Bahnübergängen ist ja relativ einfach mit mehr Unterführungen und Schranken zu lösen. Die Bahnschienen müssten zudem durch Zäune gesichert werden, damit keine spielenden Kinder, Lebensmüde oder Tiere darauf herumlaufen. Wichtiger sind aber andere Probleme. Als erstes würde ich den Bau spezieller Autobahnen für Lastwagen beschließen, die parallel zu viel befahrenen Autobahnen verlaufen. Lastwagen sind ja häufig die Ursache schwerer Unfälle und die vergleichsweise kleinen Pkws sind oft die Opfer. Außerdem wäre das für alle eine große Entlastung, weil Lastwagen und Pkws mit deutlich unterschiedlichen Geschwindigkeiten unterwegs sind. Wenn es zu Bauarbeiten oder Unfällen auf der Autobahn kommt, dann können alle Fahrzeuge eine der Autobahnen für diese Zeit gemeinsam nutzen und man hätte dann zumindest nicht diesen Stau- und Baustellen Stress.«

»Eine gute Idee. Ich unterstütze diesen Vorschlag. Die Finanzierung könnte durch eine Mautgebühr für alle Autobahnbenutzer erfolgen. Noch mehr Ideen?«

»Ja, klar! Du kennst doch diese Steine- und Holzklotzwerfer, die Sachen von Brücken herunterschmeißen.«

»Nur zu gut! Und weiter?«

»Ich würde veranlassen, dass die Brücken nicht mehr offen gebaut werden, sondern in Form einer Metall- oder Betonröhre. Dann wäre das Thema erledigt. Glas- oder Kunststoffverkleidungen könnten durch Vandalismus zerstört werden, aber so ein Metall- oder Betontunnel ist billig und robust.

Als nächstes würde ich Leitplanken an allen Landstraßen anbringen lassen, damit dort niemand mehr gegen Bäume fahren kann. Außerdem würde ich, wo immer das geht, Landstraßen zu Einbahnstraßen machen. Man könnte dann gefahrlos überholen und diese schrecklichen Frontalunfälle vermeiden. Oft gibt es ja gute

Alternativrouten, sodass es durch diese Regelung keine großen Umwege geben muss. Wenn es keine Alternativstrecken gibt, dann baut man parallel noch eine Straße für die andere Richtung.«

»Du läufst ja richtig zur Hochform auf. Hast du etwa noch mehr zu bieten?«

»Ich fange gerade erst an. Man könnte verstärkt Landbrücken bauen, d.h. sehr breite mit Büschen bewachsene Brücken, die den Tieren als Überquerungsmöglichkeiten dienen und sie nicht mehr über die Straßen laufen müssen. Viele Wildunfälle ließen sich so vermeiden.

Als vorerst letzte Idee, die sich zudem leicht umsetzen ließe, würde ich die Vollverkleidung von Lastwagen veranlassen, wie sie wenige Lkws schon haben. Diese kleinen Blechschienen an den Seiten bringen doch nicht viel. Die Lastwagen müssten rundherum, bis fast auf den Boden, mit einer stabilen Verkleidung ausgestattet sein, dann könnten beim Abbiegen keine Fahrradfahrer oder Fußgänger mehr unter die Räder kommen. Überhaupt müsste es eine striktere Trennung von Autos, Fußgängern und Fahrradfahrern geben, z.B. durch Fußgängerbrücken statt Zebrastreifen oder Ampeln. Tempo dreißig würde ich sowieso in allen geschlossenen Ortschaften vorschreiben und streng kontrollieren. Die Freiheit beim Autofahren besteht doch darin, dass ich jederzeit und überall selbst hinfahren kann, und nicht in der hohen Geschwindigkeit.«

»Hut ab! Damit hättest du dann ja fast schon das komplette Vereinsprogramm allein formuliert. So könnten sicher hunderte Menschenleben pro Jahr allein in Deutschland gerettet werden. Ich glaube, die heutige Sitzung können wir damit schließen.«

»Ich will dann auch wieder los. Bis bald mal!«

»Hier, nimm die Reiseunterlagen mit und grüße deine Frau von mir. Tschüss!«

Lichtenberg ist wieder allein und er überlegt, wie er den Abend gestalten soll. Sein Blick fällt wieder auf die Pendeluhr. »So ein Mist, jetzt geht die schon wieder nach.«

Er stellt die Zeiger auf die richtige Zeit ein und begibt sich dann in den Garten. Er legt einige Scheite Holz in die Feuerstelle, die aus einer Kuhle besteht, welche von kleinen Findlingen umrundet ist, und entzündet das Feuer. Als Anzündhilfe dienen einige Blätter zerknüllten Zeitungspapiers. Nach kurzer Zeit steht das Holz in Flammen und ein gemütliches Lagerfeuer züngelt vor sich hin. Lichtenberg betrachtet versonnen das Flammenspiel. Bald fallen ihm die Augen zu und er schläft auf der Gartenliege ein. Als er wieder aufwacht, ist das Feuer fast erloschen.

Er blickt auf seine Armbanduhr und stellt fest, dass es bereits zwanzig Uhr ist. Er duscht, weil er wegen des Lagerfeuers nach Qualm riecht, zieht sich frische Kleider an und fährt in die Stadt.

Es ist ein milder Abend und Heinrich geht durch die Fußgängerzone, um unter Menschen zu sein. Die Geschäfte sind noch geöffnet und er geht in eine Buchhandlung, um sich dort etwas umzusehen. Das Publikum in Buchhandlungen unterscheidet sich spürbar von den Kunden in anderen Geschäften. Leute, die an Büchern interessiert sind, sind meist gebildeter und kultivierter als andere Menschen und haben oft eine ruhige und angenehme Ausstrahlung. Das verleiht den Buchhandlungen etwas Gemütliches und man fühlt sich irgendwie geborgen.

Lichtenberg verspürt Hunger und geht in ein Steakrestaurant. Ihm wird ein kleiner Tisch zugewiesen, und er bestellt sich ein Filetsteak mit Pommes frites, einen Salat und dazu ein kühles Pils.

Ein paar Meter von ihm entfernt sitzt eine junge attraktive Blondine, vielleicht Mitte dreißig, ebenfalls allein an einem Tisch. Sie hat ein Glas Wein vor sich, und entweder hat sie keinen Hunger oder das Essen schon hinter sich. Vielleicht wartet sie aber auch auf ihren Freund. Was geht es ihn an? Sie bemerkt, dass er sie ansieht und lächelt ihm freundlich zu. Lichtenberg erwidert das Lächeln automatisch, ohne sich etwas dabei zu denken.

Die junge Frau kommt mit dem Glas in der Hand an seinen Tisch.

»Guten Abend! Erlauben Sie, dass ich mich zu Ihnen setze und Ihnen Gesellschaft leiste?«

»Natürlich, gern! Nehmen Sie Platz. Sind Sie von Ihrem Freund versetzt worden, oder warum sind sie allein hier?«

»Aber Sie sind doch auch allein hier. Mein Freund ist geschäftlich unterwegs, und ich habe keine Lust, vor dem Fernseher zu sitzen. Deshalb gehe ich unter Leute.

Warum sind Sie heute Abend ohne Begleitung?«

»Weil ich alleinstehend bin und heute auch keine Lust habe, fernzusehen. Darf ich Sie zu einem kleinen Happen einladen? Dann muss ich nicht allein essen.«

»Wenn Sie mich so fragen, dann gern.«

Sie bestellt sich ein Filetsteak, einen Salat und dazu ein Glas Sekt. Nach dem Essen trinken die beiden noch einen Espresso und einen Cognac zusammen.

»Ich habe mich noch gar nicht vorgestellt. Ich heiße

Monika. Wenn Sie wollen und nichts anderes vorhaben, könnten wir den Abend doch gemeinsam verbringen.«

»Ich habe auch nichts anderes vor, aber ich wundere mich, dass eine attraktive junge Frau den Abend mit mir verbringen will.«

»So unattraktiv sind Sie ja nun wirklich nicht. Machen Sie sich nicht schlechter als Sie sind. Aber ich will Ihnen die Wahrheit sagen. Ich bin in finanziellen Schwierigkeiten und bessere meine Einnahmen dadurch auf, dass ich einsamen Männern Gesellschaft leiste. Hoffentlich habe ich Sie damit jetzt nicht zu sehr schockiert.«

»Um mich zu schockieren, müssten Sie sich schon etwas anderes einfallen lassen. Ehrlich gesagt habe ich das schon geahnt, als Sie zu mir an den Tisch kamen. Ganz so naiv bin ich nämlich nicht, und ich bin Ihrem Angebot gegenüber durchaus aufgeschlossen.«

Monika lächelt zufrieden und hakt sich bei Lichtenberg ein. Sie führt ihn in ihre kleine Wohnung in der Nähe. Als sich Lichtenberg nach einer Stunde wieder von Monika verabschiedet, sind seine Bargeldreserven aufgebraucht. Warum hätte er sich auch nicht auf dieses kleine Abenteuer einlassen sollen? Er hat seinen Spaß und Monika hat ihre Haushaltskasse aufgebessert. Ob sie einen Freund hatte oder ob der erfunden war, brauchte ihn nicht zu interessieren. Lichtenberg macht sich gut gelaunt auf den Heimweg.

VORFALL IM MAISFELD

Samstag, 16. August. Heinrich Lichtenberg will das gute Wetter ausnutzen und beschließt, eine Tour mit seinem Motorrad zu machen. Er verstaut eine Thermoskanne mit Kaffee und ein paar Brote in den Packtaschen an der Maschine und macht sich auf die Reise. Gegen Mittag kommt er in dem Ort Steinhude am Steinhuder Meer an. Er setzt sich auf eine Bank am Ufer und genießt den Ausblick auf das Wasser, während er die mitgebrachten Brote und den Kaffee verköstigt.

Es folgt ein Bummel durch die ufernahen Straßen und die Geschäfte. Anschließend besucht er das Insektenmuseum. Dort sind jede Menge aufgespießte Käfer in vielfältigen Formen und Größen, schwarz oder in metallisch glänzenden Farben zu besichtigen.

Im angeschlossenen Schmetterlingshaus gibt es lebende Schmetterlinge, die die Besucher umflattern. Allerdings hat er schon eindrucksvollere Schmetterlingshäuser besichtigt und ist daher etwas enttäuscht.

Auf der Straßenkarte ist zu lesen, dass es nördlich des Steinhuder Meeres eine zweiundachtzig Meter hohe Bodenerhebung mit dem klangvollen Namen ›Lichtenberg‹ gibt, und er will seinem Namensbruder einen kurzen Besuch abstatten.

In einer nahe des besagten Berges gelegenen Ortschaft angekommen, muss er leider feststellen, dass die Wege zu dem ersehnten Hügel für Kraftfahrzeuge gesperrt sind, und zu einem ausgedehnten Fußmarsch hat Heinrich keine Lust. Er beschließt, seine Tour fortzusetzen, und sucht nach kleineren Straßen und ruhigen Gegenden, um noch irgendwo eine gemütliche Pause einzulegen.

Er fährt in einen geteerten Feldweg hinein und tuckert gemütlich zwischen den Feldern entlang. Inzwischen ist es später Nachmittag, bzw. früher Abend geworden, und es sind nirgendwo Leute zu sehen.

Ein Maisfeld am Wegesrand weckt seine Aufmerksamkeit und er fährt mit dem Motorrad vorsichtig ein Stück in das Feld hinein, ohne allzuviel Schaden an den Gewächsen anzurichten. Ein paar Stengel müssen dabei dennoch ihr Leben lassen. Vom Weg aus ist er nun nicht mehr zu sehen, und er macht sich durch das Niederdrücken einiger Maispflanzen ein gemütliches Nest, das sich vortrefflich für eine Rast eignet. Er trinkt noch einen Becher Kaffee und raucht eine Zigarette. Dann schließt er die Augen und fällt in einen leichten Schlaf.

Lichtenberg wird durch ein lautes Schreien geweckt. Es kommt aus der Nähe, vermutlich vom Feldweg. Vorsichtig schleicht er sich an den Rand des Maisfeldes und kann durch die wenigen Maispflanzen, die ihm nun noch Deckung bieten, sehen, wie sich in ungefähr zwanzig Meter Entfernung auf dem Weg ein ungleicher Kampf abspielt. Ein Mädchen, vielleicht elf oder zwölf Jahre alt, auf einem Fahrrad wird von einem etwa dreißigjährigen Mann bedrängt und schreit um Hilfe.

Lichtenberg bleibt wie gelähmt in seinem Versteck

sitzen und verfolgt das Geschehen. Sein Instinkt sagt ihm, dass er sofort aufspringen und dem Mädchen beistehen muss.

Der Mann zerrt sie vom Fahrrad und hält sie nun mit einem Arm am Hals umschlungen, sodass sie nicht weglaufen kann. Mit dem anderen Arm ergreift er das Fahrrad und geht mit dem Mädchen ein paar Schritte in das gegenüberliegende Getreidefeld, wo er das Rad ablegt. Zwischendurch beobachtet er die Umgebung und hält vermutlich Ausschau, ob sich irgendwelche Leute in der Nähe befinden. Dann geht er mit dem sich heftig wehrenden Kind in das Maisfeld und verschwindet somit aus dem Sichtfeld.

Lichtenbergs Lähmung hat sich inzwischen wieder gelegt, und er zwingt sich zur inneren Ruhe. Er geht zu seinem Motorrad zurück, holt seine Sturmhaube, die meistens ungenutzt bleibt, aus der Packtasche heraus und stülpt sie sich über. Dann nimmt er seinen Helm in die Hand und geht aus dem Maisfeld heraus, am Weg entlang und sucht die Stelle, an der der Mann mit dem Mädchen im Maisfeld verschwunden ist. Er entdeckt niedergetrampeltes Gras und eine kleine Lücke zwischen den Maispflanzen.

Vorsichtig tastet er sich in das Feld hinein und versucht, dabei möglichst wenig Geräusche zu machen. Nach ein paar Metern ist immer noch nichts von den beiden zu sehen. Lichtenberg bleibt stehen und hört ein leises Weinen in einiger Entfernung. Er folgt dem Geräusch langsam und vorsichtig. Nach einiger Zeit sieht er in der Nähe, durch eine kleine Lücke zwischen den Pflanzen, den fast entkleideten Körper des Mädchens.

Sie weint und hat sich die Hände vors Gesicht gehalten,

wie ein Kind, das im Fernsehen einen brutalen Film sieht und bei unerträglichen Szenen die Augen abwendet.

Der Mann kniet vor ihr und ist nun hektisch damit beschäftigt, sich seine Hose zu öffnen. Anscheinend ist er bereits in freudiger Erwartung dessen, was er nun gleich tun wird. Die Hormone haben seinen Körper überschwemmt und die Kontrolle über sein Gehirn übernommen, sodass er kaum noch wahrnimmt, was sonst noch um ihn herum passiert.

Lichtenberg ist nun ganz ruhig und entspannt und tritt langsam hinter den am Boden knienden Mann heran. Er steht ein paar Sekunden regungslos da, dann holt er aus und schlägt seinen Motorradhelm mit voller Wucht auf den Kopf des Mannes. Es gibt ein dumpfes Geräusch und der Körper des Mannes fällt nach vorn auf das Mädchen, das kurz aufschreit. Lichtenberg zieht den leblosen Körper von dem Mädchen herunter.

»Du brauchst keine Angst mehr zu haben, Kleines. Der tut dir nichts mehr.«

Das Mädchen sieht Lichtenberg mit großen Augen an und hat wahrscheinlich Angst vor ihm. Er hat immer noch die Sturmhaube über dem Gesicht und den Helm in der Hand. »Zieh dich wieder an und fahr nach Hause. Erzähl bitte niemandem, was passiert ist!«, sagt Lichtenberg mit ruhiger Stimme zu ihr.

Nachdem das Mädchen ihre Sachen angezogen hat und fluchtartig verschwunden ist, sieht sich Lichtenberg den Mann an und erkennt, dass Blut aus einem Ohr läuft. Er überlegt, was er nun tun soll. Wahrscheinlich hat er ihm den Schädel zertrümmert und er ist tot. Der Mann hat keine Papiere bei sich, aber einen Schlüsselbund in seiner

Hosentasche. Wie ist er überhaupt hier in die Gegend gelangt?

Lichtenberg nimmt seine Motorradmaske ab, legt den Helm auf den Boden und geht wieder zum Feldweg. Ein anderes Fahrrad ist am Weg nicht zu entdecken. Nach kurzem Suchen findet er in einigen hundert Metern Entfernung ein Auto, das in einem abzweigenden Feldweg neben einer Reihe von Büschen abgestellt ist. Lichtenberg probiert den Fahrzeugschlüssel an dem Schlüsselbund. Der Schlüssel passt.

Er steuert den Wagen zu dem Maisfeld, in das er direkt bis zu der Stelle, an der er den Körper des Mannes vermutet, hineinfährt. Bald darauf hat er ihn entdeckt, hält eine Hand vor die Augen des Mannes und zieht sie wieder weg. Die Pupillen zeigen keine Reaktion. Er öffnet den Kofferraum des Autos. Lichtenberg ergreift einen Arm und ein Bein des Toten und legt ihn über seine Schultern. Dann trägt er ihn zum Auto und lässt ihn in den Kofferraum gleiten. Seinen Motorradhelm legt er auf den Beifahrersitz. Lichtenberg steigt auf das Autodach, und nachdem er sich vergewissert hat, dass niemand in der Nähe ist, fährt er zum Feldweg zurück und lenkt den Wagen bis zur nächsten Straße. Auf den ersten Blick gibt die Gegend nicht viele Versteckmöglichkeiten her.

Er will die Leiche irgendwo verschwinden lassen. Nach etwa zwei Kilometern sieht er in der Nähe der Straße eine Kiesgrube. Er biegt in den unbefestigten Weg ein, der zu der Kiesgrube führt und sieht, dass sich hier offensichtlich niemand aufhält. Die Gegend scheint insgesamt recht dünn besiedelt zu sein.

Er fährt das Auto dicht an das Gewässer, das sich in der

Kiesgrube befindet, heran und steigt aus. Das Wasser des Teiches ist trüb und vermutlich einige Meter tief. Lichtenberg hievt die Leiche aus dem Kofferraum und setzt sie auf den Fahrersitz. Er kurbelt das Seitenfenster herunter, nimmt seinen Helm an sich und löst die Handbremse. Das Gelände ist leicht abschüssig und so gerät der Wagen ohne zutun langsam in Bewegung.

Lichtenberg schließt die Tür und gibt dem Fahrzeug einen kräftigen Schubs. Das Auto versinkt langsam mit dem vorderen Teil im Wasser und rutscht immer tiefer, bis es nach einigen Minuten ganz im Wasser verschwunden ist.

Lichtenberg zündet sich eine Zigarette an und macht sich zu Fuß auf den Rückweg zu dem Maisfeld. Nach einer halben Stunde ist er wieder dort angelangt und geht noch einmal zu der Stelle, an der der verhinderte Vergewaltiger sein verdientes Ende gefunden hat.

Außer den niedergedrückten Pflanzen ist nichts Besonderes zu sehen, und der Landwirt wird sich wohl über eine kleine Ernteeinbuße ärgern. Das Mädchen wird den Schock von heute wohl nicht so schnell verdauen und ihr ganzes Leben, das hoffentlich noch lange dauern wird, an diesen Vorfall denken.

Lichtenberg geht zu seinem Motorrad und fährt davon. Als er zu Hause ankommt, ist es bereits dunkel. Er setzt sich mit einer Flasche Bier und einer Zigarette in den Garten und denkt nach. Was wäre gewesen, wenn er heute nicht eingegriffen hätte? Hätte der Mann das Mädchen nach der Vergewaltigung umgebracht oder hätte er es laufen lassen? Hätte er gleich eingreifen müssen, als der Mann das Mädchen auf dem Weg angefallen hat und den

Mann zur Polizei bringen sollen? Dann hätte der eine Anzeige bekommen. Aber wegen was? Wegen Belästigung von Fahrradfahrern? Es war zu diesem Zeitpunkt ja noch nichts Wesentliches vorgefallen. Andererseits, wenn er nicht so stark zugeschlagen hätte, dann hätte der Mann wahrscheinlich überlebt und wäre wegen versuchter Vergewaltigung für eine gewisse Zeit ins Gefängnis gekommen.

Vielleicht hätte er sich später ein neues Opfer gesucht und das dann möglicherweise umgebracht. Alles in allem machte er sich keine allzu großen Vorwürfe. Er hatte einem jungen Mädchen das Leben gerettet und einen Verbrecher beseitigt, der vermutlich noch jede Menge Unheil in seinem überflüssigen Dasein angerichtet hätte, und eigentlich hat er ja kein Verbrechen begangen, sondern quasi in Notwehr gehandelt. Allerdings verspürte er keine Lust, dies mit der Polizei und der Justiz auszudiskutieren. Lichtenberg trinkt sein Bier aus und geht schlafen.

BURG-
BESICHTIGUNG

Dienstag, 19. August. Heute ist der Termin in der neurologischen Klinik. Lichtenberg trifft pünktlich zum vereinbarten Zeitpunkt ein und wird schon erwartet. Der zuständige Arzt führt ihn in den Untersuchungsraum.

»Guten Tag, Herr Lichtenberg. Ich bin Dr. Engelke. Wegen der von Ihnen geschilderten Beschwerden machen wir jetzt eine Kernspinuntersuchung ihres ganzen Körpers. Die Ursache könnte im Gehirn liegen, aber sie könnte auch eine andere Quelle haben. Sie brauchen keine Angst zu haben. Das Verfahren funktioniert mit Magnetismus und daher sind Sie keiner schädlichen Strahlung ausgesetzt. Zudem ist die Sache auch noch völlig schmerzlos. Wir arbeiten hier mit modernster Technologie und präzisesten und schnellsten Bildgebungsverfahren.«

Lichtenberg wird in die runde Öffnung des Kernspinapparates geschoben und während der Untersuchung mit klassischer Musik berieselt. Nach endlos erscheinender Zeit ist die Prozedur beendet. Er muss eine Weile in einem Nebenraum auf die Ergebnisse warten und wird dann in einen Raum geführt, in dem Dr. Engelke und noch ein anderer Mediziner an Monitoren die Bilder seines Körperinneren begutachten.

»Setzen Sie sich zu uns! Das ist Dr. Müller.«

Lichtenberg begrüßt ihn und schaut fasziniert auf die Bildschirme mit den Bildern von seinem Körper.

»Abgesehen von der Geschwulst in Ihrem Magen können wir nirgendwo krankhafte Veränderungen entdecken. Auch nicht in Ihrem Gehirn. Ihre Beschwerden sind damit nicht auf einen Gehirntumor zurückzuführen, und für eine Diagnose sind daher weitere Untersuchungen erforderlich. Wir nehmen Ihnen noch etwas Blut ab und dann sind Sie für heute entlassen.«

Er ist über das Untersuchungsergebnis erleichtert. Vielleicht waren seine Schwindel- und Brustschmerzanfälle ja doch psychologisch begründet. Lichtenberg hat wieder Lust zu einem kleinen Ausflug, diesmal allerdings mit dem Auto. Er hofft, dass es nicht wieder zu aufregend wird, wie bei seiner letzten Tour mit dem Motorrad.

Der kleine Hügel in der Nähe des Steinhuder Meeres erwies sich ja als schwer erreichbares Ziel. Auf der Landkarte hat er jedoch einen kleinen Ort bei der Stadt Salzgitter entdeckt, der ebenfalls seinen Namen trägt und nun das nächste Ausflugsziel darstellt.

Lichtenberg macht sich also auf den Weg und erreicht am frühen Nachmittag den besagten Ort. In dessen Nähe, inmitten der sogenannten Lichtenberge, befindet sich in etwas über zweihundert Meter Höhe eine Burgruine, die er sich ansehen will. Dort stellt er sein Auto auf einem ausgewiesenen größeren Parkplatz ab und geht die paar hundert Meter auf den Burgberg hinauf. Von der Burganlage sind nur noch die Grundmauern erhalten. Der Nachbau einer Blide, auch Tribok genannt, eine mehrere Meter hohe mittelalterliche Steinschleuder, ist zu besichtigen, und ein sechseckiger, ca. zwanzig Meter hoher Turm mit mächtigen Steinwänden, der den zentralen Ort der ganzen Anlage bildet.

Auf den Turm ist eine luftige, begehbare Holzkonstruktion montiert. Lichtenberg steigt die hölzerne Treppe im Innern des Turmes empor, vorbei an vermutlich interessanten Informationstafeln, und erklimmt die Spitze der Aussichtsplattform, von wo aus er gemeinsam mit anderen Besuchern die schöne Rundumsicht genießt.

Anschließend kehrt er im Biergarten des Burgcafès am Fuße der Burg ein und trinkt ein Kännchen Kaffee zu seiner Zigarette. Man hätte mit dem Auto auch bis hierher fahren können, aber das wusste er vorher nicht, und etwas Bewegung konnte ja nicht schaden.

Er macht noch einen kurzen Abstecher zum Gauss-Stein, wo der Mathematiker Carl Friedrich Gauss Winkelmessungen für die Landvermessung vorgenommen hat und geht dann zum Auto zurück.

Der Besuch des Gauss-Steines lohnt sich schon deshalb, weil man dort in einer kleinen Senke unbeobachtet pinkeln kann. Lichtenberg macht sich wieder auf den Heimweg.

DIE GERMAN ROAD PATROL

Samstag, 23. August. Heinrich Lichtenberg hat die bisher noch überschaubare Anzahl der Vereinsmitglieder zur inoffiziellen Gründungsveranstaltung zu sich nach Hause eingeladen. Gegen fünfzehn Uhr treffen sie bei ihm ein. Als Erster erscheint sein Freund Matthias, der ein Bierfässchen mitbringt. Danach taucht Dieter auf, der Chips und Erdnüsse dabei hat. Als Letzter trifft Markus Oppenheimer ein und die Sitzung kann beginnen. Heinrich eröffnet die Veranstaltung, die in seinem Wohnzimmer stattfindet.

»Liebe Vereinsmitglieder, ich freue mich über euer Erscheinen, begrüße euch herzlich zu unserer Gründungsveranstaltung und hoffe, dass sich die Anzahl unserer Mitglieder im Laufe der Zeit noch vergrößert. Ich schlage als erstes einen Namen für unseren Verein vor und der lautet: Aktionsbündnis für Verkehrssicherheit. Gibt es irgendwelche Einwände oder Gegenvorschläge?«

Einen Moment lang herrscht Stille, dann meldet sich Matthias zu Wort, der gerade dabei ist, sich ein Glas Bier aus dem Partyfässchen zu zapfen.

»Nimm es nicht persönlich, aber ich finde den Namen irgendwie etwas spießig und auch nicht ganz eindeutig. Man könnte denken, wir sind ein Verein gegen

Geschlechtskrankheiten oder ungewollte Schwangerschaften. Mein Vorschlag wäre: German Road Patrol.«

»Deutsche Verkehrswacht! Das finde ich auch nicht viel besser. Und wieso muss es ein englischer Name sein?«

»Ich finde, das klingt irgendwie besser.«

»Meinetwegen, wenn es keine Einwände von anderer Seite gibt. Wie ich sehe und höre, ist das nicht der Fall, also bekommt der Verein diesen Namen. Ist ja auch nicht so wichtig, wie das Kind heißt, Hauptsache es ist gesund. Lasst uns denn darauf anstoßen. Auf unseren Verein, German Road Patrol!«

Die Vereinsmitglieder haben sich von den Stühlen erhoben und stoßen mit einem Glas Bier auf den Vereinsnamen und die Vereinsgründung an. Lichtenberg ergreift erneut das Wort. »Aber wir wollen nicht nur reden, sondern auch handeln. Etwa fünf Kilometer von hier entfernt steht eine große Eiche an der Landstraße, die bereits zwei Menschenleben gefordert hat. Der Baum wurzelt in einer langgezogenen Kurve, und zwei kleine Holzkreuze stecken ihm zu Füßen im Erdreich. Seine Rinde ist beschädigt, und wie ich durch Nachforschungen erfahren habe, ist dort vor zwei Jahren eine junge Frau mit ihrem Kleinwagen von der Straße abgekommen und gegen den Baum geprallt. Sie war sofort tot. Vor acht Wochen hat sich an demselben Baum ein Motorradfahrer entleibt. Hätte man den Baum damals vorausschauend entfernt, dann würde der Mann wahrscheinlich noch leben und ich denke, wir sollten jetzt hier tätig werden. Mit meinem Rad und drei gebrauchten Rädern, die ich für euch besorgt habe, sowie einer benzinbetriebenen Kettensäge, die wir auf einem Fahrradanhänger transportieren können, fahren wir zum

Einsatzziel. Bei Einbruch der Dämmerung machen wir uns auf den Weg und werden den Übeltäter absägen, damit der keinen Schaden mehr anrichten kann.«

Markus äußert seine Bedenken. »Ist das nicht verboten? Wir dürfen doch nicht einfach irgendwelche Bäume absägen!«

Matthias kontert. »Wir dürfen alles, aber wir dürfen uns nicht erwischen lassen. Wenn wir für alle Aktionen eine schriftliche Genehmigung einholen wollen, können wir das Ganze vergessen.« Nach einigem Zögern sind alle bereit, sich an der illegalen Fällaktion zu beteiligen. Bis dahin ist allerdings noch etwas Zeit und Heinrich Lichtenberg verschwindet in der Küche, um ein paar Brote zu schmieren. Die anderen sehen sich derweil im Wohnzimmer um. Dieter fällt der Säbel an der Wand auf.

»Ich glaube, das Käsemesser hier ist neu. Ich habe das Ding jedenfalls noch nicht gesehen.«

»Den Säbel hat er sich vor ein paar Monaten an der Nordsee gekauft und die Pendeluhr auch«, erklärt Matthias.

»Ja stimmt, die ist auch neu.« Dieter zieht langsam an der Kette mit dem Gewicht und befördert es einige Zentimeter in die Höhe. »Hier oben an der Uhr steht ›Aetas volat!‹«

»Am Rand des Pendels sind auch noch ein paar kleine Zeichen eingraviert, ich glaube, dass sind Hieroglyphen. Kannst du so was lesen, Matthias?«

»Nein, kann ich nicht.«

Markus geht zu der Pendeluhr, nimmt das Pendel in die Hand und sieht sich die Gravur auf dem Pendel an. »Aber ich kann es. Ich interessiere mich für alte Schriften und habe mich eine Weile mit Hieroglyphen beschäftigt. Das Wort Hieroglyphe bedeutet ›heilige Einritzung‹. Übersetzt bedeutet dieses Zeichen etwa: der Gott aus der Maschine. Hier unten steht das gleiche noch mal auf lateinisch – deus ex machina.«

»Plötzlich hören die drei ein lautes Poltern aus der Küche. Sie laufen dort hin und sehen Lichtenberg am Boden liegen. Die Scherben eines zerbrochenen Tellers und einige belegte Brote haben sich auf dem Küchenboden verteilt. Ein umgestürzter Hocker liegt neben dem Kühlschrank.

Matthias beugt sich über Lichtenberg, der auf dem Rücken liegt und fühlt seinen Puls am Handgelenk.

»Puls und Atmung sind in Ordnung. Was ist mit dir los, Heinrich? Hörst du mich? Was ist passiert? Wir brauchen etwas Wasser! Dieter, schütte ihm mal etwas Wasser ins Gesicht.« Dieter zapft etwas Wasser aus dem Wasserhahn in eine Tasse und gießt sie Heinrich über den Kopf. Langsam kommt er wieder zu Besinnung. Matthias spricht ihn besorgt an. »Wie geht es dir?«

»Ich glaube, es ist nichts weiter. Mir ist nur etwas schwarz vor Augen geworden. Es geht mir schon etwas besser. Ich habe in letzter Zeit etwas Probleme mit dem Kreislauf.«

Lichtenberg steht auf und macht wieder einen normalen Eindruck. Sie sammeln die Brote ein und bringen sie ins Wohnzimmer. Dieter ist immer noch besorgt. »Geht es dir wirklich wieder gut, oder sollen wir dich zu einem Arzt bringen?«

»Nicht nötig, zapf mir lieber noch ein Bier.«

Nach dem Verzehr der Brote gehen sie in den Garten

und Heinrich raucht eine Zigarette. Markus schaut ihn skeptisch an. »Sollen wir die Aktion nicht lieber verschieben, bis es Ihnen besser geht?«

»Nein, wir ziehen das wie geplant durch. Da hinten stehen eure Räder. Matthias ist der Kräftigste von uns und darf den Anhänger ziehen. Ein Rad hat kein Licht und muss zwischen den anderen Rädern fahren.«

Sie setzten sich an den Tisch auf der Terrasse und unterhalten sich über weitere Einzelheiten der geplanten Aktion. Lichtenberg erteilt wieder Anweisungen.

»Dieter, du übernimmst die Absperrung der Straße. Ich habe zwei Umleitungsschilder aus Holz angefertigt und zwei Warnlampen besorgt. Wir sperren die Straße an beiden Seiten ab, damit kein Unglück passiert, falls der Baum versehentlich auf die Fahrbahn fällt. Nächstes Jahr sind wieder Bundestagswahlen. Ich finde, wir sollten die Gelegenheit nutzen und etwas öffentlichen Druck organisieren, um die Straßen sicherer zu machen.«

»Das ist doch im Moment kein politisches Thema. Damit kann man doch zur Zeit niemanden vom Ofen weglocken. Da stehen andere Themen, wie Wirtschaftskrise und Klimaschutz im Mittelpunkt«, wendet Markus ein.

Matthias pflichtet Markus bei. »Ich glaube, Markus hat recht. Ich hoffe, es gibt nach den Wahlen diesmal eindeutige Machtverhältnisse und nicht wieder eine große Koalition. Du kannst ja deine eigene Partei gründen und selbst zur Wahl antreten. Ich hätte auch schon einen Namen für die Partei: Aktionsbündnis für Verkehrssicherheit. Oder wie wäre es mit der HLP, der Heinrich Lichtenberg Partei?«

»Ich werde es mir überlegen. Ich finde unser politisches

System hat handfeste Schwächen. Du kannst als Bürger doch nur zwischen ein paar Parteien wählen, und keine bietet alles, was man selbst unterstützen kann. Mir gefällt einiges vom Programm der einen Partei und wiederum einiges von den Zielen einer anderen. Man entscheidet sich dann letztlich für das kleinere Übel.«

Markus nickt bestätigend und ergänzt: »Ich würde es begrüßen, wenn die Bevölkerung wenigstens ab und zu über konkrete Dinge in einer Volksabstimmung entscheiden dürfte, wie z.B. bei der Nutzung der Kernenergie oder Auslandseinsätzen der Bundeswehr. Das wäre ein gutes Mittel gegen die Politikverdrossenheit, und die Politiker wären einen Teil ihrer Verantwortung los, denn sie können sich ja dann auf den Volkswillen berufen, wenn es Proteste gibt.«

»Das tun sie doch jetzt auch schon. Die glauben doch, wenn sie eine Mehrheit der Stimmen bekommen haben, dann haben sie damit eine Generalvollmacht für alles erhalten und dürfen beschließen, was sie wollen. Eine echte Frechheit!«, findet Dieter, und Matthias setzt den Wortschwall erregt fort. »In anderen Ländern, wie zum Beispiel Frankreich oder USA gibt es klare Machtverhältnisse und die Regierungen können ihre Pläne und Ideen umsetzen. Bei uns gibt es Koalitionen, die sich uneinig sind, und die Bundesländer regieren auch noch mit. Das ist doch ein völliges Chaos, und keiner weiß mehr, wer eigentlich die Verantwortung hat, wenn es nicht richtig läuft. Ich finde, es sollte wenigstens eine Stichwahl zwischen den beiden stärksten Parteien geben, wenn sich z.B. vier Wochen nach der Wahl keine tragfähige Regierung gebildet hat. Die stärkste Partei darf dann allein regieren. Das wäre doch schon mal was.«

Lichtenberg unterbricht die politische Debatte.

»Ich schlage vor, wir radeln jetzt mal los. Wir brauchen bestimmt eine halbe Stunde, wenn wir gemütlich fahren. Das Bierfass nehmen wir als Wegzehrung auf dem Anhänger mit.«

Die German Road Patrol macht sich auf den Weg. Lichtenberg bildet die Spitze, gefolgt von Dieter und Markus. Matthias bildet mitsamt dem Fahrradanhänger das Schlusslicht. Nach einer halben Stunde ist die verschworene Gemeinschaft am Ziel angelangt. Dieter radelt mit dem Schild und einer Warnblinkleuchte los, um die eine Seite der Straße abzusperren. Die andere Seite haben sie bereits unterwegs abgesichert. Lichtenberg dirigiert die Fahrräder zu ihren Parkpositionen.

»Stellt die Räder dahinten an den Büschen ab und bringt die Säge, Vorschlaghammer und den Metallkeil mit!«

Lichtenberg tätschelt den Stamm der Eiche. »Ich weiß, du kannst nichts dafür, aber du warst nun mal zur falschen Zeit am falschen Ort.«

Nachdem Dieter wieder da ist und die drei sich hinter ihm versammelt haben, nimmt Lichtenberg die Säge und zieht am Anlasserkabel. Die Kettensäge knattert los und er sägt zunächst einen keilförmigen Einschnitt in den Baum. Markus hält sich die Ohren zu. »Das Geräusch geht ja durch Mark und Bein!«

»Echt! Sogar durch beide Beine!«, sagt Dieter.

»Bein kommt doch von Gebeine und ist doch nur ein anderes Wort für Knochen«, erklärt ihm Markus.

»Der ausgesägte Keil bestimmt die vorgesehene Fallrichtung. Ich habe das mal im Fernsehen so gesehen.«

»Heißt das, du hast bisher noch keinen Baum gefällt, Heinrich?«

»Es gibt für alles ein erstes Mal, lieber Matthias. Ich mache jetzt auf der gegenüberliegenden Seite noch einen Schnitt und ihr geht am besten schon mal in eine sichere Entfernung.«

Die drei gehen zur Straße und Lichtenberg sägt den Baum fast durch. Nach einigen Minuten hat er es geschafft. Dann legt er die Säge weg, setzt den Metallkeil in den Sägeschlitz und schlägt ihn mit dem Vorschlaghammer in den Stamm. Der Baum beginnt zu knacken und sich langsam zu bewegen. Lichtenberg ruft: »Achtung, Baum fällt!«

Er geht zurück und versucht, die Fallrichtung zu erkennen. Erst langsam, dann immer schneller, neigt sich der Baum mit lautem Knacken ungefähr in die geplante Richtung. Die Baumkrone saust durch die Luft und der Baum schlägt mit lautem Donnern auf dem Boden auf. Dann herrscht einen Moment lang völlige Stille. Von der Straße her brandet Applaus heran.

»Großartig! Das hat ja toll geklappt. Darauf sollten wir anstoßen. Ich hole uns mal ein paar Bierchen«, ruft Dieter zu Heinrich hinüber. Nach einigen Minuten kommt er mit vier vollen Biergläsern zurück.

»Tja, die Fahrräder hat es leider erwischt. Die liegen kaputt unter dem Baum, aber der Anhänger ist heil geblieben!« »Schöne Bescherung, da müssen wir wohl zu Fuß zurück«, beklagt sich Matthias.

Bei Lichtenberg überwiegt dagegen der Stolz auf das Erreichte. »Das sind unbedeutende Verluste. Lasst uns auf den triumphalen Erfolg unserer ersten Aktion anstoßen. Auf die German Road Patrol!«

Die vier sammeln das Werkzeug, die Schilder und die Lampen wieder ein und machen sich zu Fuß auf den Rückweg.

»Ich finde, wir brauchen auch noch eine Art Vereinshymne. Die könnten wir bei solchen Gelegenheiten dann anstimmen. Was hältst du davon, Heinrich?«

»Gute Idee, Dieter. Du hast die Aufgabe, bis zur nächsten Versammlung so ein Liedchen zu schreiben und dann zu präsentieren. Zumindest der Text sollte von dir sein.«

Nach einer halben Stunde Fußmarsch auf dem Gehweg neben der Straße wird Matthias stutzig und flüstert erregt, während er mit der Hand auf etwas zeigt.

»Schaut mal, da vorn. In den Büschen scheint ein Auto zu stehen.«

Nun entdecken auch die anderen das unbeleuchtete Auto und nehmen es genauer in Augenschein.

»Vielleicht ist es durch einen Reifenschaden von der Straße abgekommen«, spekuliert Markus. Lichtenberg leuchtet mit einer Lampe in das Fahrzeug und ruft: »Da ist jemand drin!«

Er öffnet die Fahrertür und sieht eine junge Frau reglos über dem Lenkrad hängen. Im Fußraum liegt eine leere Packung Schlaftabletten und eine leere Flasche Wodka. Das ganze Auto stinkt nach Alkohol. Lichtenberg zieht die Frau aus dem Auto heraus und legt sie auf den Boden. Matthias sieht sie sich aus der Nähe an.

»Ich glaube, die lebt noch!« Lichtenberg nimmt sein Mobiltelefon aus der Tasche und verständigt einen Rettungswagen.

»Dieter und Matthias, ihr geht am besten mit dem Anhänger schon mal zu mir nach Hause und Markus und ich regeln das hier. Nehmt den Hausschlüssel mit. Man muss uns ja hier nicht zusammen mit dem Werkzeug erwischen. Markus und ich haben dann eben einen Spaziergang gemacht, wenn die uns Fragen stellen.« Die beiden ziehen mit dem Anhänger davon.

»Sieht nach einem Selbstmordversuch aus, Markus.« Lichtenberg setzt sich in das Auto des Mädchens und sieht im Handschuhfach nach. Er findet ihren Führerschein und sieht sich die Personalien an. Dann legt er ihn zurück und geht wieder zu Markus.

»Sie heißt Gisela Bergmann und wurde am 24. August 1988 geboren, d.h. sie hat morgen ihren zwanzigsten Geburtstag. Ich geh mal zur Straße und weise den Rettungswagen ein, während du hier bei dem Mädchen bleibst.«

Lichtenberg geht zur Straße und raucht eine Zigarette. Markus leuchtet das Mädchen mit der Taschenlampe an. Einige Strähnen ihrer langen schwarzen Haare liegen auf ihrer Nase und Markus streicht sie beiseite, um ihr Gesicht genauer betrachten zu können.

»Sie sieht sehr schön aus und erinnert mich etwas an Nadine. Warum hat sie das nur getan?«

Markus streichelt ihr sanft über eine Wange. Der Rettungswagen nähert sich mit Blaulicht und Sirene, gefolgt von einem Polzeifahrzeug mit zwei jungen Polizisten darin. Lichtenberg winkt die beiden Wagen heran und weist den Sanitätern den Weg zu dem Mädchen. Ein Sanitäter geht auf Lichtenberg zu. »Was ist passiert?«

»Das wissen wir nicht. Wir haben das Mädchen zufällig in dem Auto entdeckt und den Rettungsdienst alarmiert.« »Kann ich mit Ihnen ins Krankenhaus fahren? Ich würde gern bei dem Mädchen bleiben«, sagt Markus.

»Nein, das geht nicht. Außerdem sind Sie ja kein Angehöriger des Mädchens.«

Die Bewusstlose wird auf einer Trage in den Rettungs

wagen gebracht, der bald darauf wieder in der Dunkelheit verschwindet. Einer der Polizisten fragt Markus und Heinrich, was passiert ist und ob sie die Frau kennen. Dann nimmt er die Personalien der beiden auf.

»Das Fahrzeug lassen wir abschleppen. Sollen wir Sie mit in die Stadt nehmen?«

»Nein danke, wir möchten lieber zu Fuß gehen«, erwidert Lichtenberg.

»Wie Sie wollen. Schönen Abend noch!«

Heinrich Lichtenberg und Markus Oppenheimer machen sich auf den Heimweg. Als sie bei Lichtenbergs Haus eintreffen, kommt ihnen Matthias entgegen, der sie schon vom Fenster aus gesehen hat. »Hat alles geklappt?«

»Ja, die Kleine ist jetzt im Krankenhaus. Ich hoffe, die wird wieder«, erklärt Markus etwas besorgt.

»Ich schlage vor, wir trinken noch ein paar Bier zusammen und ihr bleibt heute Nacht bei mir. Wir müssen unseren Erfolg noch gebührend begießen.«

Die German Road Patrol bleibt noch ein paar Stunden bei angeregter Unterhaltung beisammen, um sich dann in die vorbereiteten Gästezimmer zurückzuziehen.

Am späten Vormittag des nächsten Tages frühstücken die vier zusammen und verabschieden sich dann. Lichtenberg fährt mit seinem Auto zum städtischen Krankenhaus und erkundigt sich nach dem Mädchen. Man will ihm zunächst keine Auskunft geben, bis er die Situation schildert. Er wird an den zuständigen Stationsarzt verwiesen und erhält die Auskunft, dass es dem Mädchen bereits wieder relativ gut gehe und er kurz zu ihr dürfe.

Lichtenberg besorgt sich einen Strauß Blumen im Blumengeschäft des Krankenhauses und geht auf ihr

Zimmer. Es befinden sich vier Betten in dem Raum, von denen zwei nicht belegt sind. In einem liegt eine schlafende ältere Frau und in dem anderen liegt Giesela, die mit offenen Augen zur Zimmerdecke blickt. Lichtenberg tritt an ihr Bett heran. »Alles Gute zum Geburtstag! Ich habe Ihnen ein paar Blumen mitgebracht. Sie kennen mich nicht, aber ich habe Sie mit ein paar Freunden zusammen auf der Straße aufgelesen und freue mich, dass es Ihnen wieder besser geht.«

Giesela sieht Lichtenberg an. »Danke schön! Die Blumen sind sehr hübsch. Leider kann ich Ihnen keine Geburtstagstorte anbieten. Ich bin heute noch nicht zum Backen gekommen.«

»Anscheinend besitzen Sie Humor. Das schätze ich an Frauen besonders. Soll ich Ihre Angehörigen darüber benachrichtigen, wo Sie sind?«

»Nein, das ist wirklich keine gute Idee. Ich wohne allein, und meine Eltern würden sich nur sinnlos aufregen. Mir geht es ja schon wieder besser. Ich hatte nur eine kleine Krise und habe unsinnig darauf reagiert. Machen Sie sich keine Sorgen. Ich bin nur müde und würde gern etwas schlafen.« » In Ordnung. Falls Sie Hilfe brauchen, rufen Sie mich an! Ich lasse Ihnen meine Karte hier. Alles Gute!«

Als Lichtenberg das Krankenhaus wieder verlässt, kommt ihm Markus entgegen, der einen Blumenstrauß und eine Schachtel Pralinen bei sich trägt. Lichtenberg muss grinsen. »So schnell sieht man sich wieder. Unsere Patientin liegt im dritten Stock, Zimmer 327. Mach es gut!«

»Danke!« Lichtenberg fährt nach Hause.

EINGESPERRT
IM BAD

Montag, 25. August. Die Zeitung ist nicht da. Fassungslos blickt Heinrich Lichtenberg in seinen leeren Briefkasten am Gartenzaun. Entweder hat sie jemand im Vorbeigehen herausgenommen, was vorkommen kann, wenn sie teilweise noch aus dem Briefschlitz ragt. Oder, was wahrscheinlicher ist, der Zusteller hat ihn heute einfach vergessen.

Während der Kaffee durchläuft fährt Lichtenberg zum nächsten Kiosk, um sich Ersatz zu beschaffen. Der Inhaber, Herr Schmidtmeier, steht hinter dem Verkaufstresen und schaut etwas betrübt aus der Wäsche. Sein Kinn und die Stirn über seinem rechten Auge sind mit einem Pflaster verziert. »Guten Morgen, Herr Schmidtmeier! Wie sehen Sie denn aus? Haben Sie sich beim Rasieren geschnitten?«

»Morgen, Herr Lichtenberg! Nein, auf meiner Stirn wachsen keine Haare. Ich bin gestern Abend überfallen worden. In meinen Kiosk wurde neulich eingebrochen und da habe ich mich hier nachts auf die Lauer gelegt. Gestern hatte ich sozusagen Glück und habe die Einbrecher überrascht. Leider habe ich den Kampf knapp nach Punkten verloren, aber die zwei Männer haben auch was eingesteckt und kommen so schnell bestimmt nicht wieder.«

»Ich finde das sehr mutig von Ihnen, sich hier nachts allein auf die Lauer zu legen. Das hätte auch schlimm für Sie ausgehen können. Diese Arbeit sollten Sie lieber der Polizei überlassen.«

»Die hat Wichtigeres zu tun, als meinen Kiosk zu überwachen. Aber vielleicht haben Sie recht. Ich werde mir besser eine gute Alarmanlage und stabilere Schlösser zulegen. Darf es sonst noch etwas sein, außer der Zeitung?«

»Eine Stange Zigaretten noch. Sie kennen ja meine Marke.« Lichtenberg fährt nach Hause. Der Kaffee ist längst fertig und er beginnt mit dem Studium der Zeitung. Von der Baumfällung und dem geretteten Mädchen steht noch nichts im Regionalteil. Dafür sind die üblichen Berichte über Verkehrsunfälle, Schlägereien und Raubüberfälle zu lesen. Es gibt noch einen Bericht über eine Frau, die von ihrem ehemaligen Freund verfolgt wird. Ein Foto von ihr ist auch dabei. Sie hat ihn vor zwei Jahren verlassen und ihr sogenannter Freund hat sie daraufhin fast tot geprügelt. Er kam wegen schwerer Körperverletzung ins Gefängnis und ist seit zwei Tagen wieder auf freiem Fuß.

Natalie Müller heißt die Frau, und sie behauptet, ihr ehemaliger Freund hätte damals gedroht, sie bis an ihr Lebensende zu jagen, und sie könne sich nicht vor ihm verstecken. Die ganze Familie lebt jetzt in ständiger Angst vor diesem Psychopathen, aber die Polizei kann nichts unternehmen, solange er nichts Strafbares getan hat.

Was soll die Familie tun, außer sich Großpackungen von Beruhigungstabletten zu besorgen? Vielleicht nach unbekannt verziehen? Die Meldeämter dürfen in solchen Fällen eigentlich die Adresse der Betroffenen nicht herausgeben, aber oft machen sie es eben doch.

Man könnte vielleicht auswandern, z.B. in die USA, und hoffen, dass ein Vorbestrafter dort keine Einreiseerlaubnis bekommt. Oder man macht gar nichts und hofft, dass alles schon nicht so schlimm wird. Aber meistens wird es schlimm.

Natalie hat sich damals mehr aus Mitleid mit dem Mann eingelassen. Ralf Gerke, so heißt der Kerl, tat ihr leid, als er sie etwas linkisch zu einem Kaffee einlud, und sie nahm die Einladung an. Er sah nicht hässlich aus, im Gegenteil. Er gefiel ihr sehr gut. Aber sie spürte, dass er wenig Selbstbewusstsein hatte, und er wirkte schüchtern. Gleichzeitig spürte man in ihm irgendwie eine Verbitterung und latente Aggressivität, obwohl er versuchte, diese durch übertriebene Höflichkeit zu überspielen.

Sie wollte ihm durch ihr Entgegenkommen helfen, ohne sich ernsthaft auf ihn einzulassen. Das war ihr Fehler. Man darf sich nie aus Mitleid mit einem Menschen einlassen, weil er sich für eine spätere Zurückweisung, die man im Grunde ja schon vorher einplant, entweder rächen wird, oder er wird selbstzerstörerisch darauf reagieren. In jedem Fall tut man weder sich noch dem anderen damit einen Gefallen. Aber Heinrich Lichtenberg konnte sich nicht um alle Probleme der Welt kümmern und für jedes Problem, das man löst, sprießen zwei neue aus der Erde. Außerdem hatte er genügend eigene Probleme. Seine geplante Magenoperation sollte nächste Woche endlich stattfinden. Keine große Sache, wie die Ärzte ihm versicherten, aber ein gewisses Restrisiko gibt es ja immer.

Außerdem ist er noch nie operiert worden und der Gedanke an eine Vollnarkose und das Wissen, aufgeschlitzt zu werden, bereiteten ihm doch etwas Unbehagen. Er hat keine Angst vor dem Tod. Er hatte mal den Spruch in der Zeitung gelesen: Wer Angst vor dem Tod hat, der stirbt tausend Tode. Lichtenberg kann dem nur zustimmen und deshalb hat er beschlossen, keine Angst vor dem Tod haben zu wollen. Um das zu erreichen, muss man sich nur möglichst wenig Gedanken zu dem Thema machen. Dann kann man auch keine Ängste in der Richtung entwickeln. Er geht in den Garten, um dort eine Zigarette zu rauchen. Im Kontrast zu der frischen Luft schmecken die giftigen Tabakgase besonders gut.

Was tun, mit dem angebrochenen Tag? Lichtenberg steigt in sein Auto, um eine kleine Erkundungstour zu unternehmen. Vielleicht findet er eine neue Aufgabe für seinen Verein, die German Road Patrol. Die Zahl der Verkehrstoten nimmt zwar schon seit Jahren deutlich ab, aber es gibt immer noch genug Handlungsbedarf. Nach einer Stunde gemütlichen Fahrens über die Landstraßen kommt er zu einer geraden Strecke, an deren Seiten große Bäume stehen. Diese Allee zieht sich über mehrere Kilometer hin und weist nur wenige, nicht sehr scharfe Kurven auf. Trotzdem findet er hier insgesamt vier Holzkreuze an schnurgeraden Straßenabschnitten. Die Fahrer sind vielleicht betrunken oder übermüdet gewesen, mussten einem Tier ausweichen oder sind absichtlich gegen einen Baum gefahren.

Vielleicht handelte es sich bei den Opfern aber auch um Fußgänger oder Radfahrer. Alle Bäume abzusägen, wäre hier wohl nicht die Lösung. Man muss sich etwas anderes einfallen lassen. Vielleicht Leitplanken.

Lichtenbergs Mobiltelefon klingelt, und er nimmt das Gespräch über sein Navigationsgerät entgegen, das per Funk mit seinem Handy verbunden ist.

»Hallo, hier ist Manuela. Ich wollte dich nur informieren, dass Jasmin einen Unfall hatte. Aber es ist nicht so schlimm. Sie hat sich nur einen Arm gebrochen und ein paar Prellungen eingefangen.«

»Wie ist denn das passiert?«, fragt Lichtenberg besorgt nach.

»Sie war mit dem Fahrrad auf dem Weg zu einer Freundin und ist von einem Auto gestreift worden. Der Fahrer hat nicht angehalten und sie ist von einem anderen Autofahrer gefunden worden, der den Rettungsdienst informiert hat. Sie liegt jetzt im Krankenhaus und ist auf dem Weg der Besserung.«

»Ich komme gleich mal vorbei. Ich möchte sie sehen. Bist du nachher zu Hause?«

»Ich bin da und freue mich natürlich über jeden Besuch von dir.«

»Also, bis dann!« Am Nachmittag trifft er bei seiner Tochter ein. Sie trinken zusammen einen Kaffee und fahren dann ins Krankenhaus. Jasmin schläft, als sie ins Krankenzimmer kommen. Die anderen drei Betten sind auch mit Kindern belegt. Sie lesen oder hören über Kopfhörer Musik. Manuela weckt Jasmin mit einem Kuss auf die Wange. Schlaftrunken begrüßt sie ihre Mutter. Lichtenberg berührt sie an der Schulter. »Hallo Jasmin! Wie geht es dir?«

»Hallo Opa! Mir geht es gut. Wo kommst du denn auf einmal her?«

»Ich habe gehört, was passiert ist, und da wollte ich dich gleich sehen. Was war das denn für ein Auto, das dich angefahren hat?«

»Das weiß ich auch nicht. Auf einmal lag ich im Graben.«

»Konntest du gar nichts erkennen? Welche Farbe hatte es denn? War es ein großes oder ein kleines Auto?«

»Das weiß ich nicht. Aber es hatte ein rotes Herz hinten drauf.«

»Ein rotes Herz? Vielleicht ein Aufkleber! Immerhin ein Anhaltspunkt. Vielleicht fällt dir ja noch etwas ein. Jetzt ist erst mal am Wichtigsten, dass du schnell wieder gesund wirst.«

Nach einer halben Stunde verlassen Heinrich Lichtenberg und seine Tochter das Krankenhaus wieder. Sie fahren zu der Stelle, an der der Unfall passiert ist. »Wo ist denn ihr Fahrrad?«

»Das ist zu Hause. Die Polizei hat Lackspuren gesichert. Offenbar ist es ein beigefarbenes Auto.«

»Immerhin etwas.«

»Es steht heute auch ein Artikel in der Zeitung darüber, und Zeugen sollen sich melden. Das mit dem Herzaufkleber weiß die Polizei auch schon. Ich glaube, du kannst auch nichts weiter machen, und solltest wieder nach Hause fahren. Letztlich ist es ja noch einmal gutgegangen.«

»Ich glaube, du hast recht. Ich fahre bald wieder. Bin ich noch zu einem Kaffee bei dir eingeladen?«

»Natürlich!« Die beiden sitzen in Manuelas Garten bei Kaffee und Kuchen. »Ich werde nächsten Mittwoch am Magen operiert. Es ist aber nichts Ernstes.«

»Was hast du denn am Magen, Papa?«

»Nur eine gutartige Geschwulst. Ich muss ein paar Tage im Krankenhaus verbringen und es wird bestimmt furchtbar langweilig. Ich rufe dich von dort an und berichte. Mach dir keine Sorgen.«

»Es wird sicher alles gut werden. Aber ich werde mir doch trotzdem Sorgen machen dürfen.«

Lichtenberg verabschiedet sich von seiner Tochter und fährt wieder zurück. Zu Hause angekommen, verspürt er Hunger und stellt einen Topf mit Linsensuppe und Würstchen aus der Dose auf den Herd. Während sich die Mahlzeit langsam erhitzt, geht er noch mal eben auf die Toilette. Als er das Badezimmer wieder verlassen will, merkt er, dass sich die Tür nicht mehr öffnen lässt.

»Wieso geht diese Tür nicht mehr auf? Ich habe doch gar nicht abgeschlossen?«

Mehrmals dreht er den Schlüssel hin und her, drückt gefühlvoll oder ruckartig die Türklinke, aber es hat keinen Sinn. Er muss sich mit der Tatsache abfinden, dass sich die Tür nicht mehr öffnen lässt. Es befindet sich zwar ein kleines Fenster in dem Badezimmer, aber er hatte es aus Sicherheitsgründen mit einem eingemauerten Gitter versehen lassen. Dieser Fluchtweg ist also versperrt.

Die Badezimmertür geht nach Innen auf, sodass sie sich nicht ohne weiteres eintreten lässt und in geschlossenem Zustand kann sie auch nicht aus den Angeln gehoben werden. Sein Mobiltelefon liegt im Wohnzimmer, und zu allem Überfluss steht der Eintopf auf dem Herd. Die Situation wird also im wahrsten Sinne des Wortes brenzlig. Nach einer Weile beginnt es, verbrannt zu riechen. Die Flüssigkeit im Eintopf ist verdampft und der Inhalt des Topfes beginnt, sich in reinen Kohlenstoff zu verwandeln. Kurz darauf reagiert der Rauchmelder im Flur. Der Qualm des verkohlenden Eintopfs ist in den Flur gewandert, und das nervige Piepsen des Rauchmelders verschlechterte Lichtenbergs Laune. Die Lage ist zwar ärgerlich, aber nicht akut gefährlich. Irgendwann wird der Inhalt des Topfes zu Asche verglüht sein und der Topf nur noch harmlos vor sich hin schmoren.

Das Piepsen des Rauchmelders wird auch irgendwann aufhören, spätestens wenn die Batterie erschöpft ist. Genug Trinkwasser ist verfügbar, also wird er die nächsten paar Tage hier drinnen problemlos überstehen. Er überlegt, ob er ein Vollbad nehmen soll, verwirft den Gedanken aber wieder. Erst will er sich aus seiner Lage befreien. Aber wie? Nach einer halben Stunde sitzt Heinrich immer noch grübelnd auf dem Deckel des Toilettensitzes, wobei der Ellenbogen seines linken Armes auf dem Oberschenkel seines linken Beines ruht und seine linke Hand seinen Kopf stützt. Er hat in dieser Haltung sicher eine gewisse Ähnlichkeit mit der berühmten, von dem französischen Bildhauer Auguste Rodin erschaffenen, Skulptur ›der Denker‹. Allerdings sitzt dieser Denker auf einem Stein und nicht auf einer Kloschüssel.

Lichtenberg springt auf und tritt wütend mit voller Wucht gegen die Tür, die sich von diesem Angriff völlig unbeeindruckt zeigt. Plötzlich klingelt es an der Haustür.

Er ruft aus dem Badezimmerfenster. »Hallo, wer ist da?« Nach ein paar Sekunden steht sein Freund Matthias vor dem Fenster.

»Hallo Heinrich. Was kommt denn da für ein Piepen aus deinem Haus?«

»Das ist der Rauchmelder. Ich bin froh, dich zu sehen! Ich bin hier im Bad eingeschlossen. Hör mal, im Vorgarten steht doch dieser Gartenzwerg, der aussieht wie Helmut Kohl. Du weißt schon, den mir Dieter mal zum Geburtstag geschenkt hat.« »Ja, und weiter?«

»Unter dem ist, in einem Plastikbeutel, ein Ersatzschlüssel vergraben. Schließ damit bitte die Haustür auf und nimm dir dann aus dem Keller den Vorschlaghammer. Damit kannst du mir dann freundlicherweise die Badezimmertür öffnen.« »Alles klar, bis gleich!«

Nach einigen Minuten sind kräftige Schläge an der Badezimmertür zu hören. Matthias haut mehrmals mit dem Vorschlaghammer gegen das Türschloss und nach kurzer Zeit ist Lichtenberg aus seiner misslichen Lage befreit. Er nimmt die Batterie aus dem Rauchmelder, stellt den Herd ab und öffnet alle Fenster, um durchzulüften.

Der Topf mit dem verkohlten Inhalt landet nach einem ungezielten Wurf im Vorgarten, wobei Dr. Helmut Kohl am Kopf getroffen wird und einen Teil seiner Zipfelmütze einbüßt. »Ich danke dir für die Rettung!«

»Also wirklich, Heinrich! Diese Attacke eben auf unseren ehemaligen Bundeskanzler musste ja nun wirklich nicht sein. Der kann doch am wenigsten was dafür.«

»Das war keine Absicht. Das Stück kann man bestimmt wieder ankleben. Ich habe übrigens schon häufiger im Fernsehen gehört, dass unser ehemalige Bundeskanzler Helmut Schmidt gesagt haben soll, ›wer Visionen hat, der soll zum Arzt gehen‹. Ich weiß aber, dass Helmut Kohl das mehrmals gesagt hat, zumindest bis zu dem Zeitpunkt, wo Kohl mal von Schmidt, damals Mitherausgeber der ›Zeit‹, interviewt wurde und das mit der Vision zur Sprache kam. Die Filmaufnahme wurde damals irgendwo im Fernsehen übertragen. In der ersten Szene wird gezeigt, wie Kohl in den Raum kommt, in dem das Gespräch stattfindet, und als erstes auf das Foto im Hintergrund zeigt und fragt: ›Was ist das für eine Brücke da hinten?‹ Vielleicht war es die Glienicker Brücke. Dann fragt Schmidt nach Kohls Visionen für seine Amtszeit. Kohl sagt, er habe Vorstellungen, Ideen, Pläne aber keine Visionen. Schmidt antwortet: ›Aber das sind doch Visionen!‹

Auch in Tagesschau Interviews habe ich das mit der Vision von Kohl gehört: ›Wenn Sie ne Vision haben, müssen Sie zum Arzt gehen!‹ Das sollte mal jemand nachprüfen! Mag sein, dass Schmidt das in seinen früheren Jahren auch mal gesagt hat. Aber davon kenne ich keine Film- oder Audioaufnahmen.«

Lichtenberg holt einen Schraubendreher und baut damit das Schloss der Badezimmertür aus.

»Willst du was trinken, Matthias?«

»Ja, gern. Eine Cola bitte! Ich wollte dich nur mal spontan besuchen, und anscheinend kam das ja ganz gelegen.«

Die beiden ziehen sich ins Wohnzimmer zurück. Lichtenberg untersucht neugierig das Schloss und findet nach kurzer Zeit die Ursache der Funktionsstörung.

»Wenn man die Türklinke herunterdrückt, dann wird dieser unter Federspannung stehende keilförmige Zapfen, der im Türrahmen einrastet und die Tür geschlossen hält, durch einen Metallbügel zurückgezogen. Dieser Bügel ist hier zerbrochen und deshalb ließ sich die Tür nicht mehr öffnen.«

Er wirft das Schloss in den Mülleimer und zündet sich eine Zigarette an.

»Wenn du mich nicht gefunden hättest, hätte ich mir bei der Gelegenheit das Rauchen abgewöhnen können. Du trägst also eine gewisse Mitschuld, wenn ich irgendwann an Lungenkrebs sterbe!«, sagt Lichtenberg im Scherz.

»Wenn du willst, sperre ich dich wieder da ein. Du

musst doch erst Mittwoch ins Krankenhaus. Wollen wir nicht Samstag noch mal grillen? Ich lade euch zu mir ein.

»Gute Idee!« Die beiden sehen sich noch einen spannenden Film auf DVD an, und dann verabschiedet sich Matthias wieder.

DER BETTLER

Dienstag, 26. August. Nach dem gewohnten Frühstücksritual fährt Heinrich Lichtenberg in die Innenstadt. Er will mal wieder einen kleinen Einkaufsbummel machen und vielleicht eine neue interessante DVD oder ein gutes Buch kaufen. In der Fußgängerzone auf dem Weg zur Buchhandlung sieht er einen Bettler sitzen, der einen Hut zum Geldeinsammeln vor sich liegen hat. Lichtenberg will gerade elegant die Straßenseite wechseln, als er dem Bettler flüchtig ins Gesicht sieht und ihm dieses irgendwie bekannt vorkommt. Er kramt eine Zweieuromünze aus der Hosentasche hervor und wirft sie dem Mann in den Hut, der sich artig bedankt und Lichtenberg kurz ansieht.

Heinrich spricht ihn an. »Kann es sein, dass wir uns kennen? Irgendwie kommen Sie mir bekannt vor.«

Der Bettler sieht ihn nun prüfend an und erwidert dann, während er etwas verlegen lächelt.

»Guten Tag, Herr Lichtenberg! Ich bin damals mit Ihrer Tochter auf dem Gymnasium gewesen. Wie geht es Ihnen?« »Mir geht es gut. Darf ich mich kurz zu Dir setzen?«

»Aber gern!« Heinrich setzt sich neben den Mann auf den Fußboden, lehnt sich an die Hauswand und bietet ihm eine Zigarette an, die dieser auch nimmt. Lichtenberg gibt ihm Feuer und zündet sich selbst auch eine an.

»Jetzt fällt es mir wieder ein. Du heißt Tobias Neumann und bist kurz vor dem Abitur von der Schule abgegangen. Warum eigentlich?«

»Die Aussichten, das Abitur zu bestehen, waren damals praktisch gleich null. Ich wollte mir dieses frustrierende Scheitern lieber ersparen und habe freiwillig das Handtuch geworfen.« »Und was hast du dann gemacht?«

»Ich habe meinen Wehrdienst abgeleistet und mich dann mit irgendwelchen Jobs durchgeschlagen. Hilfsarbeiter beim Bau, Taxifahrer, Zeitungsausträger und so was. Im Moment habe ich keinen Führerschein, weil ich betrunken von der Polizei angehalten wurde. Eine Wohnung habe ich zurzeit auch nicht, aber es geht mit mir sicher bald wieder aufwärts. Was macht denn Ihre Tochter Manuela?«

»Sie lebt etwas entfernt von hier mit ihrer kleinen Tochter. Ihr Mann ist kürzlich gestorben, aber es geht ihr ganz gut. Sie hat Arbeit und wohnt in ihrem eigenen Haus.«

»Das freut mich zu hören …ich meine, dass es ihr gut geht.« »Ich finde es hier etwas unbequem. Darf ich dich zum Essen einladen? Dann können wir uns noch etwas unterhalten.«

»Gern, ich habe nichts vor.« Sie gehen in das Lieblingsrestaurant von Heinrich und bestellen sich beide Rinderfilet, Pommes frites und Salat. Danach bestellt sich Heinrich noch einen Milchkaffee und Tobias einen Espresso und ein Mineralwasser.

»Hör mal, Tobias. Ich bin gerade dabei, mit ein paar Leuten einen Verein für Verkehrssicherheit zu gründen, und habe hier in der Nähe eine kleine Einzimmerwohnung als Büro angemietet. Du könntest dich da erst mal einrichten und quasi als Büroleiter fungieren und mithelfen, den Verein aufzubauen. Ich könnte dir ein kleines Gehalt zahlen und du hättest ein Dach über dem Kopf und eine Aufgabe.

Du würdest telefonische Anfragen und E-Mails beantworten, Spenden verwalten, Vorschläge einsammeln usw. Wie wäre das?«

»Das würde mir schon gefallen. Ich bin es allmählich leid, in der Fußgängerzone herumzusitzen und zu betteln, und es wäre ein Neuanfang.«

»Ich gebe dir jetzt etwas Geld, und du besorgst dir ein paar neue Sachen zum Anziehen, gehst zum Friseur, rasierst dich und machst dich frisch. Am besten gehst du in die Badeanstalt. Da kannst du duschen und gleich ein paar Runden schwimmen. Dann treffen wir uns in drei Stunden wieder hier.«

Tobias nimmt den Vorschlag an und verlässt das Restaurant. Nach drei Stunden ist er wieder da und sieht aus, wie ein neuer Mensch. Die beiden gehen in die Wohnung, die Lichtenberg gemietet hat.

»Es ist zwar klein, aber hier gibt es ein Schlafsofa und es gibt ein kleines Bad mit einer Dusche und eine Kochnische. Wir haben hier einen Telefon- und Internetanschluß. Bürozeit ist von 9.00 Uhr bis 17.00 Uhr und danach hast du frei. Ich lasse dich jetzt erst mal allein. Wenn was sein sollte, dann ruf mich auf meinem Handy an.«

Lichtenberg verabschiedet sich und fährt wieder nach Hause. Er hofft, dass er das Richtige gemacht hat. Aber Tobias war ein sympathischer Kerl und hat eine Chance verdient. Wenn er sich nicht bewährt und nur Mist baut, wird er eben wieder auf die Straße gesetzt.

Gegen Nachmittag kommen die Handwerker mit der

neuen Badezimmertür. Lichtenberg hat veranlasst, dass sie mit Flügelschrauben am Türrahmen befestigt wird, die sich von Innen mit bloßen Händen abschrauben lassen, sodass sich die Tür bei einem erneuten Versagen des Schlosses problemlos öffnen lässt.

Am Abend ruft seine Tochter an. Sie berichtet, dass man das Fahrzeug, mit dem seine Enkeltochter angefahren wurde, ermitteln konnte. Es war kurz nach dem Unfall in eine Radarkontrolle geraten, und die Polizei hat bei der Überprüfung des Fahrzeugs die Lackschäden festgestellt und auch den Aufkleber entdeckt. Es handelt sich um eine fünfzigjährige Frau, die angeblich von der Kollision nichts mitbekommen hat. Sie wird sich für ihr Verhalten vor Gericht verantworten müssen und wohl auf die Zahlung von Schmerzensgeld verklagt werden. Das Problem ist jedenfalls schon mal geklärt.

Lichtenberg geht in den Garten. Er beobachtet die Fledermäuse, die in der Dämmerung auf Insektenjagd sind und sieht einen Igel, der seelenruhig über den Rasen spaziert. Er fragt sich, was Tobias wohl in seinem neuen Domizil macht. Jedenfalls hat der heute Nacht ein Dach über dem Kopf und er denkt an Jasmin, die mit gebrochenem Arm im Krankenhaus liegt. Morgen soll sie schon wieder nach Hause entlassen werden. Was wird aus ihr mal werden, wenn sie groß ist? Vermutlich wird er das nie erfahren. Lichtenberg raucht ein paar Zigaretten. Gegen Mitternacht legt er sich schlafen.

DIE BEDROHTE KRANKEN-SCHWESTER

Mittwoch, 27. August. Heinrich Lichtenberg hat die letzten Tage gesund gelebt, d.h. er hat kaum Alkohol getrunken und relativ wenig geraucht. Er verstaut einige Kleidungsstücke, sein Wasch- und Rasierzeug in einer Reisetasche und fährt zum Krankenhaus, wo ihm ein Zimmer und ein Bett zugewiesen werden.

Lichtenberg zieht sich die Krankenhauskleidung an und legt sich hin. Er teilt sich ein Zweibettzimmer mit einem älteren Mann, der hier bereits vor sich hin schnarcht.

Eine Krankenschwester begrüßt ihn freundlich und fragt, ob alles in Ordnung sei. Später schaut ein Arzt vorbei und erklärt ihm, dass er ihn morgen operieren werde, und dass er sich keine Sorgen machen solle. Gegen Abend bekommt er zur Beruhigung noch einige Pillen verabreicht und fällt wunderbar entspannt in einen tiefen Schlaf.

Am nächsten Tag ist die Operation. Heinrich fühlt sich andauernd wie in einem angenehmen Drogenrausch und bekommt kaum etwas davon mit, wie ihm die Narkosespritze gesetzt wird und er das Bewusstsein verliert.

Nach der Operation wacht er ziemlich benommen

wieder in seinem Zimmer auf. Der Arzt ist da und sagt, dass alles gut verlaufen sei und er in ein paar Tagen wieder nach Hause entlassen werden könne. Lichtenberg ist müde, und will im Moment nur schlafen.

Gegen Abend wird er wieder wach. Eine andere Schwester begrüßt ihn und bringt Tabletten, vermutlich Antibiotika und etwas gegen Schmerzen. Er schluckt ohne zu fragen alles in sich hinein.

Die Krankenschwester ist freundlich, aber sie macht einen sehr nervösen Eindruck. Sie kommt ihm bekannt vor, aber er weiß nicht, wo er sie schon einmal gesehen hat. Lichtenberg blickt auf ihr Namensschild und erkennt, dass sie Natalie Müller heißt. Jetzt erinnert er sich daran, dass er ihr Bild neulich in der Zeitung gesehen hat.

Es ist die Frau, die von ihrem kürzlich aus dem Gefängnis entlassenen Exfreund bedroht wird. Das erklärt ihre Nervosität. Lichtenberg will das Thema vorerst nicht ansprechen und spielt weiter den Unwissenden. Mit dem Zimmergenossen ist nichts anzufangen. Offenbar befindet er sich schon im Winterschlaf.

Am nächsten Morgen wird er von einer anderen Schwester begrüßt, die ihm das Frühstück bringt.

»Guten Morgen, Herr Lichtenberg! Haben Sie gut geschlafen?«

»Ja, wie ein Baby. Wie ich sehe, haben Sie mir ein paar leckere Pillen mitgebracht.«

Nach dem Frühstück kommen seine Tochter und seine Enkeltochter überraschend zu Besuch. Lichtenberg freut sich sehr, die beiden zu sehen.

Manuela hat frischen Kuchen dabei und Jasmin, deren linker Arm in einem Verband fixiert ist, schenkt ihm ein selbst gemaltes Bild, auf dem sie und Manuela dargestellt sein sollen. Die drei unterhalten sich noch ein paar Stunden und spielen zusammen Würfelspiele. Tobias kommt vorbei, um sich nach Heinrichs Befinden zu erkundigen.

Nach kurzem Zögern erkennen sich Manuela und Tobias wieder und begrüßen sich lachend. Tobias erzählt, wie dankbar er ihrem Vater ist, dass er ihn von der Straße geholt und ihm eine neue Chance gegeben hat, sein Leben wieder in den Griff zu bekommen. Dann verabschiedet er sich.

Bald darauf fahren Manuela und Jasmin wieder nach Hause. Lichtenberg darf schon wieder aufstehen und geht vor das Krankenhaus, um sich zu einer Gruppe von Nikotinsüchtigen zu gesellen. Diese Raucher in ihren Bademänteln machen hier vor dem Krankenhaus einen besonders jämmerlichen Eindruck, wie sie ihre Abhängigkeit vom Glimmstängel öffentlich zur Schau stellen.

Lichtenberg ist das egal und er saugt genüsslich den Tabakrauch in seine Lunge und geht anschließend wieder ins Krankenhaus zurück.

An der Information herrscht Aufregung, weil ein junger Mann lautstark Auskunft über Natalie Müller verlangt und sie unbedingt sehen will. Aber man will ihm nichts sagen und als mit der Polizei gedroht wird, verschwindet er wieder.

Lichtenberg prägt sich sein Gesicht ein. Wahrscheinlich war das der Mann, der Natalie Müller nach dem Leben trachtet. Sie hat diese Woche Nachtschicht. Lichtenberg holt sich noch eine Zeitung und geht wieder auf sein Zimmer. Abends taucht Natalie wieder auf und ist genauso freundlich und nervös wie am Vortag. Lichtenberg beschließt, sein Schweigen aufzugeben.

»Ich habe Ihren ehemaligen Freund heute hier im Krankenhaus gesehen. Ich glaube, Sie sind ernsthaft in Gefahr.«

Natalie scheint von Lichtenbergs Bemerkung überrascht zu sein, und zögert einen Augenblick, bevor sie ihm mit resignierendem Tonfall antwortet.

»Glauben Sie, ich weiß das nicht? Was soll ich denn machen? Die Polizei fährt verstärkt Streife und er hat Hausverbot für das Krankenhausgelände. Aber im Grunde fühle ich mich machtlos. Entschuldigen Sie, aber belasten Sie sich bitte nicht mit meinen Problemen. Sie sollen nur schnell wieder gesund werden.«

Die nächsten Tage im Krankenhaus verlaufen ruhig und der Genesungsprozess von Heinrich Lichtenberg macht gute Fortschritte. Matthias und Dieter kommen kurz zu Besuch und bringen Zigaretten, Schnupftabak und Schokolade mit. Auch Tobias lässt sich noch einmal blicken und berichtet von seiner Arbeit im Büro. Er hat gute Ideen für die Internetseite des Vereins.

Lichtenbergs Zimmergenosse ist verschwunden, ohne dass er auch nur ein Wort mit ihm gewechselt hat. Vermutlich ein hoffnungsloser Fall von Schlafkrankheit.

Natalie wirkt nun etwas entspannter, aber vielleicht hat sie sich auch nur selbst Beruhigungsmittel verordnet. Jedenfalls geht es ihr besser, und ab und zu ist sie sogar zu kleinen Scherzen aufgelegt. Lichtenberg soll morgen entlassen werden, was ihm sehr recht ist. Vor dem Schlafen will er nochmal nach draußen gehen, um eine Zigarette zu rauchen.

Beim Verlassen des Krankenhauses kommt ihm ein Mann mit Bart und Brille im Bademantel entgegen, den er hier noch nicht gesehen hat. Vermutlich ein Neuzugang, der auch das Qualmen nicht lassen kann. Nur irgendwas irritiert ihn an seiner Erscheinung. Aber erst einmal lässt Lichtenberg sich seine Zigarette schmecken.

Nach ein paar Minuten geht ihm ein Licht auf. Der bärtige Mann hat Straßenschuhe getragen, was zumindest ungewöhnlich ist, und wenn er es sich recht überlegt, hat der Typ eine gewisse Ähnlichkeit mit dem Exfreund von Natalie, abgesehen von dem Bart und der Brille.

Lichtenberg rennt zur Information und sagt, dass man die Polizei rufen soll, weil sich ein Attentäter hier im Krankenhaus aufhält. Dann eilt er in sein Zimmer zurück. Ralf Gerke weiß nicht genau, wo sich Natalie aufhält, und das verschafft Lichtenberg eine Zeitvorteil. Wahrscheinlich irrt er jetzt irgendwo im Krankenhaus herum. In der Nähe von Lichtenbergs Zimmer befindet sich der Aufenthaltsraum von Natalie, aber der Raum ist leer. Vermutlich ist Natalie irgendwo unterwegs und er will hier auf sie warten. Plötzlich hört er Geräusche, und als er noch einmal genauer durch die Glasscheibe des Aufenthaltsraumes schaut, sieht er zwei kämpfende Personen am Boden.

Er stürmt in den Raum und erkennt, dass Natalie mit dem Rücken auf dem Boden liegt und der Bärtige im Bademantel die sich heftig wehrende Frau würgt. Lichtenberg zögert nicht und versetzt dem Würger einen heftigen Schlag in die Nierengegend. Der Mann bäumt sich vor Schmerz auf und lässt von Natalie ab. Dann dreht er sich um und versetzt Lichtenberg einen Fausthieb in den Magen, was einen heftigen Schmerz verursacht, da die

Operationswunde getroffen wurde. Lichtenberg verpasst dem Angreifer mit seinem Ellenbogen einen Hieb gegen die Nase, die sofort heftig zu bluten beginnt.

Ralf hat anscheinend genug und sucht fluchtartig das Weite. Lichtenberg hilft Natalie, die zwar geschockt aber ansonsten weitgehend unversehrt ist, auf die Beine. Nach einigen Minuten tauchen zwei Polizeibeamte am Tatort auf. Ralf Gerke ist samt seinem falschen Bart verschwunden. Nur sein Bademantel, den er zur Tarnung über seiner Kleidung getragen hat, liegt im Flur. Die bald darauf eintreffende Spurensicherung stellt die zurückgelassenen Blutstropfen des Angreifers für einen DNS-Test sicher.

Jedenfalls hat sich Ralf Gerke jetzt wieder strafbar gemacht und kann erneut hinter Schloss und Riegel gebracht werden, falls man ihn ergreift.

Am nächsten Tag wird Lichtenberg nach Hause entlassen. Natalie ist vorerst vom Dienst befreit worden, und ihr Haus wird von der Polizei überwacht, in der Hoffnung, Ralf Gerke dort zu erwischen. Heinrich fährt nach Hause und ist froh, wieder in der vertrauten Umgebung zu sein.

Er leert seinen Briefkasten und bearbeitet die Post, die überwiegend aus Rechnungen besteht, wie z.B. von dem Handwerksbetrieb, der die neue Badezimmertür eingebaut hat. Der Rasen ist schon wieder gut gewachsen und die sattgrünen Halme krümmen sich bereits deutlich unter ihrem eigenen Gewicht. Lichtenberg verpasst dem Gras einen ordentlichen Kurzschnitt.

Nach den Tagen im Krankenhaus ist er froh, wieder körperlich aktiv sein zu können. Noch wenige Wochen, dann wird das angenehme Sommerwetter wieder vorbei sein und die trüben und kalten Monate beginnen. Aber es steht ja noch der gemeinsame Mallorca Urlaub mit Matthias und Dieter bevor und er freut sich bereits darauf.

Er will kurz bei seiner Nachbarin Frau Meinersen vorbeischauen und ihr sagen, dass er wieder aus dem Krankenhaus zurück ist. Da sie auf sein Klingeln nicht reagiert, wird sie wohl unterwegs sein. Vielleicht ist sie Einkaufen gegangen. Er will es später noch einmal versuchen.

Lichtenberg hat keinen großen Hunger und macht sich nur eine Dosensuppe als Mittagessen warm. Dann fährt er zum Supermarkt, um ein paar Dinge einzukaufen.

Er braucht dringend Milch und Kaffee und ein paar neue Energiesparlampen, die zwar länger halten als Glühlampen, aber eben doch nicht ewig. Die Auswahl an diesen Lampen ist recht umfangreich und die Preisunterschiede sind es auch. Etwas ratlos begutachtet er das Angebot. Die Lampen in seiner Küche ärgern ihn, weil sie so lange brauchen, bis sie ihre volle Helligkeit erreicht haben. Oft hat der die Küche schon wieder verlassen, bevor diese Dinger gut leuchten. Er entscheidet sich deshalb für die teureren Lampen, die sofort hell werden.

Als er am Zeitschriftenständer vorbeikommt, sieht er dort Markus Oppenheimer stehen, der in einer Zeitschrift blättert. Neben ihm steht Gisela Bergmann, das Mädchen, das von der German Road Patrol bei der Baumfällaktion gefunden wurde. Anscheinend haben sich die beiden zusammengetan. Lichtenberg will sie kurz begrüßen.

»Hallo, wen sehe ich denn da? Wie geht es euch?«

»Hallo Herr Lichtenberg! Mir und Gisela geht es ausgezeichnet, und Ihnen? Schön, dass Sie wieder aus dem Krankenhaus raus sind!«

»Markus übertreibt nicht. Mir geht es tatsächlich wieder prima, insbesondere durch seine Unterstützung. Wir verstehen uns sehr gut, so als würden wir uns schon ganz lange kennen und unternehmen häufig etwas zusammen. Ich würde übrigens auch gern bei dem Verein mitmachen. Markus hat mir davon erzählt und es würde mir sicher Spaß machen, da ein bisschen mitzumischen.«

»Das finde ich echt toll. Wir haben jetzt übrigens ein Büro in der Innenstadt, das von einem neuen Vereinsmitglied betreut wird. Er heißt Tobias Neumann. Wenn ihr Lust habt, könnt ihr ihn dort ja mal besuchen. Hier ist eine Karte mit der Adresse.«

»Danke! Das werden wir gleich machen. Ich hoffe, wir sehen uns bald mal wieder!«

Lichtenberg verabschiedet sich und fährt wieder nach Hause. Er wechselt die defekten Lampen aus und geht dann in den Garten, um eine Zigarette zu rauchen. Ihm fällt ein, dass er noch bei Frau Meinersen vorbeischauen wollte. Inzwischen müsste sie wieder vom Einkaufen zurück sein. Er klingelt erneut an ihrer Haustür, aber es rührt sich wieder nichts.

Vielleicht ist sie weggefahren, um jemanden zu besuchen. Lichtenberg geht einmal um ihr Haus und blickt in alle Fenster. Durch ihr Wohnzimmerfenster sieht er zwei Beine hinter einem Sessel hervorschauen. Er klopft an die Scheibe und hört ein schwaches Hilferufen. Immerhin ist sie noch am Leben. Lichtenberg ruft mit seinem Handy einen Rettungswagen. Dann geht er nochmal um das Haus, und sucht nach einer Möglichkeit, hineinzukommen.

Er sieht, dass das Badezimmerfenster auf Kipp steht,

greift in den offenen Spalt und versucht, den Fenstergriff zu drehen. Es gelingt ihm jedoch nicht und daher schlägt er die Scheibe mit einem Stein ein und öffnet dann das Fenster.

Er klettert in das Haus, geht den Flur entlang zum Wohnzimmer und findet Frau Meinersen, die apathisch am Boden liegt.

»Gott sei Dank, dass Sie mich gefunden haben. Ich habe schon gedacht, ich müsste hier elendig sterben. Ich liege hier schon seit zwei Tagen rum und kann nicht mehr aufstehen. Ich bin gestürzt und habe mir wohl ein Bein gebrochen.« Lichtenberg hält ihre Hand, um sie zu beruhigen.

»Der Krankenwagen ist schon unterwegs. Das wird schon wieder werden. Ist doch kein Beinbruch …äh, ich meine, keine Katastrophe. In ein paar Wochen sind Sie wieder auf den Beinen, Frau Meinersen.«

Es klingelt an der Haustür und Lichtenberg lässt die Sanitäter herein.

»Ich schließe dann ab und nehme den Schlüssel an mich, Frau Meinersen.«

Sie wird auf eine Trage gelegt und mit dem Krankenwagen abtransportiert. Lichtenberg schließt die Haustür ab und geht wieder ins sein Haus zurück. Er verständigt einen Notdienst für Glasbruch. Dann ruft er im Krankenhaus an und erfährt, dass Frau Meinersen vorerst dort bleiben wird, auch weil sie durch das lange Liegen im Wohnzimmer unter Austrocknung leidet. Nach einer Weile trifft der Glasnotdienst ein, und Lichtenberg bringt die beiden Handwerker in die Wohnung von Frau Meinersen, wo sie die Scheibe im Bad auswechseln. Er quittiert die Reparatur.

Lichtenberg ist müde und legt sich zum Ausruhen auf sein Sofa. Kurz darauf schläft er fest ein und wacht erst am nächsten Morgen, bei Einbruch der Dämmerung, gut erholt wieder auf. Er kocht sich eine Kanne Kaffee, holt die Zeitung aus dem Briefkasten und setzt sich zum Frühstücken in die Küche. In der Zeitung findet er einen Artikel über den nächtlichen Vorfall mit Ralf Gerke und Natalie Müller. Auch sein Name wird erwähnt und dass er sie vor dem Gewalttäter gerettet hat.

Lichtenberg ist dieser Bericht eher unangenehm, aber nun ist es nicht mehr zu ändern. Die Rolle des umjubelten Helden schmeckt ihm überhaupt nicht. Fehlt nur noch, dass die Zeitung ein Interview mit ihm machen will. Gegen Mittag ruft er Tobias an und verabredet sich mit ihm zu einem Treffen abends im Büro, das um diese Zeit ja eigentlich seine Wohnung ist.

Er bringt noch Bier und etwas zu Essen aus einem Fastfood Restaurant mit, und die beiden essen gemeinsam zu Abend.

»Ich hatte heute Nachmittag schon Besuch von einem Pärchen, das auch zum Verein gehört. Markus und Gisela heißen die beiden. Ich finde sie sehr nett und wir haben uns gut unterhalten.«

»Ich habe denen ja auch vorgeschlagen, dich zu besuchen. Aber wieso Pärchen? Ich dachte, die sind nur befreundet.«

»Na ja, die haben hier ganz schön rumgeknutscht. Das waren keine freundschaftlichen Küsse.«

»Interessant! Aber auch erfreulich. Die beiden haben ja auch Schlimmes erlebt und geben sich so gegenseitig neuen Lebensmut. Ich hoffe, sie werden zusammen glücklich.«

Tobias berichtet, was er inzwischen an Arbeit erledigt hat. Es kamen schon einige E-Mails mit Vorschlägen an, und einige Spenden sind auch schon auf dem Spendenkonto eingegangen. Tobias soll für Anfang Oktober eine neue Sitzung für die Vereinsmitglieder einberufen.

Es ist schon fast Mitternacht, und Lichtenberg will wieder nach Hause fahren. Er verabschiedet sich von Tobias und ist froh, dass er sich offensichtlich nicht in ihm getäuscht hat.

»Tobias ist durch seine neue Situation und seine Aufgabe richtig aufgeblüht und voller Tatendrang. Hoffentlich bleibt das auch so. Die German Road Patrol entwickelt sich langsam zu einem Lebenshilfe- und Paarvermittlungsverein«, denkt Lichtenberg.

Die Straßen sind um diese Zeit fast menschenleer. Die Wohnung von Tobias liegt etwas abseits der Fußgängerzone, und der Parkplatz, an dem Heinrich seinen Wagen abgestellt hat, befindet sich fünf Gehminuten entfernt. Die Abende sind nicht mehr sommerlich warm, sondern schon herbstlich. Lichtenberg beschleunigt seine Schritte. Irgendwie hat er ein ungutes Gefühl, so als ob ihn jemand verfolgt. Dabei ist er keine ängstliche Natur, aber niemand fühlt sich wohl draußen allein im Dunkeln wirklich ganz behaglich.

An seinem Auto angekommen, holt er den Schlüssel aus seiner Hosentasche, der ihm jedoch aus den Fingern rutscht, und so muss Lichtenberg sich bücken, um ihn wieder aufzuheben. Plötzlich spürt er etwas an seinem Hals. Jemand hat ihm von hinten eine Schlinge über den Kopf geworfen und zieht diese nun fest an. Lichtenberg kann den Angreifer weder sehen noch zu fassen kriegen, da dieser offenbar mit ausgetreckten Armen hinter ihm steht und die Schlinge festhält.

»Guten Abend, Herr Lichtenberg! Ich habe von Ihrer Heldentat in der Zeitung gelesen und dort auch Ihren Namen erfahren. Leider haben Sie mir dabei die Tour vermasselt, und meine Nase schmerzt auch noch. Das Bundesverdienstkreuz werden Sie wohl nicht mehr entgegennehmen können.«

Lichtenbergs Adern sind voll von Adrenalin und sein Puls rast. Er ringt nach Atem und versucht, die Schlinge an seinem Hals zu fassen zu bekommen und mit seinen Fingern zu lösen, aber sie sitzt zu fest. Er versucht nach dem Angreifer, bei dem es sich offenkundig um Ralf Gerke handelt, zu treten oder ihn abzuschütteln. Aber Ralf ist leider zu kräftig und hält die Schlinge fest um Lichtenbergs Hals. Ihm wird langsam schwarz vor Augen und er weiß, dass er gleich das Bewusstsein verlieren wird.

»Zappeln Sie doch nicht so, Herr Lichtenberg. Wenn Sie sich ganz entspannen, dann wird es leichter für Sie und auch für mich. Wenn ich mit Ihnen fertig bin, werde ich die liebe Natalie besuchen und meine Unterhaltung mit ihr fortsetzen.«

Plötzlich hört Lichtenberg ein lautes Rufen. »Hey, was machen Sie denn da?«

Der Druck an seinem Hals lässt nach. Er sinkt auf die Knie und schnappt nach Luft, während er die Schlinge an seinem Hals lockert. Hustend kommt Lichtenberg wieder auf die Beine. Als er sich umdreht, sieht er, wie Tobias auf ihn zu kommt und Ralf Gerke in der Dunkelheit verschwindet.

»Sie haben Ihr Handy bei mir liegengelassen, deshalb bin ich hinter Ihnen her gerannt.«

»Du hast mir das Leben gerettet. Danke Tobias! Das war Ralf Gerke, der versucht hat, seine frühere Freundin umzubringen und von der Polizei gesucht wird. Ich glaube, der ist schon über alle Berge, und es bringt nicht mehr, jetzt noch die Polizei zu rufen.«

Heinrich und Tobias verabschieden sich nochmals voneinander und als Lichtenberg zu Hause eintrifft, trinkt er noch einen Cognac und legt sich dann schlafen. Die Lust auf eine Zigarette vor dem Schlafengehen ist ihm vergangen. Er ist froh, dass er überhaupt noch atmen kann und will seiner Lunge etwas Erholung gönnen.

FRAU MEINERSENS KIRSCHLIKÖR

Donnerstag, 28. August. Am nächsten Tag meldet sich Natalie Müller telefonisch bei ihm. Sie möchte ihn, als Dank für ihre Rettung, zum Abendessen einladen. Lichtenberg lehnt freundlich ab. Eine kleine Spende für seinen Verein würde er aber gern annehmen. Das Telefon klingelt. Frau Meinersen ist dran und bittet ihn zum Kaffee.

Ihm kommt die Einladung ganz gelegen, da er Kaffeedurst und Hunger verspürt. Er geht gleich zu ihr.

»Kommen Sie nur herein, Herr Nachbar! Der Kaffee ist gleich fertig und ich habe wieder Quarkkuchen für Sie gemacht.«

Frau Meinersens linkes Bein steckt in einem starren Verband und sie stützt sich auf eine Krücke.

»Wie geht es Ihnen denn, Frau Meinersen?«

»Mir geht es wieder prima und mit diesem tollen Verband kann ich schon wieder ganz gut gehen. Ich habe jetzt übrigens auch ein Handy und trage es immer bei mir. Das passiert mir nicht noch einmal, dass ich hier hilflos tagelang herumliege.«

»Das finde ich sehr klug. Soll ich Ihnen helfen?«

»Das wäre sehr nett. Mit der Krücke kann ich zwar ganz

gut gehen, aber es ist doch schwierig, gleichzeitig etwas zu tragen.«

Lichtenberg holt die Kaffeekanne aus der Küche und gießt sich und Frau Meinersen ein. Der Tisch ist bereits eingedeckt und der leckere Quarkkuchen steht schon zum greifen nah.

»Nehmen Sie sich nur selbst ein Stück Kuchen.«

Lichtenberg lässt sich das nicht zweimal sagen. Kurz darauf hat er bereits das erste Stück verschlungen und mit reichlich Kaffee heruntergespült. Er wartet kurz auf die Aufforderung, sich ein zweites Stück zu nehmen. Da diese jedoch unterbleibt, greift er in Eigeninitiative noch mal selbst zu und Frau Meinersen lächelt zufrieden.

»Herr Lichtenberg, ich würde Ihnen gern das Gemälde schenken, über das wir neulich schon mal gesprochen haben. Widersprechen Sie bloß nicht! Erstens schulde ich Ihnen noch etwas für meine Rettung. Wer weiß, wie das Ganze sonst ausgegangen wäre. Zweitens gefällt mir das Bild nicht besonders und ich habe auch niemanden, dem ich es vererben könnte. Und außerdem habe ich von Ihrem Verein gehört. Wenn das Bild wirklich so kostbar ist, wie mein Mann gesagt hat, dann können Sie es ja verkaufen und etwas Sinnvolles mit dem Erlös bewirken. Wer weiß, vielleicht kann es ja so noch Leben retten. Ist doch besser, als wenn es hier nutzlos in meinem Wohnzimmer hängt. Ich selbst brauche kein Geld mehr.«

»Ich weiß nicht, was ich sagen soll. Wenn Sie es tatsächlich dem Verein zur Verfügung stellen wollen, dann nehme ich es gern an und spreche Ihnen hiermit im Namen der German Road Patrol meinen Dank aus.«

Lichtenberg hat das zweite Stück Kuchen

heruntergeschlungen und spült wieder kräftig mit Kaffee nach.

»Wenn Sie wollen, nehmen Sie sich noch ein Stück. Sie können hier auch gern eine Zigarette rauchen. Ich rieche das ganz gern.«

Heinrich nimmt das Angebot dankbar an. Ein Aschenbecher steht sogar schon auf dem Tisch.

»Früher wurde hier auf Feiern auch viel geraucht und es hat mich nie gestört. Nur dass mein Schwager, der jetzt schon seit beinahe fünfzehn Jahren tot ist, hier immer seine stinkenden Zigarren geraucht hat, fand ich furchtbar.«

Frau Meinersen bringt eine Flasche Kirschlikör und holt zwei Gläser aus ihrer Schürzentasche. Sie gießt die Likörgläser randvoll. Heinrich wird gar nicht erst gefragt, und so ein Gläschen, als Ergänzung zur Zigarette, ist ja auch eine leckere Sache. Nachdem sie ausgetrunken haben, schenkt Frau Meinersen gleich noch mal nach.

»Lassen Sie uns auf meinen verstorbenen Mann anstoßen. Prost Herbert! Werde mir im Himmel nicht untreu. Wir werden uns sicher bald wiedersehen!«

Der Likör schmeckt wirklich gut und Frau Meinersen versichert, dass sie ihn selbst gemacht hat. Nach einer Stunde und einigen weiteren Gläsern Likör ist die Stimmung auf dem Höhepunkt. Frau Meinersen, inzwischen schon deutlich von dem Alkohol gezeichnet, besteht darauf, einige Lieder aus ihrer Jugendzeit anzustimmen. Lichtenberg willigt ein, aber nur, weil er selbst auch schon etwas angeheitert ist. Der Gesang ist eher laut als schön, aber sie amüsieren sich köstlich. Nach einer weiteren Stunde findet es Heinrich an der Zeit, nach Hause zu gehen. Zum Glück hat er es nicht weit. Mit dem Gemälde unter dem Arm verabschiedet er sich von Frau Meinersen, die auf dem Sofa sitzen bleibt und vermutlich dort ihren Rausch ausschlafen wird. Lichtenberg stellt das Bild im Wohnzimmer ab und legt sich auf das Sofa. Am nächsten Tag verabredet er sich mit einem Experten, um das Gemälde schätzen zu lassen. Der nimmt das Bild wortlos und ausgiebig in Augenschein. Nach ein paar Minuten und einigen Nachforschungen in seinen Büchern kommt er zu einem Urteil.

»Ich halte das Bild für echt. Das Gemälde stammt aus dem Jahr 1922 und wurde von einem Geschäftsmann in Auftrag gegeben, der ein Bild von seiner Frau haben wollte. Es wurde von einem weniger bekannten französischen Maler angefertigt. Ich schätze den Wert des Bildes auf etwa zwanzigtausend Euro.«

Lichtenberg ist angenehm überrascht und hat nicht mit so einem Preis gerechnet. Er bedankt sich und will das Bild demnächst einer Galerie zum Kauf anbieten.

Es wird Zeit, ein neues Projekt für den Verein zu finden. Ihm liegt die Sicherung des Bahnübergangs, an dem seine Frau und die Freundin von Markus Oppenheimer verunglückt sind, am Herzen. Vielleicht könnte man die unbeschrankten Bahnübergänge wenigstens mit zusätzlichen optischen und akustischen Warnsignalen absichern, z.B. durch ein Blaulicht und ein Signalhorn, wie bei einem Polizeiauto oder ein Warnschild, das wie eine Leuchtreklame blinkt und dazu den Ton einer Alarmanlage aussendet.

Er schreibt deshalb an das Verkehrsministerium, mit der Bitte, seine Vorschläge zu prüfen, und er würde sich finanziell an der Maßnahme beteiligen. Der Brief landet noch am selben Tag im Briefkasten.

Was konnten die Vereinsmitglieder Sinnvolles tun? Er will sie zu Nachforschungen und eigenen Ideen ermuntern und selbst bei der Polizei nach Unfallschwerpunkten fragen, wobei er sich zunächst auf die nähere Umgebung seines Heimatortes konzentrieren will. Die Beamten auf der Polizeiwache sind sehr freundlich und aufgeschlossen, als er von seinem Verein und seinem Vorhaben erzählt.

Man zeigt ihm eine Karte des Landkreises, auf der mit verschiedenfarbigen Stecknadeln die Verkehrsunfälle der letzten Jahre markiert sind. Lichtenberg darf sich mit seinem Handy ein Bild von der Karte machen. Der Beamte erklärt, dass Alkohol und zu hohe Geschwindigkeit die wichtigsten Ursachen für schwere Unfälle sind und Öffentlichkeitsarbeit auf diesem Gebiet doch ein Betätigungsfeld für seinen Verein sein könnte. Lichtenberg will diese Anregungen gern aufgreifen. Er fährt mal wieder in die Innenstadt und setzt sich draußen an den Tisch eines Cafés. Er bestellt sich einen Milchkaffee, zündet sich eine Zigarette an und genießt einen Moment lang mit geschlossenen Augen die Sonne auf seinem Gesicht.

Lichtenberg denkt über das Leben im Allgemeinen nach und über das stete Wirken der Evolution. Im Grunde findet durch den Straßenverkehr auch ein biologischer Ausleseprozess statt. Gerade jüngere Autofahrer, die noch keine Familie gegründet haben und auch noch keine Kinder gezeugt haben, verunglücken häufig tödlich im Straßenverkehr. Es sterben also die besonders risikobereiten oder unvernünftigen Menschen, die z.B. unter Alkoholeinfluss Auto fahren oder immer schnell fahren wollen.

Auch leichtsinnige Zeitgenossen, die sich mit solchen Leuten in ein Auto setzen, können ihre Erbanlagen oft nicht weitergeben. Langfristig müssten also mehr vernünftige, vorsichtige, weitblickende und reaktionsschnelle Menschen überleben und sich fortpflanzen. Irgendwann wird es dann kaum noch zu Unfällen kommen, weil sich die Leute mit genetischen Eigenschaften stärker vermehren, die besser an den modernen Straßenverkehr angepasst sind.

Andererseits findet aber auch ein technischer Selektionsprozess in Richtung immer sichererer Fahrzeuge statt, weil deren Insassen überleben und sich vermehren. Oder es überleben immer mehr Angsthasen, die sich gar nicht trauen, Auto zu fahren. Die Ergebnisse der Evolution waren nicht vorhersehbar und immer für Überraschungen gut.

»Guten Tag Heinrich! Schön, dich hier zu treffen.«

Lichtenberg erkennt Birgit Hermann, die ihn freundlich anlächelt. Er steht auf und begrüßt sie mit einem Kuss auf die Wange.

»Schön, dich mal wieder zu sehen. Ich brauche dich gar nicht zu fragen, wie es dir geht. Ich sehe es dir an, dass du glücklich bist.«

»Ja, stimmt. Ich bin inzwischen in einer neuen Beziehung und es läuft ganz prima. Wie ist es dir ergangen, Heinrich?«

»Bei mir ist alles klar. Ich bin mit meinem jetzigen Leben ganz zufrieden. Fehlt nur noch die passende Partnerin. Schade, dass aus uns beiden kein Paar geworden ist. Jedenfalls freue ich mich sehr, dass es dir gut geht.«

Birgits neuer Partner, der sich bis eben noch mit einem

anderen Mann in der Nähe unterhalten hat, kommt zu ihnen an den Tisch, und Birgit stellt sie einander vor. Er heißt Klaus Siebert und verdient sein Geld im Automobilhandel. Er macht einen sympathischen Eindruck, ist etwa Mitte Fünfzig und recht ansehnlich. Sie wechseln noch ein paar Worte miteinander, und die zwei verschwinden dann wieder in der Menge der anderen Passanten. Es war schön, Birgit mal wieder gesehen zu haben. Dennoch ist es auch schmerzlich, weil es die unerfüllten Sehnsüchte wieder geweckt hat und er möchte auf weitere Begegnungen mit ihr lieber verzichten.

Lichtenberg ruft mit seinem Mobiltelefon bei Natalie Müller an, weil er sich mit ihr treffen möchte. Dann fährt er zu ihr in die Wohnung. Im Hausflur des mehrgeschossigen Mietshauses steht ein Mann, der sich als Polizeibeamter zu erkennen gibt, und den Ausweis von ihm sehen will.

Als er an ihrer Haustür im vierten Stock klingelt, wird ihm von ihrem Vater geöffnet, der zusammen mit seiner Frau auch in der Wohnung lebt. Natalie und ihre Mutter begrüßen ihn und die vier setzen sich in das Wohnzimmer, wo der Tisch schon gedeckt ist und es gibt Kaffee und selbstgebackenen Streuselkuchen mit Sahne.

»Ich habe gehört und gelesen, was Sie für meine Tochter getan haben und möchte mich, auch in Namen meiner Frau, sehr bei Ihnen bedanken.«

»Das war doch selbstverständlich. Dieser Ralf Gerke ist im Moment untergetaucht und ich würde von dir gern mehr über Freunde und Bekannte von ihm erfahren, Natalie. Vielleicht können wir der Polizei einen Hinweis geben, wo er sich derzeit aufhalten könnte.«

»Meistens hing er mit zwei Typen rum. Der eine hieß Sebastian Steinfeld, so ein schwergewichtiger und großer Mann mit langen blonden Haaren, der bereits wegen Körperverletzung mehrmals im Gefängnis saß, und der andere hieß Eckhard Nolte, ein dünner blasser Typ mit schwarzen Haaren, der auch schon mal wegen Vergewaltigung und Betrug im Gefängnis gelandet ist.

Die haben oft ihre Wochenenden zusammen verbracht. Am liebsten mit Billardspielen in Spielhallen und Kneipen, die armseligen Trottel. Es würde mich nicht wundern, wenn er sich bei denen versteckt. Die Adressen habe ich leider nicht. Aber das habe ich der Polizei alles schon erzählt.

»Das ist ja schon mal ein wichtiger Anhaltspunkt. Sie wissen ja, dass Sie alle nach wie vor in großer Gefahr sind, bis Ralf Gerke gefasst ist.«

»Das wissen wir. Aber die Polizei ist ja im Moment in der Nähe, und wir verriegeln immer unsere Tür«, erklärt Natalies Vater. Sie unterhalten sich noch eine Weile, und Lichtenberg fährt wieder nach Hause.

UNGEBETENER BESUCH

Inzwischen ist eine Woche vergangen. In zehn Tagen geht es mit den Freunden in den Urlaub.

Von Ralf Gerke oder seinen Kumpanen ist keine Spur zu finden. Eine Nachfrage beim Einwohnermeldeamt ist erfolglos geblieben, und so ist zu vermuten, dass sie nirgendwo angemeldet sind und sich, wer weiß wo, verstecken.

Heinrich Lichtenberg ist auch ergebnislos in diversen Spielhallen und Billardkneipen gewesen, hat sich dort umgesehen und unauffällig bei den Stammgästen nach ihnen gefragt.

Abends will er noch mal bei Natalie vorbeischauen und nachfragen, ob alles in Ordnung ist. Als er sich gegen zwanzig Uhr mit seinem Auto ihrer Wohnung nähert, sieht er einen Krankenwagen mit eingeschalteter Warnblinkleuchte und offener Heckklappe vor dem Haus stehen.

Lichtenberg stellt seinen Wagen an der Straßenseite ab und geht zum Hauseingang, wo ihm die Sanitäter mit einer Trage entgegenkommen. Natalies Vater liegt darauf. Er hat einen Verband um seinen Kopf und ist bei Bewusstsein.

Lichtenberg spricht einen der Sanitäter an und bittet um die Erlaubnis, kurz mit dem Verletzten zu reden, da er ein Freund der Familie sei. Es wird ihm gestattet.

»Können Sie mir sagen, was passiert ist, Herr Müller?«

»Ja, wir wurden in unserer Wohnung von drei maskierten Männern überfallen. Sie haben den Polizisten im Flur niedergeschlagen und die Wohnungstür aufgebrochen. Dann haben sie mich und meine Frau geschlagen und mit Messerstichen verletzt, weil sie wissen wollten, wo Natalie ist.

Meine Frau hat man schon ins Krankenhaus gebracht. Sie hat viel Blut verloren.«

»Und wo ist Natalie?« »Die war zum Glück nicht zu Hause. Ich weiß gar nicht, wo sie ist.«

Natalies Vater wird in den Krankenwagen geschoben, der gleich darauf mit Blaulicht davonrast. Lichtenbergs Mobiltelefon klingelt und Natalie ist dran. Sie ist sehr aufgeregt. »Hier ist Natalie. Meine Eltern wurden überfallen. Ich bin von der Polizei informiert worden, dass man sie ins Krankenhaus bringt und warte hier.«

»Versuch bitte, ruhig zu bleiben. Ich weiß schon davon und komme auch dahin. Bis gleich.«

Lichtenberg fährt zum Krankenhaus. Am Eingang kommt ihm Natalie weinend entgegen, und er nimmt sie in den Arm. »Ich war bei einer Freundin zu Besuch, als die Polizei mich anrief. Ich kann doch nicht ewig in der Wohnung herumsitzen. Die Verletzungen meiner Mutter sind ziemlich schwer. Hoffentlich kommt sie durch. Meinen Vater hat es zum Glück nicht ganz so schlimm erwischt, wie mir der Arzt sagte, aber es ist trotzdem alles ganz furchtbar.«

»Zum Glück warst du nicht zu Hause, sonst wärst du jetzt wahrscheinlich tot. Das waren sicher Ralf und seine Freunde. Die laufen jetzt immer noch frei herum und sind eine ständige Bedrohung für uns. In deine Wohnung kannst du vorerst nicht zurück.«

»Ich bleibe erst mal hier im Krankenhaus bei meinen Eltern. Ich will wissen, wie es ihnen geht und werde im Krankenhaus schlafen. Fahr nach Hause. Hier kannst du im Moment sowieso nichts machen.«

»Du hast recht. Ich komme euch morgen hier besuchen. Es kommt schon alles in Ordnung. Bis dann!«

Natalie geht ins Krankenhaus zurück und winkt ihm noch mal zu. Lichtenberg fährt wieder nach Hause. Er nimmt sich ein Bier aus dem Kühlschrank und raucht eine Zigarette. Er überlegt, was er gegen Ralf unternehmen könnte. Soll er Natalies Wohnung überwachen oder das Krankenhaus beobachten, wo er auftauchen könnte? Lichtenberg ist ratlos. Gegen Mitternacht legt er sich ins Bett. Es gehen ihm viele Gedanken durch den Kopf und lassen ihn lange wach bleiben. Erst nach drei Uhr wird er müde und schläft ein. Ein Geräusch lässt Lichtenberg wieder aufwachen. Es war keines der bekannten und vertrauten Geräusche, wie von der Heizungsanlage, dem Kühlschrank oder der Kellertür, die manchmal ohne ersichtlichen Grund aufging und dabei ein klackendes Geräusch machte.

Dieses Geräusch war anders und hat ihn geweckt. Lichtenberg liegt nun hellwach und mit gespitzten Ohren im Bett. Wieder ein lautes Geräusch und dazu leise Stimmen. Lichtenberg ist sich nun sicher, dass jemand in sein Haus eingebrochen ist und steigt leise aus seinem Bett. Er zieht sich geräuschlos und schnell seine Sachen an und ordnet sein Bettzeug, so gut dies in der Kürze der Zeit möglich ist, um vorzutäuschen, dass das Bett unbenutzt ist.

Das Schlafzimmer befindet sich im Obergeschoss des Hauses. Er öffnet leise die Tür zum Balkon, der sich an der Rückseite des Hauses, oberhalb des Gartens befindet und lehnt diese nach dem Verlassen des Zimmers wieder an.

Ein Holzspalier ist an der Hauswand befestigt und dient Weinpflanzen als Rankhilfe. Lichtenberg klettert daran herunter, dreht sich um und geht nach rechts zum Rand des Gartens, um in der Deckung der Sträucher und Bäume in einem weiten Bogen hinter den Pavillon zu gelangen.

Er überwindet mit einem Sprung, ohne sich dabei nasse Füße zu holen, den Gartenteich und klettert von hinten in den Pavillon hinein. Von hier aus beobachtet er das Haus und sieht durch die Fenster den Schein von drei Taschenlampen und dunkle Gestalten, die im Haus herumlaufen. Sein Mobiltelefon liegt leider im Wohnzimmer. Er fragt sich, ob dies gewöhnliche Einbrecher sind oder Ralf Gerke dahinter steckt. Lichtenberg will sich jedenfalls nicht im Schutz der Dunkelheit feige davonschleichen, sondern sich den Eindringlingen, wer immer es auch sein mochte, entgegenstellen. Er erinnert sich an den geheimen Gang unter dem Pavillon und öffnet die Einstiegsluke. Er schließt die Luke hinter sich wieder, tastet sich die Treppe hinunter und geht vorsichtig den Gang entlang. Es ist stockfinster und Lichtenberg braucht eine Weile, bis er am Ende des Ganges angekommen ist. Vorsichtig lauscht er an der Tür, ob sich vielleicht einer der Einbrecher in den Keller verirrt hat, aber es scheint alles ruhig zu sein.

Er betätigt den versteckten Türöffner und drückt die Tür vorsichtig, samt dem daran befestigten Regal, auf. Dann schlüpft er hinein und schließt die Tür wieder hinter sich. Durch die Kellerfenster scheint etwas Licht von den Straßenlaternen herein, sodass er sich einigermaßen orientieren kann. Er will kein Licht einschalten, weil ihn das verraten könnte. In seiner Kellerwerkstatt sucht er nach einem Werkzeug, das er als Waffe benutzen kann. Ein Brecheisen scheint dafür gut geeignet zu sein, und Lichtenberg nimmt es an sich.

Das schwere Eisen fühlt sich gut in der Hand an und verleiht ihm sogleich ein Gefühl von Sicherheit. Er hört ein lautes Rufen von einem der Invasoren, das anscheinend aus seinem Schlafzimmer kommt.

»Es scheint niemand hier zu sein. Der Vogel ist ausgeflogen!« Jemand anderes schreit im Wohnzimmer.

»Was machen wir? Sollen wir hier auf ihn warten?«

Schließlich vernimmt er eine vertraute Stimme. »Ich weiß nicht. Sein Auto ist doch hier. Wo soll er denn stecken? Ich will diesem Idioten endlich den Hals umdrehen.«

Es ist die Stimme von Ralf Gerke. Offensichtlich befindet er sich weiterhin mit seinen Kumpanen auf dem Rachefeldzug und Lichtenberg verspürt keine Lust, zu seinen Opfern zu gehören.

»Lass mich den Kerl kaltmachen. Ich will auch meinen Spaß haben!«

»Ich habe Durst. Wollt ihr auch ein Bier?«, ruft jemand aus der Küche. Ralf Gerke brüllt in gleicher Lautstärke zurück. »Ich nehme eins!«

»Und was ist mit dir, Eckhard?«, ertönt der Schreihals aus dem Küche von neuem.

»Ich nehme auch eins!«

»Aha! Offensichtlich ist einer der Männer Eckhard Nolte. Dann ist der andere vermutlich Sebastian Steinfeld«, kombiniert Lichtenberg.

»Hey Sebastian! Ich will aber ein kühles!«

»Auch noch Extrawünsche, der Herr Nolte!«

Jemand hat das Fernsehgerät eingeschaltet und einen Musiksender laut eingestellt. Britney Spears singt ›Gimmy more‹. Sebastian, der sich immer noch in der Küche befindet, meldet sich noch einmal zu Wort.

»Im Kühlschrank sind nur zwei Flaschen. Ich sehe noch mal im Keller nach.«

Lichtenberg geht schnell in den kleinen Vorratskeller, in dem sich auch eine fast volle Kiste Bier befindet. Er stellt sich hinter die geöffnete Tür und wartet ab. Er hört, wie die Musik aus dem Fernseher lauter wird. Offenbar wurde die Kellertür geöffnet. Das Licht geht an. Dann hört er, wie jemand die Kellertreppe herunterkommt und im Keller umhergeht. Offenbar sucht er nach dem Bierkasten, wie die Maus nach dem Speck in der Mausefalle.

Lichtenberg hält den Atem an und das Brecheisen fest in der Hand. Das Licht im Vorratskeller wird angeschaltet und er sieht einen stämmigen Mann mit langen blonden Haaren, der sich über die Bierkiste an der hinteren Mauer des Vorratsraumes beugt.

Lichtenberg macht zwei Schritte nach vorn und schlägt dem Mann das Brecheisen mit voller Wucht auf den Kopf. Es gibt einen dumpfen Ton, der Mann sackt zusammen und bleibt regungslos liegen. Er legt seine Finger an die Halsschlagader von Sebastian und kann keinen Puls erfühlen. Offensichtlich ist der Kerl tot. Lichtenberg steckt die Brechstange durch zwei Gürtelschlaufen seiner Jeanshose und hat somit die Hände frei.

Er öffnet die Tür zum Geheimgang und zieht den reglosen Körper des Mannes in den Gang hinein. Dann schließt er die Tür wieder hinter sich. Sebastian trägt noch die Taschenlampe bei sich, die Lichtenberg jetzt einschaltet. Er klettert die Leiter zum Pavillon hinauf und schließt die Luke wieder, als er oben ist. Dann schleicht er sich schnell zum Balkon zurück und klettert am Spalier wieder nach oben, öffnet die angelehnte Balkontür und geht in sein Schlafzimmer.

Lichtenberg horcht an der Schlafzimmertür, öffnet sie vorsichtig einen Spalt breit und sieht hindurch. Ralf und Eckhard sitzen in den Sesseln und sehen Musikvideos. Anscheinend haben sie keine Befürchtungen, dass man sie hier im Haus überrascht, sondern fühlen sich in seinem Wohnzimmer schon ganz heimisch.

»Wo bleibst du denn? Trinkst du da unten die ganze Kiste leer oder was?«

Da aus dem Keller keine Antwort zu vernehmen ist, wird Ralf etwas misstrauisch. Er geht zur Kellertür und ruft hinunter.

»Hey Sebastian, bist du taub? Komm endlich wieder rauf!«

Als die erwartete Reaktion erneut ausbleibt, geht er die Kellertreppe hinunter. Lichtenberg zieht langsam das Brecheisen aus den Gürtelschlaufen, öffnet leise die Schlafzimmertür und schleicht sich schnell die Treppe hinunter. Eckhard sitzt mit dem Rücken zu ihm im Sessel und trinkt den Rest von seinem Bier aus. Es läuft gerade das Video ›The sweet escape‹ von Gwen Stefani, das letzte, was Sebastian von der Welt mitbekommen sollte.

Mit Wucht trifft ihn von hinten das Brecheisen von Lichtenberg. Sein Kopf sinkt nach vorn und Eckhard hängt reglos im Sessel.

Ralf ruft aus dem Keller. »Wo steckt denn der Kerl? Hier unten ist er nicht! Das gibt es doch gar nicht!«

Lichtenberg stellt sich mit dem Brecheisen in der Hand neben die Kellertür und wartet ab. Ralf kommt die Kellertreppe wieder heraufgestürmt, und als er auftaucht, holt Lichtenberg erneut zum Schlag aus.

Aber Ralf Gerke war zu schnell. Lichtenberg verfehlt seinen Kopf und streift mit dem Schlag nur seien Rücken. Ralf dreht sich um und erkennt ihn.

»Da bist du ja, du Hund!« Er zieht sein Messer aus einer Tasche an seinem Stiefel und sticht Heinrich mit einer flinken Bewegung in den Arm, woraufhin dieser vor Schmerz aufschreit und das Brecheisen fallen lässt.

»So sieht man sich wieder! Was hast du mit meinen Freunden gemacht, du Schwein?«, fragt er Heinrich, während er drohend mit seinem Messer herumfuchtelt. Der antwortet gelassen, während er die Hand auf die Einstichstelle des verletzten Armes drückt.

»Vielleicht entscheidest du dich mal. Bin ich nun ein Schwein oder ein Hund?«

»Ich würde sagen, ein Schweinehund und gleich ein toter.«

Lichtenberg weicht langsam vor Ralf Gerke zurück, der mit dem Messer in der Hand auf ihn zukommt.

»Du kannst der Polizei auf Dauer nicht davonlaufen. Bis jetzt hast du noch keinen Mord begangen und du kannst mit einer relativ kurzen Gefängnisstrafe davonkommen. Es wäre klüger, wenn du das Messer wieder wegsteckst.«

Ralf, der grinsend weiter auf Heinrich zugeht: »Das mache ich, nachdem ich dich in Stücke geschnitten habe.«

Heinrich ist inzwischen so weit zurückgewichen, dass

er an der Wand des Wohnzimmers angekommen ist. Er sieht den Säbel, den er an der Nordsee in dem Antiquitätenladen gekauft hat und greift sich ihn. Ralf nutzt den Augenblick und springt mit dem Messer auf ihn zu. Er trifft aber nur die Klinge des Säbels. Das Messer rutscht ab und verfehlt ihn um einige Zentimeter. Ralf fällt dicht neben Lichtenberg auf den Boden. Um seine Waffe effektiv einsetzen zu können, versucht er etwas Abstand zu Ralf zu bekommen, der sich sofort wieder aufrappelt und ihm keine Zeit zur Gegenwehr mit dem Säbel lässt.

Lichtenberg stolpert und reißt beim Hinfallen die Sanduhr von dem Regal, die auf den Boden fällt und zerbricht.

Er liegt auf der Nase und erwartet den Messerstich von Ralf, der ihn nun unweigerlich treffen würde. Aber überraschenderweise bleibt der Stich aus. Er dreht sich um und sieht Ralf Gerke in die Augen. Der hat das Messer zum Stoß bereit in der Hand, wirkt aber eigenartig erstarrt und abwartend. Warum zögert er mit dem Zustechen? Hat er sich doch anders überlegt? Heinrich zögert nicht. Er nutzt die Gelegenheit, hebt den neben sich liegenden Säbel auf und sticht seinem Widersacher damit in die Brust.

Ralf Gerke sackt mit weit aufgerissenen Augen zusammen. Erschöpft kommt Lichtenberg wieder auf die Beine und lässt sich in den Sessel fallen. Er trinkt von der halb vollen Bierflasche, die Ralf noch nicht ausgetrunken hatte und zündet sich eine Zigarette an.

Die drei waren vermutlich alle ihren Verletzungen erlegen. Er hat sehr hart mit dem Brecheisen zugeschlagen und Sebastian und Stefan wahrscheinlich den Schädel eingeschlagen, und Ralf ist sowieso hin.

Die Polizei will er nicht rufen. Wer weiß, was dabei

herauskäme. Vielleicht würde man ihn wegen Totschlag oder Mord anklagen. Lichtenberg geht vor das Haus und sieht das Auto, mit dem die Männer gekommen sind.

Es ist ein Kombiwagen. Der Schlüssel steckt noch im Schloss. Einen Fahrzeugschein hat keiner von beiden bei sich gehabt, und vielleicht ist der Wagen sogar gestohlen. Er fährt das Auto hinter sein Haus, sodass es nicht so ohne weiteres entdeckt werden kann und sieht sich dann die drei Männer noch einmal genauer an. Anscheinend sind sie alle tot.

Lichtenberg klappt die Sitzbank seines Autos herunter und schafft die leblosen Körper, die er fein säuberlich in Müllsäcke eingetütet hat, in das Fahrzeug, was sich als schweißtreibende Plackerei erweist. Nach einer halben Stunde ist es geschafft. Dann wischt er das Blut von den Ledersesseln und dem Parkettfußboden, spült die Flaschen aus und stellt sie in den Bierkasten. Bestimmt sind hier noch Spuren, wie Blutspritzer, Fingerabdrücke, Haare und Hautschuppen der drei zu finden. Aber nur, wenn auch danach gesucht würde. Deshalb ist es besser, wenn keiner vermutet, dass Ralf, Sebastian und Eckhard je hier waren.

Er fährt seinen Wagen aus der Garage und stellt den Kombi hinein. Dann schließt er die Garage ab.

Es ist jetzt kurz vor fünf Uhr. Lichtenberg packt einen kleinen Koffer mit ein paar Kleidungsstücken und fährt dann mit dem Auto Richtung Nordsee.

Gegen acht Uhr morgens kommt er in Cuxhaven an. Er frühstückt in einem Restaurant und nimmt sich dann in einer Pension ein Zimmer für zwei Tage. Den Wagen kann er auf dem Hof des Vermieters stehen lassen. Von einer

Telefonzelle ruft er Natalie an und erfährt, dass es ihren Eltern besser geht und sie vermutlich wieder völlig gesund werden, zumindest was die körperlichen Schäden angeht.

Er erklärt ihr, dass er vorerst nicht zu ihr kommen kann, weil er etwas Wichtiges erledigen muss. Er würde sich in ein paar Tagen wieder bei ihr melden.

Nachdem Heinrich sein Quartier bezogen hat, fährt er noch zu einem Baumarkt und besorgt sich dort zehn Säcke Betonestrich, Schnellbinder für den Beton, drei große Mörtelkübel und eine Schaufel. In dem Baumarkt wird auch Angelzubehör angeboten, und er kauft sich eine Angelrute.

Sein Auto hat damit sein zulässiges Gesamtgewicht annähernd erreicht. Dann geht er zu einem Bootsvermieter und nimmt sich für zwei Tage ein Motorboot mit einer Kajüte. Auf Nachfrage des Vermieters erzählt er ihm, dass er zum Hochseeangeln hinausfahren will. Lichtenberg schafft sein Gepäck, das unter anderem aus drei gefüllten Müllsäcken und zehn Säcken Betonestrich besteht, in einem unbeobachteten Moment an Bord und fährt weit aufs Meer hinaus.

Hier hat er genug Ruhe und Zeit, die Verstorbenen angemessen für ihre bevorstehende Seebestattung vorzubereiten. Nach der Aushärtung des Betons, die durch den Schnellbinder beschleunigt wurde, schiebt er die mit Beton, Ralf, Sebastian und Eckhard gefüllten Mörtelkübel über eine Rampe ins Wasser.

Am Morgen des dritten Tages an der Küste tritt er wieder die Rückreise an und stellt seinen Wagen auf dem Hof seines Grundstücks ab. Der Kombi steht noch in seiner Garage. Nach dem Mittagessen holt Lichtenberg seinen

Schneidbrenner aus dem Keller. Er baut das Auto, soweit es geht, auseinander. Er entfernt die Sitze, die gesamte Innenverkleidung, den Bodenbelag, das Cockpit, usw., zerteilt alles in handliche Stücke und lagert die Sachen nach Material getrennt in Müllsäcken. Er baut die Batterie und die Fernsterscheiben aus, lässt Öl, Benzin und andere Betriebsmittel ab und als nur noch die Karosserie mit dem Motor dasteht, beginnt er, diese mit dem Schneidbrenner zu zerteilen.

Besonderes Augenmerk legt er auf die Teile, in welche die Fahrgestellnummer eingestanzt ist. Er brennt sie mit dem Schneidbrenner gründlich aus. Nach zwei Tagen ist das Auto in ein paar handlichen Müllsäcken verschwunden. Er bringt die Materialien im Laufe der nächsten Tage zu verschiedenen Wertstoffhöfen und Schrottannahmestellen, bis das ganze Fahrzeug verschwunden ist.

Vielleicht hätte er das Auto auch einfach irgendwo abstellen können. Aber er wollte das Risiko vermeiden, darin gesehen oder gar von der Polizei angehalten zu werden. Er hatte keine Papiere für das Fahrzeug und wusste nicht, ob es gestohlen und zur Fahndung ausgeschrieben oder auf den Namen einer der drei Verstorbenen angemeldet war. Dann würde man ihn mit dem Verschwinden der Männer in Verbindung bringen. Er war mit seiner Lösung des Problems zufrieden. Er ruft Natalie an und lädt sie für den Abend in ein Restaurant zum Essen ein. Sie ist immer noch besorgt, weil sie sich von Ralf bedroht fühlt. Lichtenberg spricht ihr Mut zu, darf ihr aber leider nicht sagen, dass diese Gefahr nicht mehr besteht, weil er sich damit verraten würde. Sie muss leider mit der Angst leben. Irgendwann wird sie aber feststellen, dass Ralf sie nicht mehr verfolgt und sich vielleicht ins Ausland abgesetzt hat. Heinrich verspricht, mit ihr in Verbindung zu bleiben, und wenn ihre Eltern wieder ganz gesund sind, wollen sie sich alle noch mal zum Kaffeetrinken treffen.

URLAUB AUF MALLORCA

Montag, 22. September. Der Tag der Abreise nach Mallorca ist gekommen. Heinrich Lichtenberg und seine Freunde Matthias Müller und Dieter Sperling sind auf dem Weg zum Flughafen in Hamburg, da sie über das Internet einen günstigen Flug von dort buchen konnten. Heinrich hat die beiden mit seinem Auto abgeholt und gegen zehn Uhr treffen sie gut gelaunt auf dem Flughafengelände ein.

Das Auto wird im angrenzenden Parkhaus auf die Rückkehr der Reisenden warten und dann für eine schnelle Heimkehr sorgen. Diesen Komfort lässt sich der Flughafen allerdings mit achtzig Euro pro Woche fürstlich entlohnen. Die drei geben ihr Gepäck auf und lassen sich dann von der Rolltreppe auf die obere Etage des Flughafengebäudes bringen, um dort zu frühstücken.

Lichtenberg geht anschließend auf die Aussichtsterrasse, um dort noch eine Zigarette zu rauchen. Matthias gesellt sich nach ein paar Minuten dazu, während Dieter noch weiter frühstückt und das Handgepäck im Auge behält.

»Ich habe nun doch leichte Gewissensbisse, weil ich meine Frau mit unserer Tochter allein zu Hause lasse und wir uns in der Sonne vergnügen. Aber ich habe ihr gesagt, dass wir bei nächster Gelegenheit mal die Rollen tauschen können und sie mit Freundinnen allein in Urlaub fahren kann. Ich glaube, das würde ihr auch mal gut tun. Nicht, dass wir unsere Tochter als Belastung empfinden, aber ab und zu will man ja auch mal abschalten und sich unbeschwert erholen und amüsieren.«

»Habt ihr eigentlich irgendwann mal daran gedacht, noch ein zweites Kind zu bekommen, oder ist das Thema für euch erledigt?«

»Ich hätte mir schon noch ein Kind gewünscht, aber meine Frau wollte das nicht so recht. Inzwischen hat sie ihre Meinung geändert, aber mit vierzig ist das nicht mehr so einfach hinzukriegen. Es wäre auch schön, wenn unsere Tochter später noch einen Bruder oder eine Schwester hätte, damit sie nicht so allein ist, wenn wir nicht mehr da sind.

Sie ist ja trotz ihrer Behinderung ziemlich selbstständig, und dank ihrer Intelligenz wird sie bestimmt beruflich erfolgreich sein. Wer weiß, vielleicht wird sie ja sogar mal eine eigene Familie haben.«

»Das kann ich mir auch gut vorstellen. Na ja, vielleicht wird es ja doch noch etwas mit einem späten Stammhalter. Aber was wäre, wenn deine Frau noch mal schwanger werden würde und man stellt vor der Geburt fest, dass das Kind mit einer schweren geistigen oder körperlichen Behinderung zur Welt kommen würde? Mit zunehmendem Alter wird die Wahrscheinlichkeit, ein behindertes Kind zu bekommen, ja deutlich größer. Mal unabhängig davon, was deine Frau davon hält. Würdest du dann eine Abtreibung wollen oder das Kind so annehmen?«

»Ich würde es nicht abtreiben lassen. Ich finde, jedes Kind, das einmal unterwegs ist, auch wenn es nicht perfekt ist, hat eine Chance verdient. Es ist doch besser, überhaupt zu leben, als gar nicht, auch wenn es mit Einschränkungen verbunden ist.«

»Ich finde, es hängt von der Art der Behinderung ab. Bei eurer Tochter ist das was anderes. Sie ist ja erst durch einen Unfall behindert und hat jede Unterstützung verdient und kann wegen der Art ihrer Behinderung ein fast normales Leben führen. Aber wenn ich wüsste, dass mein Kind mit einer schweren geistigen oder körperlichen Behinderung zur Welt kommen würde, dann wäre ich persönlich für eine Abtreibung. Ich gehe dann von mir selbst aus. Wenn ich die Wahl hätte, mit einer schweren Behinderung zu leben, oder gar nicht geboren worden zu sein, würde ich letzteres vorziehen.«

»Das ist deine Meinung. Aber auch ein Mensch, der von der Norm abweicht, kann ein schönes und erfülltes Leben haben und die Gesellschaft bereichern. Das Leben ist allemal besser als die Nichtexistenz.«

»Wieso Nichtexistenz? Stell dir mal vor, ein Paar will nur ein einziges Kind großziehen. Wenn es ein schwer behindertes Kind bekommt, ist diese Familie in ihrer Lebensqualität mehr oder weniger eingeschränkt, da sie einen großen Teil ihrer Kraft und Zeit für die Pflege dieses Kindes opfern muss. Sie hat auch keine Aussicht, eines Tages von dieser Belastung befreit zu werden, und stattdessen später im Alter Unterstützung von ihrem dann erwachsenen Kind zu erhalten oder sich an lieben Enkelkindern zu erfreuen. Entscheidet sich das Paar für eine Abtreibung und bekommt dann ein gesundes Kind, dann ist das doch für die Eltern besser und auch für das Kind, das sie schließlich großziehen.

Wenn sie sich gegen eine Abtreibung entscheiden und strickt bei ihrer Familienplanung von nur einem Kind bleiben, von Zwillingen mal abgesehen, dann würde dieses andere gesunde Kind nie existieren. Das ist doch genauso Nichtexistenz.«

»Ein schwieriges Thema. Ich freue mich jedenfalls, dass wir drei diese Tour unternehmen, und insbesondere freue ich mich auf einen geselligen Abend auf dem Balkon, wo wir uns heute erst mal ein paar kühle Bierchen, oder spanisch gesagt Cervesas, genehmigen werden.«

Der Flug geht pünktlich, und die drei Urlauber treffen in bester Urlaubsstimmung auf dem Flughafen von Palma ein. Sie holen ihren Mietwagen, einen VW-Bus Typ Caravelle, ab und fahren zu ihrem Hotel in dem Ort Peguera an der Südwestküste, wo Lichtenberg schon einen angenehmen Urlaub verbracht hat. Er spricht leider nur wenig Kastilisch, also Spanisch. Von Katalanisch, der Sprache der Einheimischen auf den Balearen, ganz zu schweigen. Hier quartieren sich viele Deutsche ein, und man kann sich ab und zu mit einem anderen Urlauber unterhalten, ohne dass man Hände und Füße zu Hilfe nehmen muss.

Sie erledigen die Formalitäten im Hotel. Die junge Frau an der Rezeption wurde auf der Insel geboren, spricht aber zum Glück nahezu perfekt deutsch. Sie beziehen ihre Einzelzimmer und gegen Abend treffen sie sich zum Abendessen im Speiseraum des Hotels. Es ist bereits Spätsaison und das Hotel ist nicht überfüllt, sodass sie problemlos einen Tisch für sich finden.

Das Essen wird als Büfett angeboten und ist gut und vielseitig. Dieter hat sich einen Teller mit diversen Gerichten vollgepackt und balanciert ihn mit einer Hand zum Tisch zurück. In der anderen Hand hält er ein Glas Saft. Heinrich kann sich eine spöttische Bemerkung nicht verkneifen.

»Sei vorsichtig mit den Hähnchenschenkeln und schling sie nicht so gierig herunter. Du weißt doch noch, was damals beim Picknick passiert ist, wo du beinahe erstickt wärst.«

»Danke für den Hinweis, aber das war wirklich ein lehrreicher Schock. Seitdem esse ich langsamer und kaue das Essen gründlich durch. Sei du aber vorsichtig mit dem Fisch, den du dir da aufgeladen hast. Der sieht mir verdächtig nach heimtückischen Gräten aus. Matthias ist mit seiner Tomatensuppe dagegen auf der sicheren Seite.«

»Fast richtig, Dieter. Das ist Gazpacho, eine kalte Suppe aus rohem Gemüse. Aber Tomaten könnten auch drin sein.«

»Ich habe mal eine Reportage gesehen, bei der es um Speisefische in den Tropen ging. Ab und zu landen da Fische oder auch Schildkröten auf dem Teller, die giftige Algen gefressen haben, und die Touristen, die diese Tiere gegessen haben, sind sehr krank geworden. Die haben erst gekotzt und dachten, sie hätten eine normale Lebensmittelvergiftung. Aber das Algengift hat ihre Nerven angegriffen und sie für den Rest ihres Lebens krank gemacht.«

»Danke schön, Heinrich! Du hast mir soeben nachhaltig den Appetit auf Fisch verdorben!«, antwortet Matthias darauf.

Dieter rückt mit seinem Kopf näher zur Tischmitte und flüstert: »Habt ihr schon das Damentrio da hinten am Tisch gesehen? Die scheinen auch allein unterwegs zu sein, und nach der Hautfarbe zu urteilen, sind die auch noch nicht lange hier. Nicht mehr ganz taufrisch die Grazien aber ansonsten recht ansprechend. Außerdem sprechen sie unsere Sprache, was für eine gepflegte Unterhaltung von Vorteil ist.«

»Nichts überstürzen! Die laufen uns bestimmt noch mehrmals über den Weg«, versucht Heinrich ihn zu bremsen.

»Das kommunizierst du so! Aber die Konkurrenz schläft nicht! Auf einmal sind sie vergeben. Ich werde mal kurz rüber gehen und fragen, ob sie nicht Lust auf einen Drink auf der Terrasse haben.«

»Dieter, wenn du keine Ahnung von Fremdwörtern hast, dann benutze sie bitte nicht! Man kann nicht ›etwas‹ kommunizieren, sondern nur ›mit‹ jemandem kommunizieren. Sonst klingt das in meinen Ohren, als wenn du sagst: das verständigst du so oder das unterhältst du so!«

»Echt wahr, Matthias? Na, dann werde ich mal kurz ›mit‹ den Damen kommunizieren. Bis gleich!«

Dieter geht zu dem Tisch mit den drei Frauen und wird anscheinend wohlwollend empfangen. Zumindest lächeln sie freundlich. Dieter zeigt mit der Hand in die Richtung, in der Heinrich und Matthias sitzen. Sie können leider nicht hören, was Dieter und die Frauen sagen.

Matthias wird etwas unruhig. »Was machen wir denn, wenn die sich tatsächlich zu uns gesellen? Ich finde dieses eigenmächtige Verhalten von Dieter nicht gut. Er hätte uns wenigstens fragen können. Ich bekomme schon leichte Panik und habe ein flaues Gefühl im Magen.«

»Komm, sei kein Spielverderber. Sei froh, dass jemand die Initiative ergreift. Ein bisschen fröhliches Geplauder und ein paar gemeinsame Drinks. Mehr muss ja nicht dabei herauskommen. Deine Frau erfährt ja auch nichts davon.«

Nach ein paar Minuten kommt Dieter freudestrahlend zurück und berichtet leicht aufgeregt. »Alles klar! Die drei kommen in einer halben Stunde auf die Terrasse an den Pool. Sie wollen sich vorher nur etwas frisch machen. Ich nehme die große Blonde. Die anderen zwei sind für euch.«

Matthias, der sich ungefragt vor vollendete Tatsachen gestellt sieht, reagiert etwas gereizt. »Von mir aus kannst du alle drei nehmen, du Lustmolch. Ich nehme drei kühle blonde Cervesas und verabschiede mich dann allein auf mein Zimmer.«

Heinrich, der Matthias genau kennt, nimmt seine Drohung nicht allzu ernst. »Ich würde sagen, wir sind frisch genug und gehen schon mal an den Pool. Ich könnte einen kleinen Drink vertragen.«

Die drei setzen sich an einen größeren Tisch in der Nähe des Swimmingpools, der durch unter Wasser angebrachte Lampen blaugrün leuchtet. Sie bestellen sich ein Bier bei dem Kellner, der für die Getränkeversorgung auf der Terrasse zuständig ist, und bei einer gelegentlichen Runde entlang der Tische nach durstigen Gästen Ausschau hält.

Nach einer halben Stunde erscheinen die Frauen. Die Männer erheben sich formvollendet von ihren Stühlen und begrüßen sie mit Händedruck. Der Terrassenkellner ist sogleich vor Ort, und die Damen bestellen sich Rotwein, Sekt und Mineralwasser. Die blonde Frau scheint Mitte dreißig zu sein, und die anderen sind schätzungsweise zwischen vierzig und fünfzig Jahre alt und alle sind offensichtlich bei guter Laune.

Matthias guckt etwas skeptisch aus der Wäsche, und

scheint sich nicht ganz wohl in seiner Haut zu fühlen. Er macht den Eindruck, als sitze er im Wartezimmer einer Zahnarztpraxis und warte auf eine Wurzelbehandlung.

Der großen Blonden, die Dieter bereits für sich reklamiert hat, ist dies nicht entgangen und sie ergreift selbstbewusst das Wort. »Ihr Freund wirkt etwas angespannt. Ich hoffe, wir machen ihn nicht nervös.«

Dieter erklärt die Sachlage. »Wie ich Matthias, so heißt der nervöse Mensch hier, kenne, legt sich das bald. Er muss erst mal sein erstes Bier intus haben und sich etwas an euch gewöhnen. Wie ist es? Wollen wir du sagen oder beim förmlichen Sie bleiben?«

Man einigt sich auf das du, und Dieter beginnt das Frage und Antwortspiel. »Wie heißt ihr denn überhaupt?«

Die Blonde, offensichtlich die Wortführerin des Trios, antwortet. »Also, das Mädel zu meiner Linken ist Doris, zu meiner Rechten sitzt die Bettina und ich heiße Silke. Wir kommen aus Bremen. Jetzt seid ihr dran!«

»Ich bin der Dieter, der nervöse Mann heißt, wie schon gesagt, Matthias und der reife Mann im besten Alter heißt Heinrich. Wir wohnen alle in oder bei Braunschweig. Seit wann seid ihr denn auf der Insel und ist das euer erster Urlaub hier, Bettina?«

»Doris und ich sind das erste Mal hier. Wir sind letzten Samstag angekommen und bleiben insgesamt eine Woche, d.h. Samstagmittag reisen wir wieder ab. Wir haben noch nicht viel von der Insel gesehen, waren überwiegend am Strand und sind abends hier im Ort unterwegs gewesen. Bis jetzt gefällt es mir hier prima. Silke, unser Dauersingle, war schon mehrmals auf Mallorca und hat uns diesmal überredet, mitzukommen. Es ist ja auch mal ganz schön, ein paar Tage von der Familie und den Verpflichtungen wegzukommen. Meine beiden Töchter sind ja schon ziemlich erwachsen und sind wahrscheinlich froh, wenn sie mich eine Weile nicht sehen und sturmfreie Bude zu Hause haben.«

»Hat Ihr Mann denn nichts dagegen, dass Sie ohne ihn in den Urlaub fahren?«, fragt Lichtenberg unschuldig nach, auch um zu erfahren, ob Bettina verheiratet ist.

»Da wir seit drei Jahren geschieden sind, brauchte ich ihn gar nicht zu fragen. So hat alles auch sein Gutes. Aber wir wollten doch eigentlich du zueinander sagen! Bist du denn verheiratet, Heinrich?«

»Meine Frau ist vor ein paar Jahren gestorben, daher brauchte ich auch nicht zu fragen.«

»Ich bin seit zwei Jahren geschieden und habe einen fünfzehnjährigen Sohn«, erklärt Doris, um einer Frage zuvorzukommen.

»Um die Sache etwas abzukürzen, und die Wahrheit gleich ans Licht zu bringen, verrate ich auch gleich, dass meine beiden besten Freunde glücklich verheiratet sind und Kinder haben. So kommen die zwei gar nicht erst in Versuchung, euch Märchen zu erzählen. Das sollte uns aber nicht daran hindern, gemeinsam etwas zu unternehmen. Habt ihr denn schon Pläne für die nächsten Tage geschmiedet?«

Heinrich Lichtenberg gibt dem Kellner ein Zeichen und bestellt drei Gläser Bier nach. Die Frauen sind noch versorgt. Lichtenberg zündet sich eine Zigarette an, und Bettina nutzt die Gelegenheit, ebenfalls ihre Zigaretten herauszuholen, und sich somit auch als Raucherin zu erkennen zu geben. Lichtenberg hält Bettina, die sich gerade einen Glimmstengel in den Mund steckt, sein brennendes Feuerzeug hin, und sie saugt die Flamme in die Zigarette hinein. Dann bedankt sie sich mit einem freundlichen Lächeln. Doris berichtet, wie ihre weiteren Pläne aussehen.

»Wir wollen morgen früh an den Strand gehen und baden. Vielleicht sehen wir uns dort. Ansonsten können wir ja morgen Abend zusammen irgendwo Essen gehen. Das Abendessen im Hotel ist zwar ziemlich gut, aber es wäre auch interessant, mal ein paar Restaurants kennenzulernen, und wenn es keine allzu große Zumutung für die Männer darstellt, könnte man ja eventuell irgendwo Tanzen gehen.«

»Das klingt wirklich gut. Ich finde, das sollten wir machen«, erklärt Dieter. »Und was ist mir dir, Matthias? Hättest du auch Lust dazu? Wir beißen auch nicht«, neckt Doris ihn.

»Ich habe zwar schon eine Weile nicht mehr getanzt, aber wenn ich eine Tanzpartnerin bekomme, die gut führen kann, würde es schon gehen.«

»Ich würde mich opfern«, sagt Doris und erklärt weiter: »Ich habe noch etwas Übung, zumindest bei den Standardtänzen. Akrobatische Leistungen werden sowieso nicht erwartet, und nach einer Weile wirst du mich sicher bald verführen können.«

Die anderen, bis auf Matthias, brechen in ein heftiges Gelächter aus, und Doris wird rot im Gesicht, soweit man das bei der schummerigen Beleuchtung erkennen kann.

»Ich meinte natürlich führen und nicht verführen!«

Dieter sieht sich zu einem Kommentar genötigt. »Das war ja eine verräterische Freudsche Fehlleistung. Oder war es ein absichtlicher Versprecher?«

Doris antwortet nicht auf seine Bemerkung. Man plaudert noch eine ganze Weile, und der Abend klingt harmonisch mit einer Verabredung für den morgigen Abend aus. Heinrich, Matthias und Dieter treffen sich noch auf ein Bier auf Lichtenbergs Balkon. Matthias ist inzwischen auch ganz angetan von der neuen Bekanntschaft und freut sich auf den morgigen Abend.

»Ich glaube, die Doris fühlt sich zu dir hingezogen, und du scheinst auch ein Auge auf sie geworfen zu haben, Matthias. Bleibt nur noch Bettina für dich übrig, Heinrich.«

»Bevor die Fantasie mit dir durchgeht, sollten wir lieber schlafen gehen. Ich schlage vor, wir treffen uns gegen neun Uhr beim Frühstück.«

Matthias und Dieter verabschieden sich und begeben sich auf ihre Zimmer. Heinrich bleibt noch eine Weile allein auf dem Balkon sitzen und genießt den lauen Abend. Als er sich schließlich ins Bett legt, schläft er sofort ein.

Am nächsten Morgen sitzt Heinrich bereits einige Minuten vor neun Uhr auf der Terrasse am Frühstückstisch, trinkt seinen ersten Milchkaffee und raucht eine Zigarette. Die Luft ist noch angenehm frisch, aber man ahnt bereits, dass die Temperatur trotz der fortgeschrittenen Jahreszeit bald deutlich ansteigen wird und die Urlaubsgäste einen weiteren heißen Tag genießen können.

Von den drei Frauen ist noch nichts zu sehen. Kurz nach neun Uhr erscheinen Dieter und Matthias auf der Terrasse und verschwinden, nachdem sie Lichtenberg lokalisiert und mit kurzer Geste begrüßt haben, wieder im Gebäude. Bald darauf kommen sie mit gut gefüllten Tellern vom Frühstücksbüfett zurück und essen mit gesundem Appetit.

Heinrich hat noch keinen Hunger, isst nur einen Toast

mit Marmelade und trinkt reichlich Kaffee dazu. Er macht einen Vorschlag.

»Wir könnten uns nach dem Frühstück ins Auto setzen und ein bisschen herumfahren, weil ihr die Insel ja noch nicht kennt. Ich spiele dabei, mit eurer Erlaubnis, den Reiseführer und würde sagen, wir fahren heute nach Sòller.«

Matthias hat keine Einwände. »Genau so machen wir das!« Dieter ist auch einverstanden und ergänzt: »Vielleicht können wir unterwegs noch etwas einkaufen. Ein paar Getränke für abends auf dem Zimmer wären ganz gut.«

Kurz vor zehn Uhr ist das Frühstück beendet, und beim Verlassen des Frühstücksraumes kommen ihnen die drei Frauen entgegen und grüßen mit einem munteren »Hallo!«

Matthias begrüßt Doris besonders aufmerksam. »Hallo Doris! Gut siehst du aus. Hast du gut geschlafen?«

»Ja, danke. Ich wünsche euch viel Spaß und freue mich schon auf heute Abend.«

»Ich melde mich unterwegs noch mal auf deinem Handy, Silke!«, kündigt Dieter an. Lichtenberg gibt den Frauen noch einen Ratschlag mit auf den Weg. »Ich wünsche euch einen erholsamen Strand- und Badetag. Ölt euch gut ein, wenn ihr euch auf den Teutonengrill legt!«

Mit der Caravelle geht es dann zügig Richtung Sòller. Seit es einen gebührenpflichtigen Tunnel durch das Gebirge gibt, geht die Fahrt dorthin erheblich schneller und komfortabler vonstatten, allerdings verpasst man auch einige schöne Aussichtspunkte. Die Strecke ist zudem ein beliebtes Trainingsgebiet für Radsportler, denen man häufig in kleinen Grüppchen begegnet.

In Sóller angekommen, parken sie auf einem größeren Parkplatz in der Nähe der Ortsmitte und gehen dann zu Fuß zum Bahnhof, wo die Züge aus Palma eintreffen und die Passagiere in die Straßenbahn zum Hafen von Sóller umsteigen können. Matthias wird in seiner schwarzen Hose, seinem hellblauen Hemd und seinen schwarzen Schuhen von einer Frau angesprochen, weil sie ihn für einen der Schaffner hält, die die gleiche Kleidung tragen. Offensichtlich will sich die spanisch sprechende Frau erkundigen, ob sie ihren Kinderwagen mit in die Straßenbahn nehmen kann.

»Pardon Senóra! Tourist from Germany. Ich arbeite hier nicht, sorry!« Irritiert wendet sich die Frau ab und sucht einen richtigen Schaffner. Die holprige Fahrt mit dieser historischen Straßenbahn hinterlässt einen bleibenden Eindruck. Zeitweise fährt sie so langsam, dass man die neben den Schienen wachsenden Zitronen abpflücken könnte. Unterwegs geht ein Schaffner durch die Wagen und kassiert das Fahrgeld.

Der Hafen von Sóller ist touristisch voll erschlossen. Es gibt Hotels, Geschäfte, Restaurants, Cafés, einen Badestrand mit Bootsverleih, Fischerboote, Privatjachten und Ausflugsboote.

Die drei setzen sich an einen Tisch vor einer Eisdiele und trinken Kaffee. Dieter genehmigt sich noch einen opulenten Eisbecher und Heinrich zündet sich eine Zigarette an, bevor er den beiden einen Vorschlag unterbreitet.

»Wir könnten ja mal von hier aus eine Bootstour zur Calobra Schlucht machen. Ich glaube, vor langer Zeit wurden da ein paar Szenen aus einem Sindbad Film gedreht. ´Sindbads siebente Reise´ war das, mit Spezialeffekten von Ray Harryhausen. Jedenfalls sah die Gegend da genauso aus. Man muss allerdings schon etwas eher hier sein, weil die Touren ziemlich früh losgehen.«

»Lohnt sich das denn, Heinrich? Wir sind doch nur ein paar Tage hier, und da gibt es bestimmt Interessanteres zu sehen.«

»Ich glaube, du hast recht. Dieter. Das kann man sich für eine eventuelle spätere Reise aufheben.«

»Ich glaube, der Agatha Christie Krimi ›das Böse unter der Sonne‹ mit Peter Ustinov wurde auch hier auf der Insel gedreht«, fällt Matthias noch ein. »Ich schlage vor, wir gehen eine Runde um den Hafen und fahren dann weiter«, sagt Lichtenberg. Nach einer Stunde ist die Hafenbesichtigung abgeschlossen und die drei fahren mit der Straßenbahn zurück nach Sóller. Danach machen sie sich mit ihrem Auto wieder auf den Weg und fahren die gebirgige Küstenstraße C710 entlang, die herrliche Aussichtspunkte mit einem fantastischen Meerblick bietet. Sie machen kurz Zwischenstationen in Valldemossa und Estellences.

Bei dem Aussichtspunkt Mirador de Ses Animes nimmt Dieter telefonischen Kontakt mit Silke auf und berichtet, was sie bis jetzt gemacht haben und erklärt, wann und wo man sich später treffen will. Am frühen Abend sind sie wieder in Peguera, kaufen noch schnell im Supermarkt ein paar Getränke und ziehen sich dann gleich auf ihre Zimmer zurück.

EIN SCHÖNER ABEND

Kurz vor der verabredeten Zeit treffen Heinrich Lichtenberg und Matthias in der Empfangshalle des Hotels ein, in der Silke bereits auf die anderen wartet. Heinrich beginnt sofort eine Unterhaltung mit ihr.

»Du warst doch auch schon mal hier. Was kennst du denn schon von der Insel?«

»Ich war bisher drei Mal mit Freundinnen hier. Wir haben einige Ausflüge mit dem Bus zu den üblichen Touristenattraktionen gemacht. Ansonsten habe ich noch nicht allzu viel von der Insel gesehen. Wir haben uns meistens am Strand aufgehalten und sind abends in den Diskos unterwegs gewesen.«

Doris, Bettina und Dieter kommen gemeinsam die Treppe herunter. Matthias bleibt der Mund offen stehen, als er Doris mit ihrem kurzen Kleid, ihren langen braunen Haaren und toll geschminkt näher kommen sieht. Sie ist sich offenbar ihrer Wirkung bewusst und lächelt überlegen.

Lichtenberg begrüßt sie bereits aus einigen Metern Distanz. »Hallo ihr! Der Auftritt ist schon mal gelungen. Dann wird der Rest des Abends sicher auch ein voller Erfolg. Ich denke, wir gehen gleich los und suchen uns irgendwo ein lauschiges Restaurant. Danach überprüfen wir mal eure Tanzkünste.«

Beim Spazieren über die Hauptstraße, dem Bulevar de Peguera, haben sich bereits die Pärchen zusammengefunden. Silke und Dieter bilden die Vorhut. Ab und zu stecken sie die Köpfe zusammen und kichern. Heinrich und Bettina gehen in der Mitte und Doris und Matthias in einigem Abstand hinterher. Lichtenberg dreht sich ab und zu um und sieht, dass sie sich entspannt miteinander unterhalten. Heinrich wendet sich seiner Begleiterin zu. »Warum habt ihr euch scheiden lassen? Gab es da einen besonderen Anlass oder wart ihr zu verschieden?«

»Da gab es mehrere Gründe. Ich glaube, mein Mann war nicht richtig in mich verliebt. Wahrscheinlich fand er mich anfangs ganz attraktiv, als wir uns kennenlernten, und wie das so ist, lässt der Reiz dann irgendwann nach und alles wird zur Gewohnheit. Als er dann eine nette neue Kollegin auf der Arbeit bekam und sich in sie verliebte, war das dann für ihn der Auslöser, sich von mir zu verabschieden. Vielleicht war das auch besser so. Einen Partner, der nicht gern mit mir zusammen ist, möchte ich nicht an meiner Seite haben. Woran ist deine Frau gestorben, wenn ich fragen darf?«

»Sie starb bei einem Verkehrsunfall. Wir hatten wirklich sehr schöne Jahre zusammen verbracht und ich möchte keinen Tag davon missen. Es ist schon ein Glücksfall, wenn man sich so gut mit seinem Lebensgefährten versteht.«

»Irgendwie grausam, wenn einem ein nahestehender Mensch so plötzlich weggenommen wird. Meine Mutter starb schon sehr jung mit gerade mal achtunddreißig Jahren an Brustkrebs, und da war ich erst achtzehn Jahre alt. Zum Glück lebt wenigstens mein Vater noch und ist gesund und munter. Meine Großmutter starb auch jung an der gleichen Krankheit und ich selbst lebe nur Dank der modernen Medizin und gründlicher Vorsorgeuntersuchungen noch. Bei mir wurde der Krebs früh entdeckt und behandelt.«

»Wie gehen denn deine Töchter damit um? Haben die jetzt große Sorgen, auch an Krebs zu erkranken, oder nehmen die das locker und vertrauen auf die Medizin? Es gibt ja auch Frauen, die sich aus Angst vor Brustkrebs schon vorsorglich die Brüste amputieren lassen.«

»Natürlich machen die sich Sorgen. Allerdings grundlos. Ich wollte meine Krankheit nicht an meine Kinder weitergeben und mein Mann und ich haben uns fremde Eizellen einer attraktiven und gesunden Frau besorgt, deren Eltern gesund sind und deren Vorfahren allesamt steinalt geworden sind und dabei auch bis zum Lebensende topfit waren. Ich habe keinerlei Gewissensbisse deswegen und betrachte meine Töchter ganz als meine eigenen Kinder. Ich weiß nur nicht, ob ich ihnen erzählen soll, dass sie nicht meine Erbanlagen haben, sondern nur die meines Mannes. Wie werden sie reagieren? Mit Erleichterung, weil sie wohl kein Problem mit Brustkrebs haben werden, oder werden sie mich dafür verurteilen, weil ich so gehandelt habe?

Zum Glück gab es bei unserer Trennung keine Streitigkeiten wegen des Sorgerechts, da mein Mann freiwillig darauf verzichtet hat. Weil nur er ein leibliches Elternteil ist, obwohl ich die Kinder selbst ausgetragen habe, weiß ich nicht, wie das sonst ausgegangen wäre.«

»Das weiß ich auch nicht. Ich glaube aber, sie werden

erleichtert sein, dass sie nicht akut von Brustkrebs bedroht sind und sie werden dich auch weiterhin als ihre Mutter ansehen und dich lieben. Meiner Meinung nach solltest du es ihnen sagen, bevor sie sich ihre Brüste wegen überflüssiger Ängste abnehmen lassen.«

»Ich glaube, du hast recht. Ich werde es ihnen nach dem Urlaub beichten.«

Dieter und Silke bleiben vor einem Restaurant stehen und blicken durch die Fenster. Es sitzen viele Gäste an den Tischen, die sich offensichtlich angeregt unterhalten und geschäftig mit ihren Bestecken hantieren. Dieter studiert kurz die außen angebrachte Speisekarte und scheint seine Wahl getroffen zu haben. »Ich meine, das sieht hier ganz nett aus. Wollen wir reingehen?«

»Ich bin dabei«, erwidert Heinrich. Da die anderen nicht protestieren, gehen sie hinein. Ein Kellner begrüßt sie: »Buenos tardes! Sechs Personen?«

Er führt sie an einen freien Tisch, bringt die Speisekarten und zündet flink die Kerze auf dem Tisch an, während die kleine Gruppe ihre Plätze einnimmt. Nach einer Weile kehrt er zurück und erkundigt sich nach den Getränkewünschen. Die Männer und Bettina möchten Bier und Doris und Silke Rotwein.

Nach intensivem Studium der Speisekarte und kurzer Absprache entscheidet sich die ganze Gruppe für Tapas. Man hat dabei eine große Auswahl zwischen kleinen leckeren Häppchen mit Fleisch, Fisch, Gemüse oder Käse. Nach dem Essen, das in angenehmer Atmosphäre und zur allgemeinen Befriedigung verläuft, trinken sie einen Likör.

»Wenn es euch nichts ausmacht, möchte ich heute die Rechnung übernehmen«, bietet Lichtenberg an.

Es regt sich kein nennenswerter Protest in der Gruppe und Worte des Dankes erreichen sein Ohr.

»La cuenta, por favour!«, ruft er dem Kellner zu, als der sich in einer strategisch günstigen Position befindet. Er bringt die Rechnung auf einem kleinen Teller. Lichtenberg legt einen ausreichend großen Geldschein darauf, und kurze Zeit später holt der Kellner ihn wieder ab. Nach zwei Minuten landet das Geschirr wieder, nun mit dem Wechselgeld darauf, bei Lichtenberg. Das Trinkgeld, das etwa zehn Prozent der Rechnung ausmacht, lässt er für den Kellner auf dem Teller liegen.

Ein sinniges Konzept des Abkassierens, das eventuelle Peinlichkeiten bei der Bezahlung, insbesondere im Zusammenhang mit dem Trinkgeld, vermeiden hilft. Heinrich hat auch deshalb die Rechnung übernommen, um dem Kellner die Arbeit zu erleichtern, und sich an die Landessitten zu halten. Das bei den Deutschen so beliebte individuelle Abrechnen ist unter den Einheimischen eher unüblich. Außerdem wollte er verhindern, dass seine Freunde aus Gedankenlosigkeit ihre jeweilige Urlaubsbekanntschaft nicht einladen. Es ist vielleicht heutzutage kein großes Dilemma mehr, wenn man es nicht tut. Aber irgendwie ist so eine Einladung doch eine nette Geste, wie er findet. Jedenfalls ließen sich überflüssige Irritationen auf diese Weise elegant umschiffen. Er muss ja nicht immer die Rechnung übernehmen, aber zumindest beim ersten Mal wollte er dies tun.

Wieder auf dem Bürgersteig, gehen Dieter und Silke nun Arm in Arm und Matthias und Doris halten sich an den Händen fest. Bettina und Heinrich halten sich an ihren Zigaretten fest. Nach einer Weile kommen sie zu einer Diskothek, und den hinaus- und hineingehenden Gästen nach zu urteilen, tummeln sich hier nicht nur die ganz jungen Diskogänger. Sie gehen hinein und spüren, dass es hier recht lebhaft zugeht.

Da die Musik mitreißend ist, gehen sie gleich auf die Tanzfläche. Heinrich hält Bettina beim Tanzen nun zum ersten Mal im Arm und genießt es, ihren Körper zu spüren. Nach einer Weile legen sie ganz passabel ihren Diskofox hin und als ihnen nach einer Weile die Puste ausgeht, setzen sie sich an einen freien Tisch und trinken ein Bier.

Die anderen halten etwas länger durch, und Matthias macht auch eine ganz gute Figur, was wahrscheinlich an den Führungsqualitäten von Doris liegt. Schließlich setzen sie sich auch an den Tisch und trinken ein Gläschen mit. Bald darauf legen auch Silke und Dieter eine Pause ein.

»Habt ihr denn schon eine Idee für das morgige Programm?«, fragt Heinrich in die Runde.

»Doris und ich würden morgen gern mal allein einen Tag am Strand verbringen. Abends können wir ja dann wieder gemeinsam was unternehmen«, erwidert Matthias und Doris nickt zustimmend. Dieter hat mit Silke ebenfalls schon Pläne geschmiedet. »Silke und ich würden gern tagsüber auch mal was zusammen unternehmen. Wir wollen mit dem Mietwagen der Mädels eine kleine Tour machen, und wir könnten uns dann abends alle wieder im Hotel treffen. Ihr habt ja dann noch die Caravelle, wenn ihr irgendwo hinfahren wollt.«

»Hättest du denn Lust, den morgigen Tag mit mir zu verbringen?«, wendet sich Heinrich an Bettina, die nickt, sich von ihrem Stuhl erhebt und Lichtenberg zum Tanz auffordernt die Arme entgegen streckt.

»Ich denke, wir werden uns schon vertragen. Komm Heinrich, lass uns was für die Gesundheit tun und noch ein Tänzchen hinlegen.«

Die drei verbringen noch ein paar Stunden zusammen in der Diskothek, bis sie sich dann gegen Mitternacht auf den Rückweg zum Hotel machen. Matthias und Doris gehen sehr langsam und bleiben auf dem Rückweg in recht großem Abstand zu den anderen zurück. Auf einmal sind sie gar nicht mehr zu sehen, und Lichtenberg geht ein paar Schritte zurück, um sie zu suchen. Als er sieht, wie sich Matthias und Doris hinter einer Häuserecke innig küssen, entfernt er sich diskret wieder und versucht dann, mit Bettina zügig Anschluss an Silke und Dieter zu bekommen, die inzwischen schon einen Vorsprung haben. Kurz vor dem Hotel holen sie die beiden ein.

»Dieter, wollen wir uns nachher noch zu einem Bierchen bei mir auf dem Balkon treffen, wenn sich die Damen zurückgezogen haben?«

»Ich glaube eher nicht. Ich habe Silke noch zu einem Drink zu mir auf mein Zimmer eingeladen. Wir sehen uns dann Morgen beim Frühstück. Wo sind eigentlich Doris und Matthias?«

»Die kommen auch gleich. Ich sehe sie schon dahinten anrücken. Dann also bis Morgen!«

Silke und Dieter verschwinden im Fahrstuhl. »Was ist mit dir? Hättest du Lust auf einen kleinen letzten Drink bei mir auf dem Balkon?«

»Heute lieber nicht, Heinrich. Ich bin schon ziemlich müde und werde lieber gleich schlafen gehen. Wir sehen uns dann beim Frühstück!«

»Falls du es dir doch noch anders überlegst, ich habe

Zimmernummer 417. Ansonsten schlaf gut und bis morgen früh. Ich bin wahrscheinlich ab neun Uhr im Frühstücksraum.«

Bettina gibt ihm einen flüchtigen Kuss auf die Wange und geht die Treppe hinauf auf ihr Zimmer.

Lichtenberg will nicht auf das Eintreffen von Doris und Matthias warten und geht in die Hotelbar, wo sich noch ein paar Gäste aufhalten. Wahrscheinlich würden Matthias und Doris, genauso wie Dieter und Silke, die Nacht miteinander verbringen. Lichtenberg setzt sich an einen Hocker an der Bar und bestellt sich ein Bier. Er spricht den Barkeeper an, der einen fröhlichen und freundlichen Eindruck macht.

»Ihre Arbeit scheint Ihnen Spaß zu machen. Wie lange arbeiten Sie denn schon hier?«

»Si, Senor. Ich arbeite seit drei Jahren hier und immer abends. Mir macht es immer noch Spaß. Die Gäste sind meistens nett, weil sie in Urlaubsstimmung sind, und die Arbeit ist nicht anstrengend. Mit einem fröhlichen Gesicht bekommt man auch mehr Trinkgeld. Ich spare etwas Geld und mache dann irgendwann mit meinem Schwager ein eigenes Restaurant auf.«

»Sind sie verheiratet?« »Si, natürlich! Ich habe eine wunderschöne Frau, zwei Söhne und eine Tochter. Ich bin sehr zufrieden mit meinem Leben, und deshalb habe ich auch keinen Grund, ein trauriges Gesicht zu machen.«

Lichtenberg trinkt sein Bier aus und vergisst auch nicht das Trinkgeld für Ramon, den netten Barkeeper. Vielleicht würde sich das Trinkgeld eines Tages in eine Gabel oder eine Lampe in seinem Restaurant verwandeln. Er geht auf sein Zimmer, nimmt sich eine Flasche spanisches Bier aus dem Kühlschrank und sieht sich die Nachrichten im Fernsehen an. Dann setzt er sich noch eine Weile auf den Balkon. Es sind noch vereinzelte Stimmen auf der Straße zu hören. Bettina wird wahrscheinlich nicht mehr an seine Zimmertür klopfen, also legt er sich schlafen.

Am nächsten Morgen wird Heinrich gegen acht Uhr wach. Er stellt sich unter die Dusche, und um halb neun sitzt er am Frühstückstisch auf der Terrasse, wo er seine erste Zigarette zum ersten Kaffee des Tages raucht. Nebenbei liest er in seinem Reiseführer und überlegt, was er heute mit Bettina unternehmen könnte. Vielleicht hat sie ja auch schon eine Idee. Fünf Minuten nach neun Uhr erscheint Bettina auf der Terrasse. Sie begrüßen sich mit einem Kuss auf die Wange, und nachdem sie ihre Tasche abgestellt hat, holt sie sich Essen vom Frühstücksbüfett.

»Na, die anderen schlafen wohl noch. Ich fand, das war gestern ein schöner Abend, und ich bin von deinen Tanzkünsten ganz angetan, Heinrich.«

»Ich habe den gestrigen Abend auch sehr genossen. Wir sollen das bald mal wiederholen. Was würdest du denn heute gern unternehmen?«

»Wir könnten uns die Altstadt von Palma ansehen, falls es dich nicht langweilt. Du warst ja bestimmt schon mal dort.«

»Ja, ich bin da schon gewesen, aber langweilig wird es mir bestimmt nicht. Schon gar nicht an deiner Seite.«

»Fein, dann sollten wir gleich nach dem Frühstück aufbrechen. Auf die anderen Langschläfer brauchen wir nicht zu warten. Die haben ja ohnehin ihre eigenen Pläne für heute.«

Nach dem Frühstück verschwinden die beiden noch

mal auf ihre Zimmer und treffen sich dann auf dem Parkplatz. Sie fahren die C719 bis Palma Nova und dann weiter die Küste entlang bis zur Hauptstadt Palma.

»Zündest du mir bitte eine Zigarette an, Bettina? Im Handschuhfach müssten noch welche liegen.«

Bettina nimmt eine Zigarette aus der Schachtel und zündet sie mit dem Zigarettenanzünder an, wobei sie den ersten Zug tief inhaliert und die Zigarette mit ihrem Lippenstift am Filter dann an Heinrich weiter reicht. »Danke, nimm dir ruhig auch eine!«

»Nein danke, im Moment nicht! Denkst du, die anderen haben die letzte Nacht zusammen verbracht? Die waren ja gestern Abend recht vertraut miteinander.«

»Ich glaube schon. Aber das ist allein ihre Sache. Ich fände es auch schön, mal eine Nacht mit dir zu verbringen, aber wenn es nicht dazu kommt, werde ich das auch verkraften. Ich denke, wir werden auch so Spaß zusammen haben.«

Bettina lächelt und kneift Lichtenberg scherzhaft ins Ohrläppchen. Etwas entfernt von der Innenstadt finden sie am Straßenrand einen Parkplatz und gehen dann zu Fuß in die Altstadt hinein. Bettina trägt weiße Sandalen mit Absätzen und ein hellblaues, luftiges Kleid aus einem seidenartigen Material, mit farbigen Blumen. Ihre dunklen langen Haare trägt sie offen und sie verleihen ihr eine jugendliche Ausstrahlung. Sie sieht mit ihren achtundvierzig Jahren wirklich noch sehr attraktiv aus.

Sie gehen die im Reiseführer vorgeschlagene Route durch das historische Palma entlang, beginnend bei der Kathedrale und dann vorbei an diversen anderen Kirchen. Nach einer Stunde werden ihnen die Füße etwas schwer und sie setzen sich an einen Tisch vor einem Café am Plaza Major, trinken Milchkaffee und rauchen eine Zigarette.

»Der Platz ist im Vergleich zu meinen früheren Besuchen unangenehm touristisch geworden. Seit ein paar Jahren ist er auch noch unterhöhlt, und man kann eine Etage tiefer in einer Einkaufsmeile sein Geld ausgeben.«

Vom Theater aus schlendern sie dann die Rambla mit ihren vielen Blumenständen entlang und gehen dann zum Plaza del Rey, mit dem Schildkrötenbrunnen und der großen Fontäne. Danach spazieren sie über die von Bäumen umsäumte Flaniermeile Passeig des Born und essen in einem netten Lokal zu Mittag. Am Nachmittag laufen sie dann noch einige Sehenswürdigkeiten ab, bis sie erschöpft gegen Abend ins Hotel zurückfahren.

Von den anderen ist noch nichts zu sehen, und Bettina und Heinrich verabreden sich für neunzehn Uhr zum Abendessen im Speisesaal des Hotels. Als Lichtenberg zur verabredeten Zeit dort erscheint, sieht er Bettina, Matthias und Doris an einem Tisch sitzen.

»Guten Abend zusammen! Schön, euch mal wieder zu sehen!«

Matthias, der einen zufriedenen Eindruck macht, schmiert sich gerade ein Brot und antwortet ihm, ohne seine Tätigkeit zu unterbrechen.

»Hallo Heinrich! Wie wir von Bettina gehört haben, hattet ihr einen anstrengenden und schönen Tag in Palma. Doris und ich haben faul am Strand gelegen und zwischendurch gebadet. Das war echt erholsam.«

»Hast du was von Dieter und Silke gehört, Matthias?«

»Ja, die haben sich vorhin telefonisch gemeldet. Sie sind mit dem Auto am Strand von Arenal gewesen und haben dort den Tag verbracht. Als sie nach Hause wollten hat Dieter, der den Wagen gefahren hat, leider beim Ausparken ein anderes Auto übersehen, und das hat ihm dann eine dicke Beule in die Tür gefahren. Die Formalitäten mit der Polizei und dem Autovermieter haben eine Weile gedauert, aber die beiden sind zum Glück unverletzt und müssten bald hier eintreffen. Eigenartig, dass solche Unfälle immer Dieter treffen.«

»Mich überrascht das nicht. Das ist nicht nur Pech, sondern hat etwas mit erlerntem oder angeborenem Verhalten zu tun und mit dem Temperament. Dieter handelt ja oft impulsiv und ohne richtig nachzudenken und lässt sich sehr von seinen Gefühlen beeinflussen. Ich denke, du und ich sind da etwas bedächtiger und mehr von der Vernunft geleitet.«

»Ja, damit könntest du recht haben.«

Nach einer halben Stunde treffen Dieter und Silke ein und begrüßen die Runde. Dieter wirkt leicht zerknirscht und Silke etwas aufgedreht aber ansonsten gut gelaunt.

Heinrich kann sich eine spöttische Begrüßung nicht verkneifen. »Wir haben schon von deinen Fahrkünsten gehört, lieber Dieter. Den Bus lassen wir dich künftig lieber nicht mehr lenken. Aber wir freuen uns, dass wir euch nicht im Krankenhaus besuchen müssen.«

»Reden wir lieber nicht davon. Es war meine Schuld, und so was kommt eben vor. Im Grunde ist es nur eine Lappalie. Die Versicherung wird schon bezahlen, schließlich hat das Auto Vollkasko«, erklärt Dieter und Silke berichtet weiter: »Ich fand das schon aufregend. Das junge spanische Pärchen im Auto war allerdings nicht so gut drauf. Die Beifahrerin war mit den Nerven ziemlich am

Ende und saß heulend am Bordstein, obwohl sie ja keine Schuld hatten. Jedenfalls gestaltete sich die Unterhaltung mit den Polizisten etwas schwierig und man vermisst in solchen Situationen schmerzlich die fehlenden Sprachkenntnisse. Dieter spricht ja immerhin ein paar Worte spanisch.«

Nachdem sich alle satt gegessen haben, steht die Frage im Raum, wie man den Abend gestalten will, und Silke erklärt den Männern, dass sie im Moment nicht gebraucht werden.

»Wir Frauen haben uns einiges zu erzählen, und wollen den Abend zusammen verbringen, irgendwo im Ort ein Gläschen Wein trinken und dann früh schlafen gehen. Wir können ja dann morgen wieder etwas zusammen unternehmen.«

»Mir soll es recht sein. Etwas Entspannung und Ruhe sind ja auch mal gut«, erwidert Matthias.

Lichtenberg schlägt den anderen vor, sich nachher bei ihm auf dem Balkon zu treffen. Matthias und Dieter sind einverstanden. Die Runde löst sich auf und Heinrich geht auf sein Zimmer. Er sieht sich die Nachrichten im Fernsehen an und setzt sich dann mit einem Bier auf den Balkon, um die warme Abendluft und die Aussicht aufs Meer zu genießen.

Nach einer halben Stunde klopft Matthias an die Tür. Er nimmt sich auch ein kühles Bier und setzt sich auf den Balkon, wobei er die Schuhe auszieht und entspannt die Füße auf dem noch freien Stuhl ablegt.

»Doris und ich hatten einen sehr schönen Tag am Strand und wir haben uns toll unterhalten.« Es folgt eine kleine Pause und dann erzählt Matthias weiter.

»Wir haben uns ineinander verliebt und möchten auch nach dem Urlaub zusammen bleiben!«

Heinrich hat gerade von seinem Bier getrunken und verschluckt sich. Heftig hustend steht er von seinem Stuhl auf.

»Habe ich das eben richtig verstanden? Willst du deine Frau verlassen oder planst du eine heimliche Liebschaft?«

»Ich spiele lieber mit offenen Karten und hoffe, dass meine Frau es einigermaßen gut aufnimmt. Natürlich werde ich mich weiterhin um unsere Tochter kümmern, und finanziell wird es ihnen schon gut gehen. Ich habe nur ein Leben und möchte noch einmal verliebt sein und was Neues mit einer anderen Partnerin erleben, bevor ich zu alt bin. Erzähle aber Dieter noch nichts davon. Der erfährt es noch früh genug.«

»Ich hoffe, ihr habt euch das gut überlegt.«

Lichtenberg lässt Dieter herein, der gerade an die Tür geklopft hat und holt dann drei Flaschen Bier aus dem Kühlschrank. Da sich Dieter auf seinen Stuhl gesetzt hat, bittet er Matthias um den dritten Stuhl, den dieser bis jetzt als Fußbank benutzt hat.

»Habt ihr schon eine Idee für morgen?«, fragt Dieter und sieht dabei auf das Meer.

»Bis jetzt noch nicht. Aber ich würde es begrüßen, wenn wir alle was zusammen unternehmen und nicht wieder paarweise unterwegs sind«, erklärt Heinrich und Dieter stimmt zu.

»Das sehe ich auch so. Schließlich machen wir ja zusammen Urlaub. Wir können ja eine gemeinsame Tour mit dem Bus unternehmen. Da passen wir alle rein, und vielleicht machen wir irgendwo an einem lauschigen

Plätzchen ein gemütliches Picknick und steuern ein paar Sehenswürdigkeiten an. Was sagst du dazu, Matthias?«

»Keine schlechte Idee. Wir könnten ja noch mal nach Valldemossa fahren. Da haben wir ja nur mal kurz gehalten. Die Frauen waren bestimmt auch noch nicht dort.«

Lichtenberg findet den Vorschlag ebenfalls gut. »Von mir aus gern. Aber das können wir ja morgen beim Frühstück besprechen und mit den Frauen abstimmen.«

»Heinrich, wie weit bist du eigentlich mit Bettina? Läuft da was zwischen euch?«, versucht Dieter ihn auszuhorchen.

»Wir verstehen uns ganz gut. Sie ist eine sympathische Frau, man kann mit ihr reden, wir können zusammen lachen und ich finde, sie ist auch eine gute Tanzpartnerin.«

»Das meinte ich eigentlich nicht. Aber ich merke schon, dass du das Thema nicht weiter vertiefen willst. Ich finde Silke jedenfalls ziemlich scharf, und sie ist auch nicht zimperlich. Und schau dir unseren Matthias an. Erst ist er so schüchtern und reserviert. Aber was ich da so mitbekommen habe, sind die zwei auch nicht untätig gewesen. Vielleicht will Bettina mehr den draufgängerischen Typ, und du musst etwas angriffslustiger werden, quasi ein deutscher Don Juan, lieber Heinrich! Heinrich Don Juan. Klingt doch gar nicht so übel.«

»Danke für den tollen Tipp. Das probiere ich morgen gleich mal aus. Der echte Don Juan wurde übrigens auf Mallorca geboren. In meinem Alter ist der allerdings längst eine Art Mönch gewesen.«

Dieter, der schon zwei Flaschen Bier getrunken hat, setzt sich auf die steinerne Brüstung des Balkons und trinkt den Rest seiner dritten Flasche aus, wobei er den Kopf weit nach hinten legt.

Lichtenberg, der sich gerade eine Zigarette anzündet, sieht im Augenwinkel, dass Dieter sein Gleichgewicht verliert und langsam nach hinten wegkippt.

Er lässt Zigarette und Feuerzeug fallen und stürmt auf Dieter zu, der etwa zwei Meter von ihm entfernt ist. Dieter ist schon fast hinter der Brüstung verschwunden. Im letzten Moment bekommt Heinrich einen Fuß von ihm zu fassen und umklammert ihn mit aller Kraft.

Dieter baumelt am Balkon und Heinrich hält den Fuß fest, der ihm wegen der enormen Zugkräfte langsam zu entgleiten droht. Matthias hat die Situation inzwischen erkannt und eilt Heinrich zu Hilfe. Gerade noch rechtzeitig kann er den anderen Fuß von Dieter ergreifen, und gemeinsam schaffen sie es, ihn wieder auf den Balkon zu zerren. Die drei sitzen, vor Erschöpfung nach Luft ringend, auf dem Boden des Balkons. Dieter ist leichenblass vor Schreck und zittert am ganzen Körper. Matthias findet als erster die Sprache wieder.

»Das war knapp, mein lieber Mann! Ich hole uns mal ein kühles Bier auf den Schreck.«

Matthias holt drei Flaschen Bier aus dem Kühlschrank und Heinrich, immer noch auf dem Fußboden sitzend, nimmt wortlos die neben ihm auf dem Boden liegende Zigarette, die immer noch glimmt, und nimmt einen tiefen Zug. Matthias hat das Bier gebracht und reicht den anderen die geöffneten Flaschen. Lichtenbergs Puls hat sich wieder normalisiert und er prostet Dieter zu.

»Ich glaube, es ist sicherer, wenn wir hier auf dem Fußboden weiter trinken. Es wäre ein weiter Weg nach unten gewesen, hier aus dem vierten Stock. Nur weil du mit Nachnamen Sperling heißt, bedeutet das noch nicht, dass du auch fliegen kannst. Das war nicht das erste Mal, dass ich dir deine Haut gerettet habe, lieber Dieter. Ich frage mich immer wieder, wie du es geschafft hast, so alt zu werden.«

»Vielen Dank Heinrich, und dir natürlich auch Matthias. Ich muss wirklich besser aufpassen. Dafür lade ich euch morgen zum Essen ein.«

Das Trio sitzt noch eine Weile auf dem Balkon und Dieter beruhigt sich wieder. Dann gehen die Freunde wieder auf ihre Zimmer. Lichtenberg liegt noch eine Weile wach im Bett, denkt über die Ereignisse des Tages nach und überlegt, wie der Urlaub weiter verlaufen wird.

»Das Wichtigste ist doch, dass alle wieder unbeschadet nach Hause zurückkehren«, denkt er sich, und er ist etwas besorgt wegen Matthias und seiner neuen Liebe. Wäre es nun seine Schuld, wenn die Ehe seines Freundes in die Brüche ginge? Schließlich war das mit dem Urlaub ja seine Idee. Andererseits, wenn Matthias seine Frau noch lieben würde, würde er ja nicht mit Doris zusammenbleiben wollen. Er spürt, dass er müde wird und die Gedanken verschwinden aus seinem Kopf. Nach einer Weile schläft er ein und beginnt zu träumen. Er liegt mit Bettina allein am Strand und sie küssen sich. Sie sind glücklich und toben wie kleine Kinder durch den Sand. Plötzlich sieht er Matthias und Dieter in der Nähe. Sie rufen ihn zu sich, weil seine Frau am Telefon ist und ihn dringend sprechen möchte.

Lichtenberg wacht schweißgebadet aus seinem Traum auf. Er setzt sich wieder auf den Balkon und raucht eine

Zigarette. Er ist nun nicht mehr müde und sitzt noch einige Stunden in seinem Stuhl, bis er schließlich doch noch ein paar Stunden Schlaf findet.

AUSFLUG NACH VALLDEMOSSA

Peguera, Donnerstag, 25. September. Müde wacht Lichtenberg gegen neun Uhr durch den programmierten Weckruf seines Handys auf. Nach dem Duschen fühlt er sich relativ frisch und geht frühstücken. Die anderen sitzen schon Brötchen kauend und Kaffee trinkend an einem Tisch.

»Morgen zusammen! Habt ihr mir noch etwas übrig gelassen?«

»Buenos dias, Don Heinrich! Wenn du rennst, kannst du das letzte Spiegelei noch erwischen«, begrüßt ihn Matthias.

Silke steht auf und gibt Heinrich einen dicken Kuss auf die Wange.

»Wir haben von dem gestrigen Vorfall auf dem Balkon gehört und ich finde, du hast ein dickes Lob verdient.«

Die anderen am Tisch klatschen Beifall und Lichtenberg bedankt sich artig für den Applaus. Dann holt er sich vier Tassen Milchkaffee, die er übereinander gestapelt, mit beiden Händen haltend, anschleppt und an seinem Platz in einer Reihe vor sich aufbaut.

»Du siehst etwas müde aus. Hast du nicht gut geschlafen, Heinrich?«, fragt Bettina mit leicht besorgter Miene.

»Zumindest nicht sehr viel. Falls wir heute den besagten

Ausflug machen, wäre es mir recht, wenn ein anderer das Fahren übernimmt. Habt ihr schon über das Thema gesprochen?«

»Die Frauen sind einverstanden und freuen sich schon. Wir können nach dem Frühstück gleich aufbrechen«, erklärt Dieter. Gegen zehn Uhr sind schließlich alle am Auto und Matthias setzt sich ans Steuer.

»Habt ihr was dagegen, wenn sich Doris auf den Beifahrerinnensitz setzt?«, witzelt Matthias.

»Von mir aus kann sie sich auch auf den Beifahreraußensitz setzen!«, erwidert Dieter lachend.

Sie fahren über Palma Nova nach Palma und dann Richtung Norden nach Valldemossa. Dort parken sie auf dem Parkplatz am Ortseingang, wo schon einige Touristenbusse stehen. Es drängen sich zahlreiche Urlauber durch die Gassen des Dorfes und suchen in den Schaufenstern der vielen Geschäfte nach originellen Andenken und Mitbringseln. Die kleine Reisegruppe aus Bremen und Braunschweig, angeführt von Heinrich Lichtenberg, strebt zur Hauptattraktion des Ortes, der Kartause von Valldemossa, einem ehemaligen Kloster, in dem die Schriftstellerin George Sand und der Komponist Fréderic Chopin vor hundertsiebzig Jahren einen Winter lang gewohnt haben.

Sie besichtigen die Anlage und die Wohnzimmer der beiden Berühmtheiten und kehren schließlich in einem Restaurant des Ortes zum Mittagessen ein. Der Kellner bringt die Speisekarten und nimmt die Getränkewünsche entgegen. Nach ein paar Minuten bringt er die Getränke und nimmt die Bestellung für das Essen auf. Er spricht etwas deutsch, und Lichtenberg fragt, was er empfehlen kann.

»Unsere Speisen sind eigentlich alle zu empfehlen, aber besonders köstlich sind unsere conejos, Kaninchen.«

Daraufhin entscheidet sich die ganze Gruppe für die gebratenen Langohren. Bevor das Essen kommt, gehen Dieter und Silke noch mal zur Toilette. Zehn Minuten später kommen sie zusammen zurück.

»Die Toiletten sind echt toll und sehr gepflegt. Die solltet ihr euch auch mal ansehen«, schwärmt Dieter.

Nach einem köstlichen und ausgiebigen Essen bestellen sich alle noch einen Espresso, und Dieter übernimmt wie versprochen die gesamte Rechnung. Dann sehen sie sich ausgiebig in den malerischen Gassen von Valldemossa um, wobei sich die Pärchen wieder zusammenfinden und an den Händen halten. Auch Heinrich und Bettina spazieren eingehakt an den alten, gepflegten Häusern entlang, die fast alle mit Blumen geschmückt sind, die in Töpfen an den Wänden hängen oder auf den Fensterbänken stehen.

Bettina klammert sich ab und zu an Heinrichs Arm fest und legt dabei ihren Kopf an seine Schulter, was er sehr genießt und ein Kribbeln in seinem Magen verursacht. Die romantische Stimmung wird durch das schöne Wetter und die sommerlich warmen Temperaturen noch verstärkt und ein Glücksgefühl macht sich in Heinrich Lichtenberg breit. Er hat sich in Bettina verliebt und ist froh, in ihrer Nähe sein zu können. Natürlich würde er gern mit ihr schlafen. Verliebt sein und körperliche Leidenschaft gehören ja auch zusammen, wobei der Gedankenaustausch in den Gesprächen, die zärtliche Vertrautheit und das Zusammensein mit ihr, für ihn letztlich doch bedeutsamer waren.

Als die Füße vom Herumlaufen zu schmerzen beginnen, drängt die Mehrheit der Gruppe zum Aufbruch. Das

Sextett setzt seinen Ausflug in Richtung der gebirgigen Westküste fort und strebt in nördlicher Richtung dem Ort Deiá zu. Auf dem Weg dahin liegt der Herrensitz Son Marroig. Dort besichtigen sie das als Museum eingerichtete Gebäude und genießen die herrliche Aussicht vom Balkon mit seinen Säulen und Bögen, der in keinem Reiseführer über die Insel fehlt und den man auch selbst mal gesehen haben will.

Dann flanieren sie durch den schön angelegten Garten des Anwesens, gehen anschließend zu dem kleinen Restaurant in der Nähe und stärken sich dort an einem Tisch vor dem Restaurant mit Kaffee und Kuchen.

Bettina trinkt nur Kaffee, weil sie glaubt, auf ihre Figur achten zu müssen, und im Urlaub angeblich schon viel zu viel in sich hineingestopft hat. Nachdem Heinrich seinen Kuchen aufgegessen hat, geht er mit Bettina zur Mauer an der Terrasse des Restaurants, die ja eigentlich nur ein sandiger Boden ist. Sie rauchen eine Zigarette und genießen zusammen den Blick auf das Meer, der wegen der hohen Position über dem Meeresspiegel sehr beeindruckend ist. Man sieht den gekrümmten Horizont und bekommt eine Ahnung von der Kugelgestalt der Erde.

»Ich finde, man sollte sich häufiger so einen kleinen Urlaub gönnen. Man lebt in einer schönen anderen Welt und kann alle Probleme eine Zeit lang hinter sich lassen. Außerdem lernt man manchmal nette Menschen kennen, so wie dich«, erzählt Bettina sichtlich entspannt und zufrieden.

»Ich bin auch froh, dich getroffen zu haben. Es ist wirklich schön, mit dir zusammen zu sein, auch wenn es nur ein paar Tage dauern sollte.«

Die Gruppe macht sich wieder auf den Weg. Matthias ist ein sicherer Fahrer und fährt die Strecke in einem gemütlichen Tempo. Bei der schönen Gegend wäre es ja auch unsinnig zu rasen, und bald erreichen sie Deià´.

Matthias findet gleich einen Parkplatz am Ortseingang, und sie gehen den mit Häusern besetzten Hügel bis zur Spitze empor, wo sie die Kirche mit ihrem mittelalterlichen Wehrturm besichtigen. Sie verweilen etwas im Inneren der angenehm kühlen Kirche und ruhen sich auf den Kirchenbänken aus, bevor sie einen kleinen Gang durch den Ort machen und dann wieder die Heimreise antreten.

Die kleine Gruppe setzt ihre Tour über Sòller und Bunyola fort und trifft am frühen Abend, erschöpft und zufrieden wieder im Hotel ein.

»Habt ihr Mädels denn für heute Abend schon irgendwelche Pläne?«, fragt Lichtenberg.

»Ja, die haben wir. Aber leider kommt ihr Männer da heute nicht drin vor. Wir wollen uns erst einmal ausruhen und gehen dann noch mal kurz in den Ort, um etwas zu essen und einen Schaufensterbummel zu machen«, erwidert Doris. Wir wollen euch ja nicht zu sehr verwöhnen. Außerdem wächst die Sehnsucht nach uns Hübschen, wenn ihr uns mal eine Zeit lang nicht seht«, ergänzt Silke.

»Ist auch recht. Bleibt uns wieder mal nur Heinrichs Balkon. Heute werde ich mich aber vom Geländer fernhalten. Ohne Frauen können wir uns auch mal wieder so richtig ordinär danebenbenehmen. Matthias kann dann ja mal wieder ein paar schmutzige Witze erzählen.«

»Glaubt kein Wort von dem, was er sagt. Ich kenne überhaupt keine Witze auswendig. Noch weniger bin ich in der Lage, sie so vorzutragen, dass irgendjemand darüber lacht.«

»Das kann ich definitiv bestätigen. Ich habe mal erlebt, wie Matthias anlässlich einer Familienfeier eine Rede vorgetragen hat. Was heißt vorgetragen? Er hat sie mühsam abgelesen und darin kam auch ein Witz vor, nur hat dies keiner bemerkt«, erzählt Lichtenberg schmunzelnd.

»Echt? Mach keine Witze!«, sagt Bettina und die Gruppe bricht in ein albernes Gelächter aus. Dann trennen sie sich und verschwinden auf ihre Zimmer. Matthias, Dieter und Heinrich treffen sich gegen neunzehn Uhr im Speiseraum des Hotels, essen gemeinsam zu Abend und gehen anschließend gleich zusammen auf Heinrichs Balkon.

»Wir müssen morgen dringend noch mal Getränke nachkaufen. Die Vorräte gehen schon wieder zur Neige«, berichtet Dieter etwas besorgt.

»Könnte es sein, dass wir zu viel saufen? Das kann doch auf Dauer nicht gesund sein!«, gibt Matthias zu bedenken.

»Es zwingt dich ja niemand dazu. Du kannst dir ja auch gern eine Flasche Wasser aus dem Kühlschrank holen, du Tugendpinsel«, reagiert Dieter pikiert auf den Vorwurf.

»Urlaub ist eine Ausnahmesituation. Zu Hause leben wir dann wieder eine Weile abstinent«, versucht Heinrich die beiden zu besänftigen.

»Ich glaube, du hast heute mit Bettina schon leichte Fortschritte gemacht, Don Heinrich. Aber denkt daran, dass die Damen übermorgen schon wieder weg sind. Morgen Abend ist die letzte Gelegenheit für euch!«

»Bring mal lieber drei kühle Biere aus dem Kühlschrank, Dieter, und kümmere dich um deine Angelegenheiten. Halte dich vor allem vom Balkongeländer fern, Spatzi.«

»Silke ist echt heftig drauf. In dem Restaurant in Valldemossa ist sie mit mir auf die Herrentoilette gegangen, und wir haben es da zusammen getrieben! Zum Glück hat das keiner mitbekommen.«

»Das denkst du nur. Das ganze Restaurant war von eurer Vorstellung begeistert!«

»Wirklich? Das glaube ich jetzt aber nicht. Stimmt denn das Heinrich?«

»Matthias macht nur Spaß. Auch wenn er keine Witze erzählen kann, glücken ihm doch manchmal ein paar spontane Gags.«

Heinrich zündet sich eine Zigarette an und bläst kleine Wölkchen in den klaren Himmel. Ab und zu gelingt es ihm, einen kleinen Ring aus dem Qualm zu formen. Matthias sieht ihm dabei zu, und eine Weile sagt niemand ein Wort. Sie genießen diesen kurzen Moment der Ruhe. Nach einigen Minuten durchbricht Matthias die Stille.

»Ich habe schon wieder Hunger. Hast du noch etwas zu essen hier, Heinrich?«

»Im Kleiderschrank sind noch Chips und Kekse. Bedien dich!«

Matthias verschwindet kurz im Zimmer, kommt dann mit einer Tüte Kartoffelchips zurück und stopft sich einige hastig in den Mund. Matthias, laut die Chips zerknirschend: »Lecker! Scharf gewürzt mit Paprika.«

»Wie kann man nur so verfressen sein? Gib mir auch ein paar ab!«, bettelt Dieter, der erwartungsvoll die Hand nach der Tüte ausstreckt. Matthias weigert sich hartnäckig, die Tüte an Dieter weiterzugeben und erklärt:

»Liebe geht eben durch den Magen.«

»Viele Leute glauben ja, dass dieser Spruch was mit

Essen zu tun hat. Nach dem Motto, wer verliebt ist, der isst dann besonders viel. Oder, wenn die Frau gut kochen kann, dann fördert das die Liebe zu ihr. Das ist doch alles Quatsch! Wer so redet, der war doch noch nie richtig verliebt. Der Spruch bedeutet, dass man ein bestimmtes Gefühl im Magen hat, das durch dort ausgeschüttete Hormone zustande kommt, insbesondere Adrenalin, würde ich vermuten. Eben das berühmte Kribbeln oder die Schmetterlinge im Bauch. Der Magen hat nämlich so viele Nervenzellen wie unser Gehirn und ist der eigentliche Sitz der Gefühle. Das bewusste Erleben dieser Gefühle findet natürlich im Gehirn statt. Da werden dann gleichzeitig noch andere Substanzen ausgeschüttet, insbesondere das Kuschelhormon Oxytocin«, erklärt Lichtenberg.

»Wenn Matthias eine Fliege verschluckt, hat er auch mehr Gehirn im Magen, als im Kopf.«

»Ha, ha! Sehr spaßig! Neulich haben sie in Ägypten eine Tontafel ausgegraben, da war der Witz schon eingraviert. Chips bekommst du jetzt jedenfalls keine mehr ab!«

Matthias holt drei neue Flaschen Bier und reicht Dieter und Heinrich eine geöffnete Flasche. Die noch halb volle Chipstüte legt er Dieter, der sich höflich bedankt, kommentarlos auf den Bauch.

»Wo ist eigentlich die leere Bierflasche gelandet, die Dieter gestern bei seinem spontanen Abgang vom Balkon aus der Hand geglitten ist?«, überlegt Matthias.

»Das habe ich mich auch schon gefragt. Jedenfalls scheint niemand verletzt worden zu sein, sonst hätten wir schon davon gehört. Ich habe heute morgen auch auf der Terrasse nachgesehen, aber keine Spur von dem Ding gefunden. Schon seltsam«, sagt Lichtenberg.

»Stell dir mal vor, die hätte jemand auf den Kopf bekommen. Der wäre doch tot gewesen. Da läuft einer arglos auf der Terrasse herum, um sich vor dem Schlafengehen noch mal die Füße zu vertreten, und schwupps ist er hinüber. Schauerlicher Gedanke«, erzählt Matthias.

»Das ist dann eben Schicksal. Zur falschen Zeit am falschen Ort. Aber es ist ja nichts passiert«, erwidert Dieter.

»Glaubst du an Schicksal und Vorherbestimmung, Heinrich? Du bist doch so ein Philosoph«, fragt Matthias.

»Ich glaube, dass alles schon vorherbestimmt ist. Jeder Gedanke, der einem durch den Kopf geht und wo jedes einzelne Blatt landet, das vom Baum fällt, einfach alles. Selbst die Lottozahlen, die kommenden Samstag gezogen werden, stehen schon seit Millionen Jahren fest. An so was wie Zufall oder Willkür glaube ich so wenig, wie an Gespenster. Es gibt nur das Prinzip von Ursache und Wirkung und die Naturgesetze, und die gelten auch im subatomaren Bereich. Für Zufall oder Freiheit ist da kein Platz, auch wenn das vielen Leuten nicht in den Kram passt, wie z.B. diesen Quantentheoretikern.«

»Wenn ich einen Würfel auf den Tisch fallen lasse, dann ist das für mich Zufall, welche Zahl kommt. Das kann doch niemand vorhersagen. Und einen freien Willen habe ich meiner Meinung nach auch. Ich kann mich morgens beim Frühstück frei entscheiden, ob ich Honig oder Erdbeermarmelade auf mein Brötchen schmiere«, erzählt Matthias.

»Wenn ich einen Würfel auf den Tisch fallen lasse, dann hängt die gewürfelte Zahl von vielen Faktoren ab, wie seiner Ausgangsposition in meiner Hand, dem Wurfwinkel, der Wurfgeschwindigkeit, der Fallhöhe, seinem

Gewicht, der Luftfeuchtigkeit im Raum, Oberflächenstruktur des Tisches und noch vielen anderen äußeren Einflüssen.

Die Tatsache, dass wir etwas nicht berechnen können und deshalb nicht vorhersagen können, weil es zu komplex ist, heißt ja nicht, dass das Ergebnis willkürlich ist. Zufällig ist es nur in dem Sinne, dass wir es wegen fehlender Daten, Rechenmodelle und Computerleistung nicht vorhersagen können, obwohl das Ergebnis theoretisch berechenbar wäre. Du glaubst nur, dass du frei entscheiden kannst, was du auf dein Brötchen schmierst. In Wirklichkeit entscheiden unbewusste Abläufe in deinem Gehirn darüber. Dein Gehirn gaukelt dir nur deinen freien Willen vor. Das haben neuere Gehirnforschungen eindeutig belegt«, antwortet Lichtenberg.

»Toll, dann brauche ich mich ja ab jetzt um nichts mehr zu kümmern. Wenn sowieso alles festliegt und ich auch keine echten Entscheidungen treffen kann, dann kann ich mich ja einfach irgendwo hinsetzen und abwarten, was passiert, und brauche nicht mehr nachzudenken«, erwidert Matthias etwas genervt.

»Auch das kannst du nicht frei entscheiden. Außerdem habe ich ja nicht behauptet, dass der Mensch keinen Willen hat. Du hast natürlich einen eigenen Willen, und du musst ständig Entscheidungen treffen und aktiv handeln, wenn du überleben willst. Aber das ist eben kein wirklich freier Wille, sondern nur ein gefühlter freier Wille.«

»Will jemand kein neues Bier?« Da keine Reaktion erfolgt, steht Dieter auf und bringt allen eine neue Flasche. Lichtenberg zündet sich eine neue Zigarette an und lässt einen kühlen Schluck Bier seine Kehle herunter laufen.

Dieter nimmt auch einen großen Schluck und rülpst anschließend laut.

»Entschuldigung Jungs, der sollte eigentlich hinten raus.«

»Du lieferst einen erfrischenden Kontrast zu unseren hochgeistigen Gesprächen, du Ferkel. Gut, dass Silke nicht mitbekommt, wie du dich hier manchmal aufführst. Aber wer weiß, was die Frauen so alles reden und machen, wenn sie unter sich sind.«

»Stell dich bloß nicht so an, Matthias! Mich bewegt im Moment die Frage, warum alle Dinge, wie z.B. Bierflaschen oder menschliche Körper immer nach unten fallen. Was steckt eigentlich hinter der Erdanziehungskraft? Hast du darauf auch eine Antwort, Heinrich?«

»Die Schwerkraft kann man zwar berechnen und gut damit arbeiten, aber ihr wahres Wesen ist damit noch nicht durchschaut.

Laut Einstein ist die Schwerkraft gar keine Kraft, sondern die Masse eines Körpers krümmt den Raum, wie eine Kugel, die man auf eine Gummimembran legt. Ein geworfener Gegenstand folgt nur der Krümmung des Raumes. Das kann ich mir noch vorstellen. Wenn Schwerkraft nur die Krümmung des Raumes ist, frage ich mich allerdings, warum ein Gegenstand, den man ruhig in der Hand hält und dann loslässt, sich überhaupt in Bewegung setzt.

Ich habe mir meine eigene Theorie dazu gebastelt und stelle mir den Raum als einen Haufen von winzigen Kugeln vor, die viel, viel kleiner als Atome sind. An den Oberflächen der Atomkerne werden diese Kugeln dann durch den Druck des Weltalls zu etwas größeren Kugeln zusammengequetscht, z.B. wird aus fünf dieser kleinen

Kugeln eine größere. Dann wird diese größere Kugel von den Atomen weg nach außen gedrückt, so wie z.B. Steine in einer Schüssel mit Sand beim Schütteln nach oben befördert werden. Die größeren Kugeln nehmen dann weniger Platz weg als die kleinen, und deshalb gibt es eine Strömung in Richtung der Atome, bzw. der Materie, und das ist die Schwerkraft. Ich hoffe, ihr könnt mir noch folgen.«

»Kein Problem. Ich hole mir nur etwas Schmiermittel für meine Gehirnwindungen aus dem Kühlschrank. Erzähl ruhig weiter«, sagt Dieter.

»Also gut. Die Zwischenräume zwischen den zusammengequetschten Kugeln gehen ja dann verloren und ich stelle mir die Zwischenräume nicht als Nichts vor, sondern wie eine Flüssigkeit, die dann irgendwohin entweichen muss, und wir nehmen dieses unter Druck stehende und flüchtende Medium dann als Licht und Wärme war, die sich in alle Richtungen entfernt.

Das würde auch erklären, woher die Wärme im Erdinneren kommt und woher die Sonne ihre Energie bezieht und was Energie überhaupt ist. Die Elektronen bestehen meiner Meinung nach auch aus diesem Medium und die Atomkerne bestehen aus der gleichen Substanz, wie die kleinen Kügelchen, aus denen der Raum besteht. Die etwas größeren Kügelchen, die beim Zusammenquetschen entstehen, sorgen einerseits für die Abstoßung zwischen den Protonen und bilden andererseits quasi Kondensationskeime für neue Atome.«

»Und woraus bestehen dann die Neutronen?«, fragt Dieter.

»Vielleicht sind das einfach riesige Elektronen. Ich kann ja schließlich nicht alles wissen. Es muss ja auch für künftige Forscher noch etwas zum erforschen übrig bleiben«, erwidert Lichtenberg.

»Eine große und gewagte, aber originelle Idee. Ich hoffe, du nimmst uns mit, wenn dir eines Tages der Nobelpreis überreicht wird«, scherzt Matthias.

»Apropos Größe. Der Begriff Größe macht doch nur Sinn, wenn ich etwas mit etwas anderem vergleiche. Wenn es nur ein einziges Atom im ganzen unendlichen Weltall gäbe, dann hätte der Begriff Größe keinen Sinn. Wenn sich dieses Atom z.B. um das tausendfache aufblähen würde, könnte man dies nicht feststellen, abgesehen davon, dass es keine Beobachter geben würde,« gibt Lichtenberg zu bedenken.

Einige Flaschen Bier und angeregte Gespräche später, klopft es an der Tür von Lichtenbergs Zimmer. Matthias öffnet, und Doris und Silke lächeln ihn an.

»Hallo, wir sind wieder da! Dürfen wir reinkommen?«, fragt Silke. Matthias lässt die beiden herein und nimmt noch zwei Stühle aus dem Zimmer mit auf den Balkon. Die Frauen werden freundlich von Heinrich und Dieter begrüßt und setzen sich mit auf den Balkon, auf dem es jetzt etwas beengt zugeht. Matthias bringt den Frauen auch ein Bier.

»Wo seid ihr denn gewesen und was habt ihr erlebt?«, wendet sich Matthias fragend an Silke.

»Wir sind erst in ein nettes kleines Restaurant gegangen und haben eine Kleinigkeit gegessen. Das war ganz ordentlich, wenn auch nicht spitzenmäßig. Dann sind wir weiter gezogen und haben uns in einer Bar an den Tresen gesetzt«, berichtet Silke und Doris fährt fort.

»Ja, die haben da eine tolle lateinamerikanische Musik

gespielt und ein paar Leute haben da auch heftig getanzt. War echt eine super Stimmung da.«

»Hört sich wirklich gut an. Wo habt ihr denn Bettina gelassen? Ist die schon auf ihr Zimmer gegangen?«, fragt Dieter.

»Äh, nicht direkt. Die fand es da so nett, dass sie noch etwas bleiben wollte. Sie wird aber bestimmt bald auftauchen«, antwortet Doris etwas unsicher.

»Wie jetzt? Sie wollte da noch allein in der Bar rumsitzen?«, fragt Dieter ungläubig nach. Doris zögert mit der Antwort und deshalb springt Silke schnell ein.

»Wir haben uns da noch mit einem netten Typen unterhalten, der neben uns an der Theke saß. Mitte vierzig und recht gut aussehend, wenn du mich fragst. Frag mich lieber nicht! Ein Bauunternehmer aus Deutschland. Das hat er jedenfalls behauptet. Doris und ich hatten irgendwann keine Lust mehr, länger zu bleiben, und er hat Bettina dann noch, kurz bevor wir gehen wollten, zu einem Tanz überredet. Sie hat gesagt, wir brauchen nicht auf sie zu warten, und sie würde dann nachkommen. Vermutlich ist sie ja schon auf dem Weg hierher. Mach dir mal keine Gedanken, Heinrich. Sie wird dich schon nicht hängen lassen.«

Heinrich Lichtenberg lässt sich seine Enttäuschung nicht anmerken und zündet sich eine Zigarette an.

»Sie ist mir gegenüber doch zu nichts verpflichtet und kann tun und lassen, was sie will, genauso wie ich. Ich hoffe, sie amüsiert sich gut. Bei heftigen Salsa Tänzen könnte ich sowieso nicht mehr mithalten. Ich bin ihr jedenfalls nicht böse.«

Sie sitzen noch eine Weile zusammen und genießen

die angenehm milde Abendluft, bis es sie zum Aufbruch drängt.

»Silke und ich wollen noch einen kleinen Absacker auf meinem Zimmer nehmen. Wir verabschieden uns dann mal«, sagt Dieter.

»Ja, Doris und ich werden dann auch mal gehen. Wir nehmen auch noch einen kleinen Drink bei mir«, schließt sich Matthias an.

Lichtenberg bringt die Pärchen zur Tür und wünscht ihnen eine gute Nacht. Dann setzt er sich mit einer neuen Flasche Bier und einer neuen Zigarette wieder auf den Balkon. Die Beleuchtung hat er ausgeschaltet und so sitzt er fast im Dunkeln und lauscht dem Meeresrauschen und den vereinzelten Stimmen vor dem Hotel.

Nachdem er so etwa zwei Stunden entspannt gesessen hat und es bereits weit nach Mitternacht ist, glaubt er, vor dem Hotel eine vertraute Stimme zu hören. Er sieht unter einer Lampe vor dem Hotel ein Pärchen in enger Umarmung stehen, das sich nun leidenschaftlich küsst.

Heinrich erkennt, dass die eine Person Bettina ist. Offensichtlich hat ihr neuer Bekannter aus der Latino Bar sie zum Hotel begleitet. Nach einigen Minuten heftiger Knutscherei, er hatte schon einen Moment lang befürchtet, sie würden dort im Scheinwerferlicht der Straßenlaterne bis zum Äußersten gehen, verabschiedet sich der Mann und Bettina geht die Stufen zum Hotel hinauf.

In Lichtenbergs Magen, dem Sitz der Gefühle, braut sich ein eigenartiger Hormoncocktail aus Enttäuschung, Wut, Selbstmitleid, Hass und anderen undefinierbaren Zutaten zusammen, und er ist den Tränen nah.

Nach einigen Trost spendenden Bieren und Zigaretten

hat sich Lichtenberg wieder gefangen und die Tatsachen akzeptiert. Er hat schon eine gewisse Routine im Umgang mit Enttäuschungen und hält sich nicht lange mit sinnloser Selbstbemitleidung auf. Nachdem er sein Bier ausgetrunken hat, legt er sich schlafen.

MOTORRADTOUR ÜBER DIE INSEL

Peguera, Freitag, 26. September 2008. Gegen acht Uhr erwacht Heinrich Lichtenberg aus seinen Träumen. Die Wirkung des Alkohols ist noch nicht ganz verflogen, und er schleppt sich unter die Dusche. Er duscht erst warm und dann kalt. Nach dieser Prozedur fühlt er sich ausreichend erfrischt und geht frühstücken.

Es ist noch relativ früh am Morgen, und nur wenige Hotelgäste haben sich bisher im Frühstücksraum eingefunden. Sie gehen mit einem Teller in der Hand am Büfett herum, sammeln Brötchen, Butter, Marmelade, Wurstscheiben und gekochte Eier zusammen und zapfen sich Kaffee, Kakao oder heißes Wasser für den Teebeutel aus den Getränkeautomaten.

Heinrich Lichtenberg nimmt sich einen Milchkaffee und setzt sich auf die Terrasse, wo es derzeit noch viele freie Tische gibt. Er zündet sich eine Zigarette an, trinkt einen Schluck Kaffee und nachdem er mit einem kurzen Blick die Umgebung und das Wetter begutachtet hat, widmet er sich den Seiten seines Reiseführers.

Er hat meistens etwas zu lesen dabei, besonders wenn er allein unterwegs ist. Jemand, der allein an einem Tisch sitzt und nur abwechselnd auf seine Kaffeetasse, seinen

Teller und die Umgebung schaut, macht oft einen etwas verlorenen Eindruck. Wenn man jedoch eine Zeitung oder ein Buch liest, wirkt man nicht wie bestellt und nicht abgeholt. Außerdem will er ja Pläne für den heutigen Tag schmieden. Lichtenberg hat keinen Hunger und holt sich noch einen Kaffee. Am Kaffeeautomaten begegnet ihm Matthias, der ein wenig zerzaust und unausgeschlafen wirkt.

»Guten Morgen, Matthias. Ich konnte nicht mehr schlafen und mag es nicht, wach im Bett herumzuliegen. Ich sitze draußen auf der Terrasse.«

Nach einer Weile kommt Matthias mit Kaffee und gut gefülltem Frühstücksteller zu Lichtenberg an den Tisch. Kurz darauf erscheinen auch Dieter, Silke und Doris mit voll beladenen Tellern und versorgen sich anschließend noch zusätzlich mit Kaffee und Fruchtsäften. Die Begrüßung fällt heute nicht ganz so temperamentvoll aus wie sonst, und alle wirken etwas übernächtigt.

»Da du gerade zum Büfett gehst, lieber Dieter, könntest du mir doch etwas Honig und Erdbeermarmelade mitbringen! Das wäre nett.«

»Das mache ich doch gern für dich, Matthias.«

Nach ein paar Minuten kommt Dieter mit einer Tasse Kaffee und Marmelade in kleinen Plastikbehältern zurück.

»Honig und Erdbeermarmelade sind heute nicht da. Ich habe dir Kirsch- und Quittenmarmelade mitgebracht.«

»Bettina fühlt sich heute Morgen nicht gut. Sie hat starke Kopfschmerzen und will noch eine Weile im Bett bleiben. Wir sollen ohne sie etwas unternehmen«, erklärt Silke.

»Ich denke, wir sollten heute mal einen Strandtag

einlegen. Irgendwie bin ich heute zu faul für größere Unternehmungen.«

Silke, Doris und Dieter stimmen Matthias zu, nur Lichtenberg hat andere Pläne.

»Also mir ist heute nicht so sehr nach Strand. Ich miete mir ein Motorrad und toure auf der Insel herum. Bestellt Bettina schöne Grüße von mir, falls ihr sie heute noch seht.«

Lichtenberg verabschiedet sich, holt ein paar Sachen aus seinem Zimmer und macht sich zu Fuß auf den Weg. Im Ort mietet er sich ein bequemes Motorrad, einen Chopper, zieht sich Lederhandschuhe an, setzt einen Helm auf, fährt auf der C719 in Richtung Palma und dann weiter in östlicher Richtung. Das tiefe blubbernde Geräusch der Maschine wirkt entspannend, und Heinrich Lichtenberg fühlt sich befreit, wie er so langsam durch die Gegend gleitet.

Er hat heute keine Lust auf Gesellschaft, und schon gar nicht will er mit den beiden glücklichen Paaren am Strand liegen. Zudem möchte er eine Begegnung mit Bettina vermeiden. Unabhängig davon hat er wirklich Freude daran, unterwegs zu sein und will etwas von der Insel sehen. Heute in der Sonne zu liegen, und dabei die Nase in ein Buch zu stecken, würde er nicht ertragen.

Nicht einen Moment lang hat er geglaubt, dass Bettina tatsächlich unter Kopfschmerzen leidet. Sie wollte ebenfalls eine Begegnung mit ihm vermeiden und traute sich deshalb nicht aus ihrem Zimmer.

Die Fahrt geht durch eine weite Ebene, die landwirtschaftlich genutzt wird und wo viele der bekannten Windmühlen mit den vielen kleinen Flügeln stehen, die teilweise noch für die Bewässerung der Felder eingesetzt werden.

Nach einer Weile erreicht er den Ort Llucmajor, der wegen seiner Schuhproduktion bekannt ist, und nach einer weiteren längeren Etappe kommt er nach Campos del Puerto. Dort könnte er in einer Kirche ein berühmtes Gemälde besichtigen, das einen geduldig leidenden Christus darstellt. Wenn er gestern Nacht auf dem Balkon ein Foto mit Selbstauslöser von sich in Unterhosen gemacht hätte, wäre es dem Gemälde wahrscheinlich nicht ganz unähnlich gewesen. Er fährt weiter bis zu der maurisch geprägten Stadt Felanitx, wo angeblich Christoph Kolumbus geboren wurde. Hier legt er in einem Cafe´ eine Pause ein und setzt seine Fahrt nach Manacor fort, der zweitgrößten Stadt Mallorcas, die wegen der dort irgendwie aus Fischschuppen hergestellten Perlen bekannt ist. Von hier aus biegt er in Richtung Küste nach Porto Cristo ab und fährt zu der nahe gelegenen Tropfsteinhöhle Coves del drac. Lichtenberg parkt sein Motorrad und erleichtert sich von seinem Helm. Er folgt den Hinweisschildern zum Eingang der Höhle und geht den anderen Touristen hinterher, die ebenfalls dorthin unterwegs sind. Die nächste Führung ist erst in zwanzig Minuten. Er besorgt sich eine Eintrittskarte und nutzt die Gelegenheit, noch eine Zigarette zu rauchen. Dann nimmt er an der Führung teil, die in deutscher, spanischer und englischer Sprache abgehalten wird. Lichtenberg hört dabei nicht richtig hin, zumal das Ganze akustisch nur mühsam aufzufangen ist und er das Zuhören im Moment anstrengend findet.

Lieber lässt er das Naturschauspiel auf sich wirken und beobachtet die anderen Höhlenbesucher in seiner Gruppe, wie sie interessiert die Köpfe nach allen Seiten bewegen und in ein ehrfürchtiges Staunen über die mitunter bizarr geformten Tropfsteininformationen verfallen. Die geschickte, teilweise bunte Beleuchtung, lässt sie besonders eindrucksvoll erscheinen.

Ein junges Pärchen aus England wirkt dagegen nicht sonderlich beeindruckt und albert miteinander herum. Der junge Mann zwickt seiner Freundin ab und zu unter ihrem kurzen Rock in den Hintern, und sie haut ihm dann lachend und mit gespielter Empörung auf die Finger. Einige der deutschen Besucher fühlen sich anscheinend von diesem Benehmen gestört und werfen ihnen strafende Blicke zu.

Am Ende des Rundgangs kommt man zu einer großen natürlichen Halle, in der es einen unterirdischen See gibt, bei dem das Wort Teich eigentlich besser passen würde, und wo ein kurzes klassisches Konzert für die Besucher geboten wird. Danach kann man entweder ein paar Meter in einem kleinen Boot mitfahren oder zu Fuß weitergehen, und so endet die Besichtigung. Lichtenberg ist mit dem Erlebnis sehr zufrieden. Er fährt weiter zur Cala Murada, einer kleinen Bucht und macht dort eine längere Pause an einem Imbiss, wo er sich mit Kaffee und Kuchen stärkt. Da man sich hier Surfbretter ausleihen kann, beschließt er, sich einmal in dieser Sportart zu betätigen. Die Badehose hat er zum Glück dabei, und so geht er das Wagnis ein. Nach einer halben Stunde im Wasser gibt er jedoch frustriert auf und beschließt, demnächst einmal irgendwo Surfunterricht zu nehmen. Zumindest hat er sich in den Fluten erfrischt und so ist die ganze Aktion nicht umsonst gewesen. Lichtenberg setzt sich wieder auf sein Motorrad und fährt weiter.

Er schlägt die Richtung nach Sant Llorenco ein, gelangt auf die C715, fährt diese in nördlicher Richtung bis zur

Stadt Artaˊ und dann weiter in nordwestlicher Richtung auf der C712 entlang der Bucht von Alcúdia.

An dem See Llac Grande vor Port dˊ Alcúdia macht Lichtenberg eine Zigarettenpause und gönnt seinen Beinen etwas Auslauf. Sein Hintern ist für die kurze Entlastung auch dankbar.

Es ist bereits früher Abend und Lichtenberg setzt seine Tour fort. Er möchte eigentlich heute noch bis zum Leuchtturm von Formentor kommen. Nachdem er ein Stück weiter gefahren ist, sieht er plötzlich hinter einer Kurve Steine und Geröll auf der Straße liegen, und mittendrin ragt der Kopf einer Ziege heraus, die ihn treudoof anschaut. Lichtenberg erkennt, dass er weder rechtzeitig anhalten noch ausweichen kann, weil das Hindernis zu nahe ist. Er bremst, legt das Motorrad auf die Seite und rutscht mit den Rädern gegen die Steine.

Krachend kommt die Maschine zum Stehen und Lichtenberg rollt über das Motorrad nach vorn. Benommen bleibt er eine Weile auf dem Boden liegen. Er ist mit der linken Schulter und dem linken Knie auf dem Boden aufgeschlagen. Auch mit dem Kopf hat er kurz die Straße berührt, aber der Helm hat den Aufprall perfekt abgefangen. Nach einer Weile stemmt er sich vom Boden ab und steht wieder auf den Füßen. Er sieht sich das Motorrad an, und es scheint, als ob die Maschine im Großen und Ganzen heil geblieben ist. Lichtenberg richtet sie wieder auf, um sie an den Straßenrand zu schieben, und spürt, dass er sich an der Schulter und dem Knie verletzt hat. Seine Jeanshose ist durchgescheuert und er hat Schürfwunden am Bein. Auch seine Stoffjacke hat gelitten und er kann nur noch hinkend gehen.

Die Ziege scheint sich langsam wieder zu erholen und macht sich bedächtig, ebenfalls leicht hinkend, davon. Wahrscheinlich war sie auf einem Felsvorsprung herumgelaufen und zusammen mit dem lockeren Gestein abgestürzt.

Er muss sich von dem Schreck erst mal erholen und zündet sich eine Zigarette an.

Nach einer Weile hält ein Polizeiauto an und die beiden Polizisten erkunden die Lage. Lichtenberg schildert ihnen, soweit ihm seine mageren Sprachkenntnisse dies ermöglichen, was passiert ist und versichert, dass er keine Hilfe benötigt. Die Beamten nehmen trotzdem seine Personalien auf, was für die Versicherung durchaus wichtig sein kann, und sichern die von dem Steinschlag blockierte Fahrbahnstelle ab. Heinrich versucht, das Motorrad zu starten, und die Maschine springt gleich an. Sie hat allerdings einige Schrammen und Beulen abbekommen.

Im nahen Fischerdorf Port d´Alcúdia sucht er sich ein Hotel zum Übernachten. Er hat jetzt keine Lust mehr weiterzufahren, und will lieber etwas ausruhen. Mit seinem Mobiltelefon ruft er Matthias an.

»Hallo Matthias. Ich bin gerade in Port d´Alcúdia und habe mich mit meiner Maschine lang gelegt. Es ist aber noch mal gutgegangen. Ich bleibe heute hier und ruhe mich aus. Morgen Nachmittag bin ich wieder bei euch.«

»Das ist ja echt schade. Gut, dass nicht mehr passiert ist. Wir haben hier einen ruhigen Lenz am Strand gemacht und wollen nach dem Abendessen noch mal nach Peguera reingehen. Bettina ist später noch zum Strand gekommen und hat sich nach dir erkundigt. Morgen Mittag fahren die Mädels ja schon wieder ab. Dann siehst du sie ja gar nicht mehr!«

»Ja, das finde ich auch bedauerlich. Grüß alle herzlich von mir, und bis morgen dann.«

Lichtenberg geht in ein Bekleidungsgeschäft und kauft sich eine neue Hose und eine neue Jacke. Er behält die neuen Sachen gleich an und kann die beschädigten Kleidungsstücke zur Entsorgung in dem Geschäft lassen. Dann geht er auf sein Hotelzimmer, nimmt eine Dusche und sucht sich anschließend ein nettes Restaurant für das Abendessen. Nach einer guten Mahlzeit und einem kühlen Bier fühlt er sich wieder wohl.

Er genießt die ruhige Abendstimmung, trinkt noch ein paar Biere und raucht einige Zigaretten, bevor er ins Hotel zurück hinkt. Die Schmerzen in der Schulter und im Bein halten ihn noch eine Weile wach, aber schließlich fällt er doch in einen tiefen Schlaf.

Alcúdia, 27. September, neun Uhr morgens. Lichtenberg wacht auf. Die Schmerzen sind nicht mehr so stark, und nach einer erfrischenden Dusche geht er frühstücken. Es gibt hier einen aromatischen, wohlschmeckenden Kaffee und der Rest von dem Frühstücksbüfett interessiert ihn nicht.

Lichtenberg begleicht die Rechnung und fährt nach Alcúdia. Auf dem Weg dorthin stoppt er noch kurz bei einem aus dem Fels gehauenen römischen Theater, dem Theatro Romano, und sieht sich dann die hübsche, von einer Festungsmauer umschlossene, Stadt Alcúdia mit ihrem schönen Rathaus in der Mitte an. Sein geschundenes Motorrad bringt ihn dann nach Port de Pollenca, wo er sich ein Hähnchen von einem Imbiss besorgt und es mit großem Appetit am Strand in der Bucht von Pollenca verspeist. Dabei sieht er den Surfern zu, die sich bei einer leichten Brise von ihren Segeln durchs Wasser ziehen lassen. Lichtenberg beobachtet einen Mann, der sich mit einem Fallschirm hinter einem Boot herziehen lässt, und in luftiger Höhe an ihm vorbeischwebt.

Jetzt sind die drei Frauen wahrscheinlich schon am Flughafen. Vielleicht haben Matthias und Dieter sie sogar dahin gebracht und sich mit einem Küsschen von ihnen verabschiedet. Er fragt sich, ob sich Bettina gestern Abend vielleicht wieder mit ihrem Bekannten aus der Latinobar getroffen hat. Nein, er will nicht mehr darüber nachdenken.

Heinrich Lichtenberg beendet seine Mittagspause am Strand und fährt weiter zur Halbinsel Formentor und bis zu deren Ende, dem Cap Formentor. Die Strecke dahin ist kurvig und bietet tolle Aussichtspunkte. Am Leuchtturm von Formentor macht er Rast und genießt eine Weile die beeindruckende Aussicht auf das Meer und die Küste.

Nachdem er sich satt gesehen hat, geht die Reise weiter nach Pollenca. Dort humpelt er ein wenig durch die Gassen, vorbei am sogenannten Hahnenbrunnen, setzt sich an einem größeren Platz in der Fußgängerzone vor ein Cafe´, trinkt einen Milchkaffee und raucht eine Zigarette. Er besichtigt die mit Fresken ausgemalte Pfarrkirche und fährt dann weiter auf einer sehr schönen Strecke bis zu der Ortschaft Lluc.

Im hiesigen Kloster entgeht ihm leider der Auftritt des berühmten Knabenchores, da dieser erst abends stattfindet, und er wirft stattdessen einen Blick in das Museum mit seinen Bildern und kunsthandwerklichen und archäologischen Ausstellungsstücken. Dann fährt er in südlicher Richtung bis nach Inca und von dort auf die Autobahn, wo er endlich den Gasgriff weit aufdrehen kann und so recht zügig zurück nach Peguera gelangt.

Der Vermieter des Motorrades ist nicht sonderlich erfreut, als Heinrich von seinem Unfall erzählt und er die Maschine sieht. Nach Erledigung der Formalitäten für die Versicherung und nachdem er die Mietgebühr bezahlt hat, geht er ins Hotel zurück.

Es ist bereits früher Abend und er geht direkt auf sein Zimmer, meldet sich über sein Mobiltelefon bei Matthias und sie verabreden sich zum gemeinsamen Abendessen im Speiseraum des Hotels. Als er dort eintrifft, sind Matthias und Dieter schon dort.

»Seid gegrüßt, meine Freunde! Der Tisch wirkt ohne die drei Mädels ja fast verwaist.«

Dieter begrüßt ihn zuerst. »Schön, dich mal wieder zu sehen. Du musst uns nachher mal berichten, wo du überall gewesen bist. Was ist mit deinem Bein los?«

»Ich habe mich doch mit dem Motorrad hingelegt. Es war aber nicht so schlimm. Das Bein ist schon wieder auf dem Weg der Besserung und den Schaden am Motorrad übernimmt ja die Versicherung.«

»Trotzdem ein Urlaubserlebnis, auf das man gut verzichten könnte. Wir sollen dir noch schöne Grüße ausrichten, insbesondere von Bettina. Die Frauen waren echt enttäuscht, dass sie sich nicht von dir verabschieden konnten«, erzählt Matthias.

Lichtenberg geht zum Büfett und holt sich Brot, Butter, Wurst und eine Tasse Tee.

»Wie war denn euer gestriger Abend noch, und wo seid ihr gewesen?«

Dieter beginnt zu erzählen. »Wir waren erst in einem Restaurant zum Essen, und dann sind wir noch mal zum Tanzen gegangen, wo wir letztes Mal auch gewesen sind. Bettina hat wieder ihren Bauunternehmer getroffen, und so hatte sie auch eine Begleitung für den Abend.«

Matthias sieht Heinrich etwas besorgt an. »Ich hoffe, das belastet dich nicht so sehr, dass sie sich mit dem anderen Typen eingelassen hat!«

»Natürlich belastet mich das, du Witzbold, und ich wäre sicher gern an seiner Stelle gewesen. Aber ich kann mich auch in Bettina hineinversetzen und habe Verständnis für ihr Handeln. Wenn Bettina weniger attraktiv und schon über sechzig gewesen wäre und ich hätte eine attraktive Vierzigjährige getroffen, die auf mich abfährt, hätte ich wahrscheinlich auch nicht anders gehandelt. Und damit wollen wir das Kapitel abschließen.«

Dieter denkt über den nächsten Tag nach. »Ich weiß nicht, wie ihr das seht, aber ich möchte morgen gern noch mal einen Strandtag machen, mit baden und sonnen. Schließlich ist das unser letzter Tag hier, und man will sich ja gut erholen.«

»Apropos sonnen. Matthias, du hattest doch mal weiße Flecken auf deinen Händen. Mir fällt auf, dass sie kaum noch zu sehen sind«, sagt Lichtenberg.

»Du meinst sicher meine Weißfleckenkrankheit. Die von dieser Vitiligo betroffenen Stellen wurden immer größer und ich habe sie mit brauner Farbe übertätowieren lassen, weil ich die echt nervig fand.«

»Aber was ist im Winter, wenn die übrige Haut wieder

ihre Sonnenbräune verliert? Dann hast du doch braune Flecken auf den Händen.«

»Das ist kein Problem. Es gibt schließlich Sonnenstudios oder künstliches Sonnenlicht für zu Hause, in Form von UV- Lampen. Davon lässt man sich solange bestrahlen, bis die gesunde Haut wieder die richtige Bräune hat.

Die tätowierten Bereiche schirme ich beim Bestrahlen mit passgenauen Pflastern ab, die per Laser extra zugeschnitten und auf transparente Handschuhe aufgeklebt werden.«

Sie kehren auf ihre Zimmer zurück, um sich bald darauf wieder auf Heinrichs Balkon zu treffen.

»Haben wir auch genug zu trinken, Heinrich? Ich habe richtig Durst heute.«

»Keine Sorge, Dieter. Es gibt Freibier für euch, solange der Vorrat reicht. Und der reicht lange! Und Chips gibt es auch ausreichend, damit ihr euch nicht wieder darum balgen müsst.«

Matthias bringt drei Flaschen Bier und gibt den beiden eine geöffnete Flasche. Lichtenberg zündet sich wieder mal eine Zigarette an.

»Mir geht mein Beinahesturz vom Balkon noch nicht aus dem Kopf. Letzte Nacht habe ich sogar davon geträumt. Wer weiß, wie wir eines Tages mal sterben werden? Durch Krankheit, Unfall oder Altersschwäche? Ich glaube, ich möchte es nicht wirklich wissen, aber ein Unfall, bei dem man sofort tot ist, ist vielleicht nicht das Schlechteste.«

Matthias nimmt den Gesprächsfaden auf. »Ich habe mir für alle Fälle einen Organspenderausweis zugelegt. Dann ist mein Ende bei einem Unfall nicht ganz sinnlos, und ich kann über meinen Tod hinaus noch jemandem helfen, und etwas von mir lebt noch eine Weile weiter. Hast du auch einen Organspenderausweis, Dieter?«

»Nein, habe ich nicht. Ich habe mich damit auch noch nicht beschäftigt. Im Prinzip ist es mir aber egal, was mit meinem Körper nach meinem Tod passiert. Ich merke ja ohnehin nichts davon. Von mir aus können sie Hundefutter aus mir machen oder mich kopfüber in die Biotonne stecken.« Matthias schüttelt verständnislos den Kopf. »Das wäre dann doch zu pietätlos. Dein Körper hat dir schließlich lange Zeit gedient und ist doch etwas anderes, als nur ein Stück Fleisch, auch wenn du tot bist. Jedenfalls für deine Angehörigen und Freunde. Die sehen in deinem Leichnam immer noch den guten alten Dieter und wollen schließlich anständig von dir Abschied nehmen.

Dazu gehören auch ein würdiges Beerdigungsritual mit anschließendem Leichenschmaus und eine Grabstelle, die man ab und zu besuchen kann. Nicht zu vergessen die Arbeitsplätze, die z.B. in der Bestattungsbranche davon abhängen. Hast du einen Organspenderausweis, Heinrich?«

»Ja, ich bin auch ein potentielles menschliches Ersatzteillager. Ich fühle mich manchmal wie ein altes Auto, das sich langsam dem Schrottplatz nähert. Irgendwann werden mir dann die Scheinwerfer ausgebaut oder der Motor, und was nicht mehr zu gebrauchen ist, wird verbrannt und eingeschmolzen. So ganz wohl fühle ich mich aber nicht bei dem Gedanken, auf dem Operationstisch zerlegt zu werden, auch wenn ich anderen damit noch helfen kann.

Irgendwie kommt mir das vor, wie bei Frankenstein oder eine moderne Variante des Kannibalismus. Wenn man sich schon dazu bereit erklärt, sollten die Hinterbliebenen wenigstens einen finanziellen Vorteil davon haben und so zumindest die Beerdigungskosten zahlen können. Dann gäbe es sicher auch mehr Bereitschaft zum Organspenden.«

Matthias, der gerade ein neues Bier aus dem Kühlschrank geholt hat, antwortet ihm.

»Ich finde, das kann man nicht mit Kannibalismus vergleichen. Schließlich wird ein Organspender ja nicht umgebracht und aufgegessen.«

»Die Praxis in China, Hinrichtungsopfer aus Profitgier ohne ihre Einwilligung auszuschlachten, ist für mich jedenfalls tiefstes Niveau und echter Horror. Dieses Menschenschlachten hat doch nichts mit Organspende zu tun, und verrät einiges über die Wertvorstellungen in diesem Land.

Aber mal ein anderes Thema. Ich möchte über den Zeitpunkt und die Art zu sterben, selbst entscheiden, und zwar solange ich noch imstande bin, dies persönlich durchzuführen. Am liebsten wäre mir ein Ende, wie das von dem griechischen Philosophen Empedokles, der sich angeblich in den Krater des Ätna gestürzt hat. Natürlich sollte der gerade aktiv sein. Ein schneller und schmerzloser Tod, keine Leiche, keine Beerdigung und alles in allem eine saubere Sache.«

»Wir sollten demnächst unbedingt aufpassen, ob er eine Reise in eine geologisch aktive Region plant«, flüstert Dieter Matthias zu.

»Ich möchte möglichst alt werden, schon aus reiner Neugier, wie es mit der Erde und den Menschen weiter geht. Das ist doch eine große spannende Geschichte«, erzählt Matthias.

Lichtenberg reagiert verbittert. »Eine spannende

Geschichte? Wohl eher ein Horrorfilm. Ich finde, es gibt auf der Welt so viel Elend, Not und Schreckliches, dass ich mir manchmal wünsche, die Erde würde von einem riesigen Asteroiden getroffen. Damit wären alle Probleme mit einem Schlag nachhaltig gelöst.

Sieh dir doch mal an, wie rücksichts- und erbarmungslos die Menschen mit den Tieren umgehen. Vielleicht ist es besser für manche bedrohte Tierart, wenn man sie in Ruhe aussterben lässt und nicht krampfhaft für ihren Fortbestand kämpft. Wenn sie ausgestorben sind, dann können sie nicht mehr von den Menschen gequält werden und wären in Sicherheit. Im Übrigen interessieren sich die meisten Menschen doch ohnehin nicht sonderlich für die Natur. Bestenfalls für ihren eigenen Garten, den Zoo oder als Kulisse für ihren Urlaub. Ich wette, wenn ich beliebige Passanten auf der Straße vor die Wahl stellen würde, ob ein Schutzgebiet für eine kurz vor dem Aussterben stehende Gorilla Art eingerichtet werden soll, wodurch diese wahrscheinlich gerettet werden könnte oder sie stattdessen ein teures Auto geschenkt bekommen, dann würden sich die meisten für das Auto entscheiden.«

Matthias ist etwas besorgt über den Geisteszustand seines Freundes. »Ich glaube, unser Heinrich macht gerade eine depressive Phase durch. Hoffentlich wird das nicht schlimmer. Wir müssen unbedingt eine neue Frau oder Freundin für ihn finden. Ich glaube, ihm fehlt eine feste Partnerin.«

»Dieter hat ja inzwischen erfahren, dass du nach dem Urlaub mit Doris zusammenbleiben willst. Vielleicht sollte ich mich dann um deine Frau kümmern und fragen, ob sie Interesse an mir hat.«

»Ich finde, jetzt wirst du richtig ekelig, Heinrich. Die Sache liegt mir schon schwer genug im Magen, auch ohne deine blöden Anspielungen.«

»Na gut, tut mir leid. Dann sollten wir lieber ein anderes Thema wählen.«

»Man kann ja über die europäische Union viel Schlechtes sagen, aber die Möglichkeit, in jedem europäischen Land leben zu können, finde ich wirklich prima. Vielleicht sollte ich mich mal irgendwann in so einer warmen Gegend, wie hier am Mittelmeer, niederlassen«, überlegt Matthias.

Dieter äußert sich dazu. »Die Einheimischen sind bestimmt nicht glücklich darüber, wenn sich so viele Ausländer in ihrer Heimat breit machen, so schön das für den einzelnen auch sein mag. Solange du als zahlender Tourist kommst, der nach ein paar Tagen wieder verschwindet, ist das natürlich etwas anderes. In meiner Kindheit war der Anblick eines Ausländers in unserem Land noch eine kleine Sensation. Dann wurden es langsam immer mehr, ohne das man wusste, wo sie alle herkamen oder wer sie eigentlich ins Land lässt. Natürlich wurde die Bevölkerung auch nicht nach ihrer Meinung gefragt, geschweige denn an der Einwanderungspolitik beteiligt, obwohl Zuwanderung eine Gesellschaft für alle Zeit verändert und eine Menge Probleme machen kann. Viele wollen auch gar nicht in einer multikulturellen Gesellschaft leben, sondern unter Ihresgleichen bleiben. Aber einige selbsternannte Volksbeglücker an den richtigen Schalthebeln wissen anscheinend besser, was für das eigene Land gut ist. Heute prägen die Migranten in vielen Orten schon das Straßenbild, und irgendwann werden wir zur Minderheit im eigenen Land.

Wirtschaftskrisen kommen und gehen und auch eine problematische Zusammensetzung der Altersstruktur in einer Gesellschaft erledigt sich irgendwann von selbst, wenn die Jahrgänge mit den vielen Alten weggestorben sind. Aber Einwanderung aus anderen Kulturen, mit anderen Sprachen, Religionen und Wertvorstellungen, verändert eine Gesellschaft für alle Zeit.

Es wird behauptet, dass wir dringend Einwanderung brauchen, weil uns überall Fachkräfte fehlen. Die Wirtschaft verlangt immer nach mehr Fachkräften, egal wie viele Leute einwandern. Diese Zuwanderer brauchen aber selbst auch Fachkräfte für ihre medizinische Versorgung, Kindergartenplätze, Wohnungen, Handwerker, Lehrer, Verwaltung, Infrastruktur, Verkehrsmittel, Energieversorgung, Gastronomie und einiges mehr. Da beißt sich doch die Katze in den Schwanz. Wenn Arbeitskräfte fehlen, kann man ja auch mal nach anderen Lösungen suchen. Wo ist noch mehr Automatisierung möglich? Wie können Arbeitskräfte von weniger lebensnotwendigen Branchen in die wichtigeren Arbeitsplätze umgelenkt werden? Können neue Investitionen vermehrt ins europäische Ausland verlagert werden, wo gut bezahlte Jobs dringend gebraucht werden? Können steuerliche Anreize für freiwillige Mehrarbeit sinnvoll sein?

Ich bin bestimmt kein Rassist, aber ehrlich gesagt kann ich viele dieser Migranten nicht wirklich als meine Landsleute betrachten, und denen geht es umgekehrt doch genauso. Ich finde diese schleichende Invasion irgendwie unangenehm und beängstigend, und die Menschen in anderen Ländern werden das doch bestimmt ähnlich empfinden.«

Lichtenberg antwortet ihm. »Diese Angst vor Fremden ist ja durchaus normal und oft genug war diese Angst in früheren Zeiten ja berechtigt, sodass sie sich tief in unseren Gehirnen verankert hat. Ganze Völker und Kulturen sind durch Eindringlinge verdrängt, vertrieben, ausgerottet oder stark dezimiert worden, wie z.B. die Indianer Nordamerikas oder die Inkas in Südamerika und die Aborigines in Australien. Ich glaube, dass es infolge der modernen Technik, wie Internet und schnellen Verkehrsverbindungen, zu einer immer stärkeren Durchmischung der Völker kommt und es in ein paar hundert Jahren in vielen Ländern den gleichen Mix aus Hautfarben, Religionen, Sprachen und anderen soziokulturellen Eigenschaften gibt. Vielleicht ist dieser Trend zur globalen Einheitsgesellschaft sogar eine zwangsläufige und begrüßenswerte Entwicklung.«

Matthias liegt noch ein anderes Thema am Herzen. »Nächstes Jahr jährt sich zum zwanzigsten Mal der Mauerfall. Im Großen und Ganzen finde ich die Wiedervereinigung ja recht gut gelungen. Aber irgendwie habe ich die ganze Entwicklung schon vorausgeahnt, als ich die ersten Nachrichten vom Mauerfall gehört habe. Mir war klar, dass es zur Wiedervereinigung kommen würde, und dass die Bundesrepublik die DDR schlucken und ihr das eigene System überstülpen würde. Das reiche und größere Westdeutschland ist der stärkere Teil und bestimmt selbstverständlich, wo es langgeht.«

»Wie hätte es denn sonst ablaufen sollen?«, fragt Dieter.

»Ich hätte mir gewünscht, dass es nicht zur Wiedervereinigung kommt. Die Bürger der DDR hätten dann doch die Chance gehabt, einen echten demokratischen Staat aufzubauen, mit richtigen Wahlen und einer sozialen Marktwirtschaft wie in Westdeutschland.

Es hätte ein kleines, eigenständiges, europäisches Land werden können, mit Reisefreiheit, Pressefreiheit und freiem Unternehmertum, und hätte aus sich selbst heraus eine starke, funktionierende Wirtschaft aufbauen können. Als Bürger eines eigenen Staates hätten die Ossis doch viel respektabler und selbstbewusster dastehen können, als jetzt.

Stattdessen wurde ihr Land ein armes Anhängsel von Westdeutschland, und viele Wessis, die früher glühende Anhänger der Wiedervereinigung waren, beschweren sich, dass sie nun dafür bezahlen sollen.

Ich finde, es wäre interessant zu beobachten gewesen, wie sich die beiden Deutschlands parallel entwickeln und wo man schließlich lieber leben würde. Es gäbe dann eine Alternative und einen Wettbewerb zwischen beiden Ländern, um die besseren Lebensbedingungen.«

Die drei Freunde unterhalten sich noch bis weit nach Mitternacht und trinken reichlich Bier dabei. Lichtenberg erzählt auch, was er auf seiner Motorradtour alles erlebt und gesehen hat und wie es zu seinem Unfall mit dem Motorrad kam. Den nächsten Tag verbringen sie gemütlich mit Baden und Entspannen am Strand und gehen abends noch mal in einen Tanzclub in Peguera.

Montagmittag fliegen sie wieder nach Hamburg zurück. Lichtenberg holt sein Auto aus dem Parkhaus am Flughafen und setzt seine Freunde wohlbehalten zu Hause ab.

Als er in seine Villa zurückkommt, findet er alles unverändert vor. Er nimmt die Post und die Zeitungen aus dem Briefkasten, zieht das Gewicht der Pendeluhr nach oben, das sich dem Fußboden schon dicht angenähert hatte, und brüht sich einen starken Kaffee auf, den er zusammen mit einer Zigarette auf seiner Terrasse genießt. Alles in allem war es ein schöner Urlaub, denkt er sich, und morgen will er den Rasen mähen.

ANTIQUITÄTEN-
LADEN IN EMDEN

Donnerstag, 30. September. Als Lichtenberg aufwacht, fühlt er sich gut erholt und ist bei bester Laune. Nach einer Kanne Kaffee und drei Zigaretten, die er bei der Zeitungslektüre verbraucht hat, mäht er wie geplant den Rasen und nimmt anschließend eine Dusche.

Beim Gang durch sein Wohnzimmer fällt sein Blick auf die Pendeluhr. Sie geht drei Minuten vor, und Lichtenberg stellt die Zeiger auf die richtige Zeit zurück. Dann hält er das Pendel an, um noch einmal die Inschrift zu lesen. Die Schrift verschwimmt vor seinen Augen und Lichtenberg verliert das Bewusstsein. Nach einer Weile kommt er wieder zu sich. Das Pendel der Uhr schwingt wieder hin und her.

»Vielleicht sollte ich mich in Zukunft doch etwas mit dem Alkohol und den Zigaretten zurückhalten. Diese Ohnmachtsanfälle sind schon beängstigend, auch wenn sie nicht lange anhalten. Oder hat das Ganze doch etwas mit der Uhr zu tun? Möglicherweise habe ich im Unterbewusstsein Befürchtungen, dass an diesem Zauber etwas dran ist und diese Angst zu sehr verinnerlicht. So eine Art Selbsthypnose oder ein Placeboeffekt. Jedenfalls etwas in der Art.«

Lichtenberg beschließt, erneut nach Emden zu fahren, um dem Verkäufer in dem Antiquitätenladen noch mehr Informationen über diese ominöse Pendeluhr zu entlocken.

Am Nachmittag trifft er dort ein und betritt das Geschäft. Von dem alten Mann, der ihm die Uhr verkauft hat, ist nichts zu sehen. Eine Frau, um die fünfzig, kommt auf ihn zu und spricht ihn freundlich an.

»Guten Tag! Kann ich etwas für Sie tun, oder möchten Sie sich in Ruhe umsehen?«

»Ich habe hier vor einiger Zeit eine Pendeluhr gekauft und würde mich gern noch mal mit dem älteren Herrn unterhalten, der mich derzeit bedient hat.«

»Das war mein Onkel. Er ist heute leider nicht da, weil er sich nicht wohl fühlt. Kommen Sie doch morgen noch mal vorbei. Dann treffen Sie ihn bestimmt an. Ich kann Ihnen aber auch sagen, dass wir für diese alten Uhren keine Garantie übernehmen.«

»Nein, darum geht es nicht. Die Uhr funktioniert noch. Eventuell können Sie mir ja weiterhelfen. Auf der Uhr soll ein Zauber liegen und ich habe diesen leichtfertigerweise heraufbeschworen. Jetzt möchte ich wissen, ob man ihn wieder rückgängig machen kann.«

Die Verkäuferin lacht. »Wollen Sie mich auf den Arm nehmen? Wir leben im einundzwanzigsten Jahrhundert, und Sie glauben an Zauberei?«

»Ich glaube nicht wirklich daran. Vermutlich ist das Ganze nur ein psychologisches Problem, aber wenn ich die Sache irgendwie wieder loswerde, spare ich mir doch den Therapeuten. Außerdem sind heutzutage doch viele Menschen noch abergläubisch oder esoterisch angehaucht. Das ist doch nichts Ungewöhnliches.«

»Da haben Sie auch wieder recht. Ich kann Ihnen dazu jedenfalls nichts sagen. Kommen Sie morgen einfach noch mal vorbei oder rufen Sie hier an. Ich gebe Ihnen die Telefonnummer.«

Lichtenberg bedankt sich und verlässt das Geschäft. Soll er wieder nach Hause fahren und den Antiquitätenhändler morgen anrufen? Er beschließt, wenn er schon mal in Emden ist, eine Nacht in einem Hotel zu verbringen und im Laufe des nächsten Tages zurückzufahren. So kann er hier vielleicht noch etwas Interessantes unternehmen. Zu Hause gibt es ja keine wichtigen Termine. Er macht einen Spaziergang durch die Innenstadt und setzt sich dann an einen Tisch vor dem Café des Landesmuseums, wo er Milchkaffee und Kirschkuchen mit Sahne bestellt. Nach dem Kuchen raucht Lichtenberg eine Zigarette, trinkt den restlichen Kaffee aus und besichtigt dann das Museum.

Interessiert betrachtet er die umfangreiche Waffensammlung, in der historische Verteidigungswaffen zu bewundern sind. Auch die Gemäldesammlung findet sein Interesse, sowie die Hafen- und Bootsmodelle und eine schaurig schöne Moorleiche, von der allerdings nicht mehr viel übrig ist. Dann steigt er noch auf den Rathausturm und sieht sich die Stadt, den Hafen und die Wallanlagen von oben an. Als das Museum um achtzehn Uhr schließt, setzt Lichtenberg seinen Spaziergang durch die Stadt fort, und gegen zwanzig Uhr nähert er sich langsam seinem Hotel.

Er will sich in der Nähe ein Restaurant fürs Abendessen suchen und sich anschließend noch einen Film im Fernsehen ansehen. Er zündet sich eine Zigarette an.

In einiger Entfernung sieht er ein paar Leute stehen, die

anscheinend eine lautstarke Unterhaltung führen. Nach ein paar Sekunden wird ihm allerdings klar, dass dies keine harmlose Unterhaltung ist, sondern ein Überfall.

Zwei Männer bedrängen eine Frau, und einer der Räuber hat ein Messer in der Hand. Sie fordern Geld, Handy und die Uhr von der verängstigten Frau. Der Mann mit dem Messer schlägt ihr mit der Hand auf den Kopf, und sie beginnt zu weinen und zu schluchzen.

Lichtenberg pirscht sich vorsichtig an, wobei er die Häuserwände so gut es geht als Deckung ausnutzt. Bald hat er sich bis auf wenige Meter den Männern genähert, die ihn immer noch nicht entdeckt haben. Er geht zügig auf einen der Männer zu, der ihm den Rücken zuwendet und bisher mehr der beobachtende Mittäter ist. Er drückt seine glühende Zigarette in den Nacken des Mannes. »Aaaaahhh!«, schreit der Mann vor Schmerz, greift sich mit der Hand in den Nacken und dreht sich um. Lichtenberg verpasst ihm einen kräftigen Fausthieb in den Magen. Der Mann stöhnt und hält sich gekrümmt vor Schmerz den Bauch.

Der Haupttäter geht mit dem Messer auf Lichtenberg los, der schützend seinen rechten Arm nach oben hält. Er verspürt einen heftigen Schmerz in seinem Unterarm, der offenbar von dem Messer getroffen wurde. Ohne zu zögern versetzt Lichtenberg dem Angreifer mit der ganzen Kraft seines linken Armes einen Fausthieb ins Gesicht. Der Mann fällt zu Boden und bleibt regungslos liegen. Der andere Übeltäter sucht inzwischen sein Heil in der Flucht.

Lichtenberg konnte allerdings sein Gesicht erkennen. Der von dem Messer getroffene Arm blutet. Lichtenberg zieht seine Jacke aus und nimmt ein Taschentuch, das er auf die Wunde drückt. Dann sieht er die Frau an, die bleich vor Schreck und zitternd neben ihm steht. Es ist die Nichte des Antiquitätenhändlers, die er heute in dem Geschäft gesprochen hat.

»So sieht man sich wieder. Wie geht es Ihnen?

Die Frau scheint sich langsam wieder zu fangen und antwortet mit leicht zittriger Stimme.

»Alles in Ordnung, danke! Aber was ist mit Ihnen?«

»Mir geht es auch gut, bis auf den kleinen Kratzer.«

Inzwischen ist ein vorbeikommendes Pärchen aufmerksam geworden und beobachtet die Szenerie. Lichtenberg bittet die beiden, die Polizei zu verständigen. Die junge Frau holt ihr Mobiltelefon aus der Tasche und telefoniert. Dann bleibt sie mit ihrem Freund in einiger Entfernung stehen und wartet ab. »Kennen Sie die Männer, oder sind die Ihnen zufällig über den Weg gelaufen? Ich heiße übrigens Heinrich Lichtenberg.«

»Maike Janssen! Ich komme gerade aus dem Geschäft meines Onkels, und vielleicht sind sie mir von da aus gefolgt.«

Nach ein paar Minuten kommt ein Polizeiauto vorbei. Die Beamten sehen sich erst den am Boden liegenden Mann an, dem etwas Blut aus der Nase und dem Mund läuft, und rufen dann einen Krankenwagen. Dann fragen sie Heinrich und Maike, was vorgefallen ist. Er schildert das Geschehen, soweit er es beobachten konnte und miterlebt hat. Die Polizei nimmt Maike Janssen mit aufs Revier, damit sie ihre Aussage machen und Anzeige erstatten kann. Heinrich wartet auf den Krankenwagen, der den bewusstlosen Mann mitnimmt.

Ein Sanitäter bleibt hinten im Fahrzeug bei dem

Patienten, und Lichtenberg fährt zusammen mit dem anderen Polizeibeamten in dem Krankenwagen mit in die Klinik, um sich dort den Arm versorgen zu lassen.

Dann nimmt er sich ein Taxi und fährt auch zu dem Polizeirevier, um seine Aussage zu machen. Maike ist schon fertig und wartet auf ihn. Ein Polizeibeamter zeigt Lichtenberg einige Fotos von vorbestraften Gewalttätern, und er erkennt den geflohenen Angreifer sogleich.

»Die beiden sind alte Bekannte von uns. Wir haben immer mal wieder mit ihnen zu tun, bis sie dann für einige Zeit im Gefängnis verschwinden und anschließend so weiter machen, als wäre nichts gewesen«, erzählt der Beamte.

Lichtenberg verlässt zusammen mit Maike Janssen das Polizeigebäude und lädt sie zum Essen ein, um sich noch etwas mit ihr zu unterhalten. Sie ist einverstanden und führt ihn zu einem ihr gut bekannten Restaurant. Allerdings stellt sie die Bedingung, dass sie die Rechnung begleichen darf, als kleines Dankeschön für ihn.

Im Restaurant werden sie von einem Kellner an einen kleinen Tisch am hinteren Ende des Raumes geführt. Der Kellner bringt die Speisekarte und fragt nach den Getränkewünschen, bevor er die Kerze auf dem Tisch anzündet. Maike bestellt sich einen Weißwein und Heinrich ein Bier. Maike zeigt auf ein Gericht auf der Speisekarte. »Ich empfehle Ihnen das Schollenfilet. Das ist wirklich ausgezeichnet.«

»Ich verlasse mich auf Sie. Aber wollen wir nicht du zueinander sagen, wo wir doch schon so viel zusammen durchgemacht haben? Ich, als der ältere, darf das schließlich anbieten.«

»Gern, Heinrich! Ich verstehe nicht, warum diese

Verbrecher so mild bestraft werden. Die bekommen großzügige Bewährungsstrafen oder sind schon nach ein paar Monaten wieder auf freiem Fuß und machen dann munter so weiter wie bisher.«

»Was sollen sie auch anderes machen? Vermutlich haben diese Gauner nichts anderes gelernt, als Leute auszurauben oder zu bestehlen. Ich vermute auch, dass hinter den vergleichsweise geringen Strafen ein System steckt. Das ist doch ein großes Arbeitsbeschaffungsprogramm für Polizisten, Staatsanwälte, Rechtsanwälte, Richter und Verteidiger sowie alle, die von Verbrechen profitieren. Die Verbrecher bekommen eine milde Strafe, die sie kaum abschreckt und nicht allzu lange von ihrem illegalen Einkommenserwerb fernhält.

Dann braucht man genug Polizisten, um sie wieder einzufangen und Richter, um sie wieder zu verurteilen, und natürlich gute Strafverteidiger, damit die neuen Strafen möglichst auch wieder gering ausfallen. Die Verbrechensopfer brauchen Ersatz für die ihnen geraubten Sachen und schaffen so Nachfrage, z.B. bei Handys und Handtaschen, und eventuell benötigen sie eine psychologische Betreuung, was Arbeit für die Therapeuten bedeutet. Manch einer besorgt sich Einbruchssicherungen, Alarmanlagen, Pfefferspray und Schreckschusswaffen oder macht einen Selbstverteidigungskurs. Ich glaube, die Fahrzeughersteller sind auch nicht wirklich begeistert über die elektronischen Wegfahrsperren und andere technische Entwicklungen, die den Autodiebstahl erschweren. Je mehr Wagen gestohlen werden und auf Nimmerwiedersehen verschwinden, desto höher ist der Ersatzbedarf und sie können mehr Autos verkaufen.

Die bestohlenen Autobesitzer sind ohnehin meistens versichert und haben keinen finanziellen Schaden. Nur die Versicherungsgebühren steigen etwas an. Von der Kriminalität hängen tausende von Arbeitsplätzen ab, und im Grunde hat kaum jemand ein Interesse daran, dass Verbrecher lange von der Gesellschaft ausgeschlossen werden.«

»So habe ich das noch nicht gesehen. Ich habe jedenfalls ein großes Interesse daran, dass diese Männer möglichst lange hinter Gitter wandern. Der Staat hat schließlich das Gewaltmonopol, und seine wichtigste Funktion ist, die Sicherheit der Bevölkerung vor äußeren und inneren Feinden zu schützen. Da gibt er sich oft nicht genug Mühe.«

Der Kellner bringt die Getränke, und die beiden bestellen sich Schollenfilet mit Reis und diversen Salatbeilagen.

»Ich hoffe, deine Familie wird nicht ungeduldig, wenn du heute nicht gleich nach Hause kommst. Auf mich wartet ja niemand.«

»Auf mich wartet auch niemand. Da brauchst du kein schlechtes Gewissen zu haben. Ich würde jetzt sowieso nur vor dem Fernseher sitzen.«

»Bist du denn geschieden, oder ist dein Mann gestorben? Entschuldige bitte, wenn ich zu indiskret werde. Dann sag es ruhig und wir wechseln das Thema. Meine Frau ist vor ein paar Jahren bei einem Verkehrsunfall umgekommen, und ich habe nur noch meine Tochter und meine Enkeltochter, die ich sehr liebe, die allerdings nicht bei mir wohnen.«

Maike zögert mit der Antwort und nimmt einen Schluck aus dem Weinglas. »Ich war nie verheiratet und habe auch keine Kinder.«

»Das ist doch heutzutage nichts Besonderes. Viele bleiben ihr Leben lang Single und fühlen sich sogar wohl dabei. Ohne Familie bleibt mehr Zeit für die berufliche Karriere oder reisen.«

Maike wird etwas rot im Gesicht, bevor sie antwortet. »Ich weiß, aber ich hatte bisher noch nie einen Partner oder Freund. Ich habe noch nie mit einem Mann geschlafen und auch nicht mit einer Frau. Findest du das immer noch normal?«

Lichtenberg sieht sie überrascht an und nimmt dann einen großen Schluck Bier aus seinem Glas, um Zeit für die Antwort zu gewinnen.

»Damit habe ich nun wirklich nicht gerechnet. Du bist eine sehr attraktive und sympathische Frau und müsstest doch viele Bewerber gehabt haben. Hast du keinen Spaß am Sex oder vielleicht sogar Ekel davor oder was ist der Grund?«

»Ich hatte viele Angebote und einige hartnäckige Verehrer, die mich sogar heiraten wollten. Aber ich bin in dieser Hinsicht einfach zu verklemmt und habe Angst davor, mit einem Mann zu schlafen. Deshalb habe ich immer den Kontakt abgebrochen, wenn es ernst wurde und mich irgendwann sehr zurückgezogen. Ich bin dann auch nicht mehr ausgegangen. Und nun bin ich zweiundfünfzig Jahre alt, und es ist zu spät. Heutzutage dreht sich kein Mann mehr nach mir um und ich habe mir oft gewünscht, ich wäre damals etwas mutiger gewesen, weil ich im Grunde ja das Bedürfnis nach leidenschaftlicher Liebe und Sex habe.

Aber so ist das mit verpassten Gelegenheiten. Man kann die Zeit nicht zurückdrehen und in ein paar Jahren ist man sowieso tot. Was spielt es da noch für eine Rolle, wie man gelebt hat? Der Tod ist der große Gleichmacher. Ob man sein Leben in vollen Zügen ausgekostet oder asketisch in einem Kloster verbracht hat, spielt dann keine Rolle mehr. Es sei denn, man glaubt an ein Leben nach dem Tode, himmlische Bestrafung der Sünden oder etwas in der Art.«

Der Kellner bringt das Essen und sie bestellen sich noch Wein und Bier.

»Du hattest recht. Es schmeckt wirklich köstlich. Es ist besser, sich auf die Gegenwart zu konzentrieren, und den Moment auszukosten. Erinnerungen können auch schön sein, aber letztlich sind sie nur ein blasses Echo früherer Erlebnisse. Nach neurologischen Erkenntnissen dauert das, was wir bewusst als Gegenwart erleben, etwa drei Sekunden lang. Bist du in Emden geboren?«

»Ja, ich stamme aus Emden, bin hier zur Schule gegangen und habe hier auch eine Ausbildung im Einzelhandel gemacht. Normalerweise arbeite ich in einem Schuhgeschäft, nur ab und zu helfe ich meinem Onkel in seinem Antiquitätengeschäft aus.

Er will, dass ich es mal übernehme, wenn er gar nicht mehr kann. Meine Mutter ist schon lange tot und mein Vater lebt im Altenheim. Ich wohne in einer kleinen Mietwohnung in der Nähe, und gehe hier ab und zu allein Essen, wenn mir danach ist.«

»Ich wohne in Braunschweig und habe als Ingenieur für einen Autokonzern gearbeitet. Ich lebe ansonsten auch allein, ohne mich dabei einsam zu fühlen, und versuche, mein Leben zu genießen. Ich finde, das könntest du auch noch, denn mit zweiundfünfzig ist man noch nicht so alt. Wenn du jetzt zweiundsiebzig wärst, würde ich sagen, dass die Zeit langsam knapp wird.«

Maike muss lachen. »Das würde ich allerdings auch sagen.«

»Auf die Liebe!« Lichtenberg hebt auffordernd sein Glas zum Anstoßen, und als sich die Gläser berühren, erklingt das Weinglas wie ein gut gestimmtes Glöckchen. Lichtenberg sieht ihr lächelnd in die Augen.

»Zu diesem Trinkspruch gehört natürlich ein kleines Küsschen.« Er beugt sich vor und gibt ihr vorsichtig einen kurzen Kuss auf den Mund. Sie erwidert den Kuss nicht, lässt ihn aber geduldig gewähren.

»Das war jetzt rein freundschaftlich, und du musst dir nichts weiter dabei denken.«

Die beiden bleiben noch eine Weile sitzen und unterhalten sich, bis Lichtenberg sie zu Fuß zu ihrer Wohnung begleitet. Sie gehen langsam durch die kühle Abendluft, er hakt sich bei ihr unter und raucht mit ihrer Erlaubnis eine Zigarette. Nach ein paar Minuten kommen sie bei ihrer Wohnung an.

»Danke für den schönen Abend und die heldenhafte Rettung. Vielleicht sehen wir uns ja mal wieder. Ich arbeite morgen dann in dem Schuhgeschäft und nicht in dem Antiquitätenladen. Auf Wiedersehen!«

»Ich danke dir auch für den schönen Abend und hoffe auch sehr, dich bald mal wieder zu sehen. Schlaf gut und bis bald mal.«

Lichtenberg wendet sich ab und will gehen, als sie ihn noch mal anspricht. »Vielleicht hast du ja Lust, noch mal kurz auf einen Kaffee mit rauf zu kommen, und dir meine Wohnung anzusehen.«

»Das würde ich gern, wenn es dir nicht zu spät wird, weil du ja morgen arbeiten musst.«

»So viel Schlaf brauche ich nicht. Das geht schon in Ordnung.«

Er folgt ihr durch das Treppenhaus bis in die oberste Etage. Ihre Wohnung ist hell und gemütlich eingerichtet. Ihm fällt das große Regal mit den vielen Büchern ins Auge. Auch eine kleine Sammlung von DVDs und Musik CDs findet dort ihren Platz. Maike ist in die Küche entschwunden und kocht Kaffee. Sie ruft ihm von dort zu.

»Wie trinkst du deinen Kaffee, Heinrich?«

»Mit viel Vollmilch und ohne Zucker!«

Maike bringt Tassen und Milch und stellt alles auf den Wohnzimmertisch. Dann geht sie wieder in die Küche zurück. Lichtenberg sieht sich im Wohnzimmer um und wirft dann einen Blick auf die Filme im Regal. Es sind überwiegend Komödien und Liebesfilme.

»An der Filmsammlung sieht man sofort, dass hier eine Frau wohnt. Viel Romantik und wenig Action!«

»Es gibt eben doch gewisse Unterschiede zwischen Männern und Frauen. Hast du denn einen Lieblingsfilm, Heinrich? Meiner ist ›Über den Dächern von Nizza‹, mit Grace Kelly und Cary Grant.«

»Das ist wirklich ein sehr guter Film. Mein Lieblingsfilm ist ›Twelve Monkeys‹, von Terry Gilliam. Den habe ich bestimmt schon zwanzigmal gesehen.«

»Den Film kenne ich leider nicht. Leg ruhig etwas Musik auf, wenn du möchtest!«

Er wählt eine CD mit Filmmusik, ›The pink panther‹, von Henry Mancini. Maike bringt den Kaffee, und sie trinken ihn, während sie einen Moment still der Musik lauschen.

»Du hast ja ein riesiges Dachfenster. Da würde ja jedem

Astronomen das Herz höher schlagen, bei der Aussicht. Heute ist es auch noch sternenklar. Hast du was dagegen, mal das Wohnzimmerlicht für einen Moment auszumachen? Vielleicht erkennen wir ein paar Sternbilder wieder.«

»Was hast du denn für ein Sternzeichen, Heinrich?«

»Ich bin Skorpion. Ich habe mir vor einiger Zeit sogar einen Skorpion auf den rechten Unterarm tätowieren lassen. Bei der heutigen Messerattacke hat er einen Stich in seinen Rücken abbekommen.«

»Darf ich die Tätowierung mal sehen?«

»Im Moment ist sie leider unter dem Verband verschwunden, aber ich zeige sie dir später gern einmal.«

Lichtenberg schaltet das Wohnzimmerlicht aus und bittet Maike zu sich, um sich mit ihr gemeinsam den Sternenhimmel anzusehen. Er zieht sie dicht an sich heran, nimmt ihren ausgestreckten Arm und zeigt damit auf einige Sterne am Himmel. »Da ist das Sternbild des Löwen.«

»Wo denn? Ich sehe da nur einen Haufen Sterne. Da braucht man schon viel Fantasie, um darin einen Löwen zu erkennen.«

»Es ist aber das Sternbild. Am leichtesten findet man noch den großen Wagen oder, wie das Sternbild in anderen Ländern genannt wird, die große Schöpfkelle. Siehst du? Da! Und wenn man die hintere Seite des Wagens fünf Mal verlängert, dann kommt man zu Polaris, dem Polarstern, der immer genau im Norden steht. Und da ist der Krebs, und jetzt krabbelt er dir in den Nacken.«

Heinrich küsst Maike von hinten auf den Hals. Er hat erwartet, dass sie über seinen kleinen Scherz lacht oder sich mit gespieltem Schrecken aus seinen Armen windet, aber sie macht gar nichts und bleibt regungslos stehen.

Er küsst weiter ihren Hals und merkt, dass ihr Atem tiefer wird und sie ihre Augen schließt. Dann küsst er sie innig auf den Mund und sie erwidert seinen Kuss heftig. Lichtenberg öffnet ihre Bluse, und sie lässt es bereitwillig geschehen. Nach ein paar Minuten hat er sie ganz ausgezogen, während sie sich immer noch küssen. Sie stehen eine Weile eng umschlungen da und er streichelt sanft ihren Körper. Dann trägt er sie auf seinen Armen ins Schlafzimmer, und sie verbringen eine leidenschaftliche Liebesnacht zusammen, bis sie erschöpft nach Stunden aneinandergekuschelt einschlafen.

1. Oktober, Mittwoch. Um sieben Uhr wird Lichtenberg wach, weil er klappernde Geräusche aus der Küche vernimmt. Maike ist schon aufgestanden und macht Frühstück. Er steht auch auf und begrüßt sie.

»Guten Morgen, meine Geliebte. Hast du gut geschlafen?«

»Guten Morgen, mein Geliebter. Ich habe wunderbar geschlafen und bin glücklich. Ich danke dir für die letzte Nacht. Ich fand es sehr schön mit dir.«

»Ich danke dir auch und fand es auch sehr schön.«

Die zwei frühstücken zusammen, verlassen gemeinsam die Wohnung und verabschieden sich voneinander. Maike muss zur Arbeit und Heinrich geht in sein Hotelzimmer, um sich noch etwas hinzulegen. Dann bezahlt er die Rechnung und fährt zum Antiquitätengeschäft, das inzwischen geöffnet hat. Als er den Laden betritt, sieht er den alten Mann im hinteren Bereich des Geschäftes auf einem Stuhl an einem Schreibtisch sitzen. Als er merkt, dass jemand

hereingekommen ist, steht er auf und begrüßt Lichtenberg.

»Guten Morgen! Was kann ich für Sie tun?«

»Guten Morgen! Ich war gestern schon mal hier und
habe dabei Ihre Nichte kennengelernt. Es geht um die
Pendeluhr, die ich bei Ihnen gekauft habe. Ich weiß nicht,
ob Sie sich noch an mich erinnern.«

»Ja, ich entsinne mich. Sie waren zusammen mit einer
jungen Frau und einem kleinen Mädchen hier. Ist etwas
mit der Uhr nicht in Ordnung?«

»Es geht um den angeblichen Zauber, der in der Uhr
steckt. Ich habe es so gemacht, wie Sie es mir erklärt haben.
Ich glaube eigentlich nicht an so einen Humbug, aber ich
dachte, es kann ja nichts schaden, wenn mein Herz so
lange

schlägt, wie das Pendel der Uhr in Bewegung bleibt.
Solche Uhren sind ja bekanntlich recht haltbar. Aber jetzt
habe ich jedes Mal, wenn das Pendel angehalten wird,
das Gefühl, dass mein Herz stehen bleibt, und ich werde
bewusstlos. Deshalb möchte ich diesen Zauber gern wieder rückgängig machen.«

»Ich verstehe, was Sie meinen. Das ist natürlich eine
unangenehme Sache. Und Sie sind sicher, dass Ihre Beschwerden mit der Uhr zu tun haben?«

»Im Grunde kann ich es mir nicht vorstellen, aber es
ist vielleicht wie mit den Voodoopuppen. Wenn der Betroffene fest an einen Zusammenhang zwischen der Puppe
und sich glaubt und er weiß, dass die Puppe mit Nadeln
gestochen wird, dann verspürt er tatsächlich die Nadel-
stiche, die der Puppe beigebracht werden.

Mit dem Glauben ist das auch so eine Sache. Ein

religiöser Mensch sieht überall das Wirken Gottes, und ein Atheist sieht das Walten der Naturkräfte. Ich zähle normalerweise zu der zweiten Kategorie von Menschen, aber hier spielt mir wohl mein Unterbewusstsein einen Streich. Also, gibt es ein Gegenmittel gegen diesen eingebildeten oder echten Zauber oder nicht?«

»Ja, den gibt es. Danach besitzt die Uhr aber keine Zauberkräfte mehr. Sie müssen den Spruch auf der Uhr wieder dreimal aufsagen, ohne das Pendel anzufassen, und die Uhr gleichzeitig mit dem Blut eines frisch geköpften Hahnes besprenkeln. Dann ist der Zauber gebrochen.«

»Muss es eine bestimmte Rasse sein oder ist das egal?«

»Das weiß ich nicht. Aber ich glaube, die Rasse spielt keine Rolle. Weil Sie mir sympathisch sind und mit der Uhr solche Probleme hatten, schenke ich Ihnen noch einen magischen Hut. Wenn Sie einen bestimmten Tag im Leben vergessen möchten, dann schreiben Sie mit Ihrem Blut das Datum auf den Hut und verbrennen ihn dann. Am nächsten Tag, bzw. nach einem längeren Schlaf, sind dann die Erinnerungen an diesen Tag für immer aus Ihrem Gedächtnis gelöscht.«

»Langsam werden Sie mir unheimlich. Vielen Dank, und vielleicht sehen wir uns ja bald wieder, wenn ich Ihre Nichte besuche.«

Lichtenberg verlässt das Antiquitätengeschäft und fährt noch kurz zu dem Schuhgeschäft, in dem Maike arbeitet, und verabschiedet sich von ihr. Er will sie morgen anrufen und vielleicht ein Treffen am Wochenende verabreden.

Er begibt sich auf den Heimweg. Kurz bevor er zu Hause ankommt, fährt er durch ein Dorf und sieht neben der Straße einen Garten, in dem eine Menge Federvieh herumläuft. Er hält an und fragt die Frau an der Tür des dazugehörenden Gehöftes, ob er hier einen Hahn kaufen kann.

»Das ist natürlich möglich. Kommen Sie mal mit.«

Sie führt ihn in den Garten, wo viele Gänse, Enten und Hühner um die Wette schnattern und gackern.

»Wir haben hier in diesem Käfig ein paar jüngere Hähne. Suchen Sie sich einen aus.«

Lichtenberg sieht sich die munteren Vögel aus der Nähe an und kann keinen Unterschied zwischen ihnen erkennen.

»Was geschieht mit den Tieren?«

»Na, die werden verkauft und geschlachtet, was sonst?«

»Geben Sie mir irgendeinen, den Sie zuerst erwischen können.«

Die Frau geht in den Käfig, und nach ein paar Sekunden hat sie einen Vogel geschnappt. Sie steckt den protestierenden Zeitgenossen in einen Stoffbeutel und Lichtenberg bezahlt. Er bedankt sich für die Mühe und setzt seine Fahrt mit dem neuen Passagier fort.

Zu Hause angekommen, lässt er den Hahn erst mal im Geräteschuppen frei. Er legt den Hinrichtungstermin auf den morgigen Tag, vor Sonnenaufgang, und stellt als Henkersmalzeit eine Schale mit Brotstückchen, die er in Bier getränkt hat, in den Schuppen. Dann setzt er sich mit einer Flasche Bier auf die Terrasse und raucht eine Zigarette.

Donnerstag, 2. Oktober. Am Morgen holt Lichtenberg ein Beil aus dem Keller und legt es auf einen Holzhocker, den er unter der Pendeluhr platziert hat. Dann nimmt er einen Schluck aus dem Kaffeebecher, der ihn häufig, solange er noch Kaffeedurst verspürt, überall auf seinem Grundstück bei seinen Aktivitäten begleitet.

Die Milch ist ihm heute ausgegangen, und so muss er seinen Morgenkaffee heute mal schwarz trinken. Da ihm schwarzer Kaffee aber zu bitter schmeckt, hat er ihn mit reichlich Zucker versüßt. Er stellt die Tasse neben dem Hocker auf den Boden.

Es ist kurz vor sieben Uhr, und es ist schon recht hell, obwohl die Sonne noch nicht aufgegangen ist. Lichtenberg holt den Todeskandidaten aus dem Verschlag und hält ihn kopfüber an den Beinen fest. Er legt das Tier rücklings auf den Hocker und nimmt die Axt in die Hand. Mit der anderen Hand hält er den Vogel an den Beinen.

Das Tier weiß natürlich nicht, was mit ihm geschieht und sieht ihn fragend mit seinen kleinen Augen an. Lichtenberg legt die Axt weg und zieht sich mit einer Hand einen Schuh und den Socken aus und stülpt den Socken über den Kopf des Tieres, das nun nichts mehr sieht und ruhig daliegt. Dann schlägt er ihm mit der Axt den Hals durch.

Der Körper des Vogels beginnt heftig zu zappeln, und Lichtenberg hat Mühe, ihn festzuhalten. Er hält den blutenden Hals des Hahnes über die Pendeluhr und das Blut läuft über die Glocke, die Zahnräder, das Ziffernblatt und das Pendel, bevor es auf den Parkettboden tropft. Lichtenberg spricht die Worte: »Aetas volat, aetas volat, aetas volat!«

Der immer noch zappelnde Vogel hat sich losgerissen und rennt nun kopflos durch Lichtenbergs Wohnzimmer, wobei er sein Blut überall auf seinem Weg verspritzt. Lichtenberg läuft ihm hinterher. Der Vogel liegt verendet in der Küche. Lichtenberg setzt sich erschöpft auf einen Stuhl und starrt den toten Hahn an. Er könnte das Tier ja zubereiten und zum Mittag braten, aber irgendwas sträubt sich in ihm dagegen. Er nimmt den toten Vogel und den abgetrennten Kopf und vergräbt beides im hinteren Bereich seines Gartens. Dann wischt er das Blut in seinem Wohnzimmer auf.

Lichtenberg fragt sich, ob das Blut wohl längere Zeit auf die Uhr einwirken muss. Aber dann würde es fest werden und ginge nur schwer wieder ab.

Ob der Zauber schon seine Wirkung verloren hat? Es gibt nur einen Weg, sich Gewissheit zu verschaffen. Er hält das Pendel an. Nichts geschieht. Kein Schwindelgefühl, keine Ohnmacht. Lichtenberg ist erleichtert und nimmt die Uhr von der Wand. In der Badewanne spült er das Blut von der Uhr und hängt sie dann wieder an ihren Platz.

Er nimmt die Kaffeetasse, die er neben den Hocker gestellt hat, und trinkt den inzwischen kalt gewordenen Kaffee schnell aus. Er stellt einen ungewöhnlichen Nachgeschmack fest und sieht einige Blutspritzer an der Innenseite der Tasse. Offenbar war etwas Blut von dem Hahn in die Tasse getropft.

»Kaffee mit Blut und Zucker! Ist doch mal eine ganz neue Geschmacksrichtung.«

TAGE DES SCHMERZES

2. Oktober, 10.00 Uhr. Das Telefon klingelt und Matthias ist in der Leitung. Er erkundigt sich, ob er abends mal vorbeikommen kann, und sie verabreden sich für zwanzig Uhr. Lichtenberg ruft Tobias Neumann an, der die Stellung im Büro der German Road Patrol hält.

Tobias ist froh, mal wieder von ihm zu hören und sagt, dass alles in Ordnung ist. Sie verabreden sich zum gemeinsamen Mittagessen. Zur vereinbarten Zeit um 13.30 Uhr wartet Tobias bereits vor dem Restaurant.

»Hallo Tobias! Schön, dich mal wieder zu sehen.«

»Hallo, Herr Lichtenberg! Ich habe uns schon zwei Plätze reserviert, weil es um die Zeit immer recht voll ist.«

Der Kellner weist ihnen den Weg zu den reservierten Plätzen. Lichtenberg bestellt sich eine Cola und Tobias ein Mineralwasser.

»Erzähl mal, was es Neues gibt, Tobias.«

»Es gehen regelmäßig Hinweise auf Verkehrsprobleme wie gefährliche Kreuzungen, Einmündungen, Übergänge usw. ein. Ich sammle die alle und versuche, die wichtigsten herauszufiltern. Dann gibt es Vorschläge, was man tun könnte, um die Gefahrenpunkte zu entschärfen. Wir haben auch ein gewisses Spendenaufkommen, aber damit kann man keine Berge versetzen. Ich kann ja auch nicht allein entscheiden, was wir jetzt konkret unternehmen wollen.«

»Wir sollten nächsten Samstag um achtzehn Uhr mal wieder eine Vereinssitzung bei mir zu Hause abhalten und ein paar konkrete Projekte beschließen. Informiere bitte heute noch die Vereinsmitglieder.«

Nach dem Essen begleitet er Tobias noch ins Büro und sieht sich die Homepage des Vereins und einige E-Mails sowie fertig gedruckte Prospekte mit Verkehrssicherheitstipps an, die sie auf Nachfrage an Interessierte und alle Spender schicken wollen. Dann verabschiedet er sich bis zur Sitzung am Samstag von ihm und geht die Fußgängerzone entlang. Lichtenberg wählt ein Café, bei dem die Stühle trotz der fortgeschrittenen Jahreszeit noch vor der Tür stehen.

Eigentlich ist das Wetter ja auch noch ganz brauchbar. Er bestellt sich Milchkaffee und raucht eine Zigarette. Lichtenberg beobachtet die Passanten, wie sie kurz vor den Schaufenstern stehen bleiben oder sich an einem Imbiss ein Stück Pizza kaufen.

Ein jüngeres Pärchen mit einem etwa vierjährigen hübschen Mädchen mit langen blonden Haaren hat sich am Verkaufsfenster der Pizzeria angestellt und wartet darauf, bedient zu werden. Dann stellt sich noch ein jüngerer Mann hinter der kleinen Familie an. Er hat einen Schäferhund an der Leine, und der Hund setzt sich während des Wartens auf seine Hinterbeine. Neugierig nähert sich das kleine Mädchen und will den Hund an der Schnauze anfassen.

Blitzartig beißt das Tier dem Mädchen ins Gesicht. Das

kleine Kind beginnt fürchterlich zu weinen, und blutet heftig. Der Hund hat ihr in die Wange gebissen und eine klaffende Wunde hinterlassen. Auch die Nase scheint verletzt zu sein. Als die Mutter ihr Kind sieht, beginnt sie ebenfalls entsetzt zu schreien. Der Vater steht wie erstarrt mit einem Stück Pizza in der Hand da, lässt es fallen und kniet sich dann vor seine Tochter, die er an den Armen festhält.

Der Mann mit dem Hund ist plötzlich verschwunden. Der Vater versucht mit verzweifeltem Gesichtsausdruck, seine Tochter zu beruhigen und brüllt in die Menge: »Kann mal bitte jemand einen Krankenwagen rufen?«

Ein nebenstehender Mann erklärt: »Ich habe gerade angerufen. Er ist schon unterwegs.«

Nach ein paar Minuten, die Mutter des Kindes ist bleich vor Entsetzen und hat sich auch zu ihrer Tochter auf den Boden gesetzt, kommt der Krankenwagen. Die Sanitäter nehmen das kleine Mädchen und seine Eltern mit und fahren mit Blaulicht und Martinshorn davon.

Ein Polizeiauto ist eingetroffen und die Beamten befragen den Inhaber der Pizzeria und einige umstehende Passanten nach ihren Beobachtungen.

Lichtenberg, der alles aus einiger Entfernung beobachtet hat, ist ebenfalls schockiert. Er bestellt sich ein Bier und zündet sich eine neue Zigarette an. Der Kellner hat den Vorfall ebenfalls beobachtet und spricht Lichtenberg an.

»Wie kann es sein, dass es immer noch zu diesen Unfällen kommt? Da gibt es nun schon strengere Vorschriften mit Wesensprüfungen und Maulkorbzwang, und trotzdem passiert immer noch so viel. Immer wieder werden kleine Kinder von Hunden ins Gesicht gebissen. Ihr ganzes Leben ist durch diesen kurzen Moment schwer beeinträchtigt. Es bleiben hässliche Narben und Verstümmelungen zurück, auch wenn die plastische Chirurgie schon recht gute Resultate liefert.«

»Ja, das ist furchtbar. Dazu kommen noch die seelischen Verletzungen der Kinder, die oft irreparable Störungen zur Folge haben. Dem Hund ist wahrscheinlich gar nicht klar, was er angerichtet hat. Solche Beißereien unter Hunden sind ja nichts Ungewöhnliches.

Sicher, so ein Hund kann ein guter Freund und Kamerad oder Partner-, bzw. Kinderersatz sein, und viele verschüttete Erdbeben- und Lawinenopfer, oder auf andere Weise verloren gegangene Menschen, verdanken ihr Leben Suchhunden. Auch werden viele Verbrechen dank dieser Tiere und ihren feinen Spürnasen aufgedeckt.

Man denke auch an Hunde auf Flughäfen, die Drogen und Sprengstoff erschnüffeln können, oder Krankheiten wie Krebs durch den veränderten Atem von Menschen. Auch Therapie- oder Blindenhunde können eine unverzichtbare Hilfe für ihre Besitzer sein.«

»Aber es gibt auch Vorfälle wie gerade eben. Und der Halter des Tieres ist dafür verantwortlich. Das Tier hat instinktiv gehandelt und das Kind hat die Gefahr nicht gesehen.«

»Die Eltern offensichtlich auch nicht. Hunde sind und bleiben nun einmal Raubtiere, und wenn sie sich in der Öffentlichkeit bewegen, sollten sie prinzipiell einen Maulkorb tragen, dann würde es so etwas nicht geben.«

»Ja, und einen Plastikbeutel am Hintern, damit sie nicht überall hinkacken!«

»Im eigenen Garten oder in speziellen Hundeparks

kann man sie ja ohne herumlaufen lassen. Wenn sie den Besitzer beißen, ist das ja seine Angelegenheit.«

Der Kellner geht wieder weg, da ein anderer Gast seine Rechnung bezahlen möchte.

Lichtenberg kennt den Hundehalter. Er hat ihn schon häufiger im Stadtpark gesehen, wo der Typ regelmäßig mit seinen Kumpanen einen über den Durst trinkt, während er seinem Hund etwas Auslauf gönnt. Welche Strafe hatte er zu erwarten? Eine hohe Geldstrafe oder sogar Gefängnis? Wahrscheinlich eine Geldstrafe und eine zur Bewährung ausgesetzte Gefängnisstrafe. Jedenfalls etwas Lächerliches im Vergleich zu dem lebenslangen Leiden der Opfer. Lichtenberg fährt nach Hause. Abends kommt Matthias. Lichtenberg merkt, dass etwas mit ihm nicht stimmt.

»Wie geht es dir, Matthias? Alles in Ordnung?«

»Frag bloß nicht. Gib mir bitte erst mal ein kühles Bier.«

Sie setzten sich ins Wohnzimmer. Lichtenberg macht zwei Dosen Bier auf und zündet sich eine Zigarette an.

»Ich habe mit meiner Frau gesprochen und ihr ruhig erklärt, was im Urlaub passiert ist. Dass ich eine andere Frau kennengelernt, mich in sie verliebt habe und deshalb die Scheidung will. Du kannst dir ja denken, dass die Stimmung erst mal etwas unfreundlich wurde. Erst dachte sie, ich mache einen Witz, dann hat sie mich beschimpft und schließlich fing sie an zu heulen. Inzwischen hat sie einen üblen Anwalt eingeschaltet und will mich bis aufs Hemd ausziehen und mir das Sorgerecht entziehen. Ich sage dir, es ist die Hölle im Moment. Deshalb bin ich inzwischen auch ausgezogen und habe mir ein kleines Zimmer gemietet.«

»Was hast du denn erwartet? Dass sie dir verständnisvoll

zuhört und dir dann alles Gute für deinen privaten Neuanfang wünscht?«

»Eine etwas verständnisvollere Reaktion hatte ich schon erhofft. Was kann ein Mensch denn für seine Gefühle. So etwas passiert eben im Leben. Das hätte ihr ja genauso passieren können, und ich hätte bestimmt anders reagiert.«

»Ja, natürlich! Sie wird sich schon wieder beruhigen und mit der neuen Situation abfinden. Sieh nur zu, dass du Doris damit nicht belastest, und pflegt eure Beziehung mit viel Liebe. Nächsten Samstag ist hier übrigens wieder Vereinssitzung. Vielleicht hat Doris auch Lust mitzukommen.«

»Ich werde sie mal fragen. Am Freitagabend wollen Dieter und ich die geplante Aktion vor der Diskothek durchführen. Wir ziehen uns T-Shirts mit unserem Vereinsnamen an und versuchen, Betrunkene vom Fahren abzuhalten.«

»Sehr gut! Bin gespannt, was dabei herauskommt.«

Die beiden sehen sich noch gemeinsam einen Film auf DVD an, und dann verabschiedet sich Matthias bis zum Samstag.

Freitag, 3. Oktober. Tag der Deutschen Einheit. Lichtenberg hat für heute nichts geplant, und da es wegen des Feiertages keine Zeitung gibt, ist das Frühstück schnell erledigt. Er beschließt, in den Harz zu fahren und den seit der Wiedervereinigung wieder zugänglichen Brocken zu besuchen.

»Schon seltsam. Als es noch nicht möglich war, den Berg zu besteigen, da hat man es sich manchmal gewünscht. Und als es dann möglich wurde, hat man es nicht gemacht, weil man es jederzeit tun könnte.«

Er packt sich Brote und Kaffee in seinen Rucksack und fährt mit dem Auto zu dem Ort Schierke, in der Nähe des Brockens. Er will den kleinen Berg nicht mit der Brockenbahn erklimmen. Es ist sicherlich ein originelles, wenn auch nicht ganz billiges Erlebnis, sich von dieser urigen Dampflok und den altertümlichen Wagen nach oben bringen zu lassen. Aber der ehemalige Bundespräsident Roman Herzog hat es schließlich vorgemacht und auch empfohlen, den Weg zu Fuß zurückzulegen.

Angesichts seiner geringen Wanderroutine hat Lichtenberg sich für einen kurzen Weg entschieden, und es sind, wie er den Hinweisschildern entnehmen kann, von Schierke aus etwa zwei Stunden zum Gipfel.

Trotz des nicht mehr sommerlichen Wetters sind noch einige andere Wanderer unterwegs. Nach ein paar Minuten strammen Gehens gerät er aus der Puste und das Herz rast wie wild. Lichtenberg muss dringend etwas für seine Kondition tun. Nach einer Stunde entlang des Bahnparallelweges macht er eine Kaffeepause. Er ist froh, nach fast zwei Stunden, zum Schluss auf einem recht steilen, unwegsamen und steinigen Teilstück, das den Namen Weg eigentlich nicht verdient, auf dem Gipfel zu sein.

Der Gipfel ist eine große flache Kuppe mit niedrigem Pflanzenbewuchs, einem turmartigen Hotel mit Selbstbedienungsrestaurant im Erdgeschoss, einem Restaurant in luftiger Höhe und ganz oben eine überdachte und verglaste Aussichtsterrasse, Imbissbuden, einem kleinen Bahnhof, Sendemast, Radarstation, Museum, einer historischen Schutzhütte aus Stein, einem Gedenkstein für Heinrich Heine und einer runden Fläche, die wie ein Altarplatz aussieht, mit einigen Felssteinen in der Mitte und ringförmig drum herum platzierten Metalltafeln auf dem Boden, mit Entfernungsangaben von Städten in allen Himmelsrichtungen. An den Felssteinen ist einen Meter über dem Boden auf einer Metallplatte die Höhe über dem Meeresspiegel angegeben. 1142 Meter.

Lichtenberg isst ein paar von den mitgebrachten Broten und trinkt den immer noch schön heißen Kaffee. Danach zündet er sich eine Zigarette an und betrachtet die Umgebung und die Ortschaften unter ihm in der Ferne. Dann macht er sich auf den Rückweg und freut sich dabei über die Unterstützung durch die Schwerkraft.

Er wählt den längeren und bequemeren Weg über die Brockenstraße, auf der einige Fahrzeuge mit Sondergenehmigung fahren dürfen. Von hinten rasen von Zeit zu Zeit einige Radfahrer mit irrsinnigem Tempo an ihm vorbei den Berg hinunter.

Als er nach etwa eineinhalb Stunden wieder an seinem Auto ankommt, ist er heilfroh und erschöpft. Er hat die Aktion unterschätzt. Nun spürt er die schmerzhaften Blasen an seinen Fußsohlen und auch seine Muskeln und Gelenke tun ihm weh. Zu Hause nimmt er erst mal ein heißes Bad und entspannt sich anschließend mit einer Zigarette und einer Flasche Bier vor dem Fernsehgerät. Für ihn ist der 3. Oktober in Zukunft der Tag der schmerzenden Füße.

VEREINSSITZUNG

Sonnabend, 4. Oktober. Da die Vereinssitzung am heutigen Abend stattfinden soll, kauft Lichtenberg noch Getränke und Zutaten für belegte Brote sowie Chips und Salzstangen ein. Nachdem er seine Einkäufe erledigt hat, fährt er zum Prinz-Albrecht-Park, um dort etwas zu laufen.

Seine mangelhafte Kondition ist ihm bei seiner Tour auf den Brocken schmerzhaft bewusst geworden. Die Parkwege sind gut ausgebaut, und es gibt sogar einen Trimm-dich-Pfad. Viele Leute nutzen hier die Möglichkeit zum Dauerlauf. Heinrich Lichtenberg zieht seine Joggingkleidung und seine Turnschuhe an und läuft los. Nach etwa drei Kilometern setzt er sich auf eine Bank, um eine Pause einzulegen. Er hat seit gestern Muskelkater, und die Blasen unter seinen Füßen tun ihm höllisch weh.

Lichtenberg muss einsehen, dass es zu früh war, mit dem Lauftraining zu beginnen und will deshalb die Aktion für heute lieber beenden. Er zündet sich eine Zigarette an und sieht den vereinzelt vorbeikommenden Läufern zu. Ihm fällt auf, dass man am Laufstil das Geschlecht des Läufers erkennen kann, weil Frauen einen etwas anderen Körperbau als Männer haben. Auch ein älterer Mensch läuft etwas anders als ein jüngerer, selbst wenn er noch so sportlich daherkommt. Wahrscheinlich auch eine Folge der veränderten Skelettstruktur im Alter.

Wieder trabt ein älterer Mann an ihm vorbei. Nach einer Weile hört er einen Hund in einiger Entfernung bellen. Lichtenberg sieht, wie er den Jogger verfolgt und mit den Zähnen nach seinen Schuhen schnappt. Der Mann hält an und versetzt dem Hund zur Abwehr einen Tritt mit dem Fuß. In diesem Moment stürmt von hinten ein junger Mann auf den Jogger zu und versetzt ihm einen Faustschlag gegen den Kopf, sodass der Mann bewusstlos zu Boden geht. Offensichtlich glaubt das Herrchen, seinen Hund beschützen zu müssen, und ist deshalb auf den Jogger losgegangen. Dabei hat dieser sich nur zur Wehr gesetzt. Aber jeder hat eben seine eigene Vorstellung von Gerechtigkeit. Der junge Mann zieht ungerührt mit seinem Hund weiter, ohne sich nach dem am Boden liegenden Mann noch einmal umzudrehen. Lichtenberg ist anscheinend von dem Hundebesitzer noch nicht entdeckt worden, weil die Sicht durch einige Bäume erschwert ist. Er schleicht sich hinter einen Busch neben der Bank und beobachtet aus der Deckung heraus das sich nähernde Gespann.

Lichtenberg erkennt den Mann und seinen Hund wieder. Die beiden hat er vor kurzem vor der Pizzeria in der Stadt gesehen, und der Hund hat das kleine Mädchen gebissen. In der Zeitung stand heute morgen, dass noch Zeugen für den Vorfall gesucht werden. Anscheinend ist er bisher noch nicht geschnappt worden und der jetzt niedergeschlagene Jogger hat sein Gesicht wahrscheinlich auch nicht gesehen.

Lichtenberg hat jedoch beide Vorfälle beobachtet und fühlt sich nun in der Verantwortung, etwas zu tun. Er sieht, wie der Mann in den nächsten abzweigenden Weg einbiegt, und da Lichtenberg weiß, wie der Weg verläuft, nimmt er eine Abkürzung quer durch den Park.

Als er auf den Weg trifft und in der Ferne Herrchen und Hund kommen sieht, verbirgt er sich hinter einem Baum und wartet ab. Der Mann kommt langsam näher, und der schwache Wind weht so günstig, dass der Hund ihn nicht wittern kann. Lichtenberg steht bewegungslos da und hält einen schweren Ast in der linken Hand, den er in der Nähe gefunden hat. Als der Mann gerade an dem Baum vorbeikommt, geht Lichtenberg um den Stamm herum, um nicht gesehen zu werden, und als der Mann ein paar Meter weiter gegangen ist, schnellt er hervor und schlägt ihm den Ast auf den Kopf. Der Mann sinkt zu Boden und der Hund kläfft Lichtenberg aufgeregt an. Er versetzt auch dem Vierbeiner einen kräftigen Hieb auf den Kopf, und auch dieser geht besinnungslos zu Boden. Er geht auf den Hund zu, und als er merkt, dass dieser noch lebt, nimmt er seinen Kopf in die Hände und bricht ihm mit einem Ruck das Genick.

Der Hund war offensichtlich eine ständige Gefahr für andere Menschen und musste beseitigt werden. Der junge Hundebesitzer lebt noch und kommt wahrscheinlich mit etwas Glück mit einer Gehirnerschütterung und einer dicken Beule davon. Das hält Lichtenberg jedoch nicht für eine angemessene Bestrafung. Er will ihn nicht umbringen, aber er soll etwas haben, was ihn an seine Untaten erinnert.

Er zieht den toten Schäferhund an sein Herrchen heran, nimmt die Schnauze des Tieres in die Hände und öffnet die Kiefer. Er sieht die scharfen Zähne des Hundes, der offensichtlich kein Problem mit Karies hatte, und lässt die

Kiefer am Gesicht des Mannes mit der Kraft seiner Hände fest zusammenschnappen.

Es klafft eine ähnliche Wunde an seiner Wange, wie bei dem Mädchen. Der Mann blutet stark im Gesicht. Lichtenberg sieht sich um, und offensichtlich ist er von niemandem entdeckt worden. Er wirft den Knüppel zurück in den Wald und geht noch einmal zu der Stelle, an der der Jogger niedergeschlagen wurde. Als er sieht, dass der Mann verschwunden ist, verlässt er den Park und fährt nach Hause.

Gegen Abend kommen die Vereinsmitglieder zur Sitzung. Lichtenberg hat inzwischen die Brote fertig gemacht und das Bier aus dem Keller geholt. Matthias hat Doris mitgebracht, und Lichtenberg begrüßt sie freundlich. Dieter ist allein gekommen, und Markus Oppenheimer hat seine neue Freundin Gisela Bergmann dabei, die seit der Baumfällung auch zum Verein gehört. Tobias Neumann ist als Büroleiter natürlich auch anwesend und führt das Protokoll. Lichtenberg eröffnet die Sitzung und begrüßt die Vereinsmitglieder. Er erklärt, dass die German Road Patrol nun auch offiziell als Verein angemeldet ist und verteilt die Mitgliedsausweise. Er bittet Matthias zu berichten, was bei der gestrigen Aktion vor der Diskothek herausgekommen ist.

»Im Großen und Ganzen verlief die Aktion gut. Dieter und ich haben unsere T-Shirts angehabt, die Infoblätter verteilt und den Leuten angeboten, einen Atemalkoholtest mit unserem Gerät zu machen.

Es haben einige mitgemacht und fanden das auch ganz witzig. Allerdings gab es ein kleines Problem, als wir einen offensichtlich Betrunkenen davon abbringen wollten, sich ans Steuer zu setzen. Auch sein Kumpel und die beiden

Mädchen waren nicht begeistert, weil sie selbst besoffen waren und keiner mehr fahren durfte. Die wollten unbedingt nach Hause fahren und wurden etwas pampig, nach dem Motto, wir sollten uns um unsere Angelegenheiten kümmern und uns verpissen.«

»Und wie ist die Sache weitergegangen?«

»Na ja, wir haben dann seinen Autoschlüssel in Verwahrung genommen und daraufhin ist der Kerl handgreiflich geworden. Jedenfalls haben wir gewonnen, und der Typ hat jetzt ein blaues Auge und eine blutige Nase. Irgendwann kam dann die Polizei und hat die Personalien aller Beteiligten aufgenommen. Die vier Besoffenen haben sich dann mit einem Taxi davongemacht. Wir haben die Aktion beendet und sind nach Hause gefahren. Mal sehen, was daraus wird.«

»Gibt es inzwischen auch was Neues im Büro? Erzähl doch mal, Tobias.«

»Äääh, ja! Ich habe gestern unsere Infoblätter in der Fußgängerzone verteilen lassen und dazu zwei nette junge Mädchen als Freiwillige angeheuert, indem ich ihnen ein Eis spendiert habe. Sie waren gleich voll begeistert und haben sich gefreut, dass sie sich mal nützlich machen können. Sie sollten die Broschüren verteilen und dabei mit der Spendendose Geld einsammeln. Dafür hätten sie die Vereins-T-Shirts behalten dürfen und von mir anschließend noch Kaffee und Kuchen bekommen. Es hat sich aber herausgestellt, dass sie nach einer Stunde mit der Spendenbüchse durchgebrannt sind und die übrigen Prospekte in einem Papierkorb entsorgt haben. Die Spenden haben sie in einer Kneipe versoffen und da Streit angefangen. Unsere T-Shirts hatten sie da noch an. Jedenfalls war das die Aussage der Polizei. Ich glaube, wir haben keine gute Presse, wenn das bekannt wird.«

»Und was habt ihr uns zu berichten, Markus?«

»Gisela und ich haben Freitagnacht mit Farbsprüh-dosen eine Aktion am Bahnhof durchgeführt und auf die vielen Verkehrstoten durch mangelnde Sicherheitsvor-kehrungen bei der Bahn aufmerksam gemacht. Beinahe wären wir dabei geschnappt worden, aber wir konnten der Polizei im letzten Moment entwischen.«

»Die Verteilung der Broschüren in der Fußgängerzone war ja dann wohl ein Flop. In Zukunft sollten wir nur mit bewährten Mitgliedern arbeiten und kein externes Per-sonal beauftragen. Die Aktion vor der Diskothek finde ich ganz erfolgreich. Möglicherweise habt ihr durch euer Eingreifen einen schlimmen Unfall verhindert, was wir allerdings nie erfahren werden.

Die Sprayaktion würde ich auch als Erfolg werten und so ist die Bilanz insgesamt recht positiv. Ich denke, wir sollten auf dieser Schiene weitermachen und uns auf spektakuläre Aktionen konzentrieren, die die Öffentlichkeit wachrütteln und dann praktikable Lösungsvorschläge präsentieren. Die Entschärfung von Unfallschwerpunkten ist sowieso im Gange, auch ohne unser Engagement und wird von der Politik voran-getrieben.

Wir müssen uns solche Problemfelder heraussuchen, die noch unbearbeitet sind und unkonventionelle Lösungen erarbeiten. Ich schlage vor, wir greifen eine Idee unseres Vereinsmitgliedes Matthias auf und puschen das Thema Lkw- Unfälle beim Abbiegen, wobei insbesondere Rad-fahrer immer wieder übersehen und überfahren werden.

Wir setzen uns für Vollverkleidungen an Lkws ein und machen mit Aktionen auf das Thema aufmerksam.«

Matthias meldet sich zu Wort: »Man könnte einen riesigen Berg von alten Fahrrädern in der Innenstadt auftürmen, um auf die vielen überfahrenen Radfahrer hinzuweisen.«

Lichtenberg ist von der Idee beeindruckt. »Brillant, Matthias! Wir organisieren über das Internet einen Aktionstag und rufen die Bevölkerung dazu auf, ihre alten Räder an diesem Tag auf einem bestimmten Platz auf einen Haufen zu werfen. Wir machen ein paar Plakate dazu und verkaufen Bier und Bratwürste. Das bringt garantiert reichlich Presse und unseren Verein in die Schlagzeilen.«

Die Gruppe stimmt zu. »Dieter, du hattest doch die Aufgabe, eine Vereinshymne zu dichten. Bist du so weit, uns ein Ergebnis deiner Bemühungen zu präsentieren?«, fragt Lichtenberg.

»Ich habe tatsächlich schon ein paar Zeilen getextet und zusammen mit Matthias etwas geübt. Wenn es recht ist, werden wir das Lied jetzt mal versuchsweise anstimmen. Achtung, es geht los!« Matthias und Dieter beginnen zusammen nach einer simplen, monotonen Melodie zu singen.

»Droht irgendwo Gefahr …ist etwas nicht im Lot …so zögere nicht und hol …die German Road Patrol! Ja, Ja, die German Road Patrol …die haben alle gern …denn wenn es möglich ist …hält sie dich vom Sarge fern.

Wir sind ein Sicherheitsverein …und lassen jeden rein …der unsere Ziele teilt …und der Gefahr entgegen eilt.

Droht irgendwo Gefahr …ist etwas nicht im Lot …so zögere nicht und hol …die German Road Patrol.«

Die übrigen Vereinsmitglieder spenden nach der Präsentation freundlichen Applaus.

»Großartig! Ich danke unseren Vereinsmitgliedern Matthias und Dieter für ihre Darbietung und beende hiermit den offiziellen Teil unserer Versammlung«, erklärt Lichtenberg. Der weitere Abend verläuft recht munter und feucht-fröhlich. Am nächsten Tag, nach dem Frühstück, reisen die Vereinsmitglieder wieder ab, und Lichtenberg fragt sich, ob diese ganze Vereinsgründung nicht doch eher eine Schnapsidee war. Immerhin haben sie aber bis jetzt ihren Spaß dabei. Am späten Nachmittag ruft er seine neue Freundin Maike in Emden an. Sie freut sich sehr, von ihm zu hören und sie verabreden sich für den nächsten Samstag. Er will sie dort besuchen und sie wollen dort gemeinsam etwas in der Natur erleben.

11. Oktober. Lichtenberg trifft um zehn Uhr bei Maike ein. Sie umarmen sich innig, als wenn sie sich schon sehr lange nicht gesehen hätten. Maike wirkt etwas aufgedreht und ist offensichtlich unternehmungslustig.

»Wie geht es dir Maike? Wie war deine Woche?«

»Es geht mir sehr gut, und ich habe mich schon die ganze Zeit auf heute gefreut. Hast du schon eine Idee, was wir machen können?«

»Ich habe einen prallen Picknickkorb mitgebracht und schlage vor, wir setzen mit der Fähre nach Borkum über, leihen uns Fahrräder und machen eine kleine Radtour.«

Maike ist einverstanden. Auf Borkum radeln sie an der Küste entlang und atmen die frische Seeluft ein. Das Wetter ist nicht mehr sommerlich, aber in ihren Jacken und durch die Anstrengung beim Radfahren, ist ihnen nicht kalt. Es sind noch einige andere Fußgänger und Radfahrer unterwegs. Nach einer Stunde wollen sie eine Pause einlegen und schieben ihre Räder in die Dünen, um sich dort ein ruhiges Plätzchen zu suchen.

Unbeobachtet zwischen kleinen Sandbergen breiten sie die Picknickdecke aus und nehmen die mitgebrachten Leckereien aus dem Korb. Lichtenberg hat Kaffee, belegte Brote, Obst, Salate und eine Flasche Sekt dabei. Er öffnet die Flasche und der Sektkorken fliegt mit einem Plopp einige Meter in die Höhe. Sie stoßen mit ihren Gläsern auf ihre Freundschaft an.

»Maike, ich muss dir ein Geständnis machen. Ich habe mich schwer in dich verliebt. Ich hoffe, du bist nicht schockiert.«

»Ein schöneres Geständnis hättest du mir nicht machen können. Ich habe mich auch in dich verliebt.«

Die beiden küssen sich und lieben sich dann zwischen den Dünen unter den am blauen Himmel vorbeiziehenden Wolken. Der Wind schluckt die Geräusche, die sie dabei machen. Danach liegen sie nackt und aneinander gekuschelt auf dem Rücken.

»Ich habe in der Liebe und dem Sex noch einiges nachzuholen. Hoffentlich hast du eine gute Kondition, Heinrich.«

»Ich arbeite daran. Ich habe kürzlich mit Lauftraining begonnen. Aber der gemeinsame Sport mit dir ist natürlich bedeutend angenehmer. Ich finde, du hast eine tolle Figur, und ich muss noch mehr trainieren, damit ich mit dir mithalten kann.«

Lichtenberg gießt ihnen eine Tasse vom mitgebrachten Kaffee ein und zündet sich eine Zigarette an. Er betrachtet beim Rauchen den Himmel und die unterschiedlichen

Wolkenformen. »Siehst mal die dicke Wolke, die jetzt kommt, Maike! Die sieht aus, wie der Kopf von Frau Meinersen, meiner Nachbarin.«

»Die Ärmste! Die Wolke dahinten sieht aus, wie der Hintern von meiner Chefin im Schuhgeschäft.«

»Dann sollte sie unbedingt mal ein paar Kniebeugen zur Straffung machen. Was hältst du davon, mit mir eine Kreuzfahrt in der Karibik zu machen? Das wollte ich schon lange mal tun, und jetzt hätte ich die Zeit und mit dir auch einen Menschen, mit dem ich das zusammen machen könnte. Zwei oder drei Wochen Sonne, karibische Wärme, Meer, Strand, Palmen und kühle Drinks am Abend. Wie wäre das?«

»Ein schöner Traum, aber ich kann mir das finanziell nicht erlauben.«

»Ich lade dich natürlich ein. Du musst dir nur Urlaub nehmen, dann buche ich uns eine Reise und wir können in ein paar Wochen schon unterwegs sein. Hier wird das Wetter ja sowieso ungemütlich.«

»Wenn du das wirklich ernst meinst, dann bin ich dabei und frage gleich am Montag, ob ich Urlaub bekomme. Das wäre wirklich eine tolle Sache, wenn das klappt. Dafür bekommst du jetzt einen Kuss.«

Die beiden verbringen noch einige Zeit in ihrem Versteck in den Dünen und setzen dann ihre Fahrradtour fort. Maike verspürt plötzlich den Wunsch, im Meer zu baden. Sie legen ihre Fahrräder am Strand ab, ziehen ihre Kleider bis auf die Unterwäsche aus und laufen ins Wasser hinein. Es kostet beide etwas Überwindung, ins Wasser zu gehen, aber sie schaffen es schließlich und schwimmen in dem zu dieser Jahreszeit doch recht kühlen Gewässer, das ja auch im Hochsommer nicht wirklich warm wird. Maike taucht nicht ganz unter, weil ihre Haare nicht völlig nass werden sollen. Nach ein paar Minuten haben die beiden genug und laufen frierend zu ihren Sachen zurück. Als sie dort ankommen, sind sie von dem Wind schon fast abgetrocknet und ziehen ihre Kleider wieder an. Sie fahren weiter und machen an einer Gaststätte am Wegesrand eine Kaffeepause.

»Was glaubst du, wie es mit uns beiden weitergeht, Heinrich? Siehst du mich als kleine Affäre oder denkst du, es könnte etwas Langfristiges werden? Ich bin jedenfalls sehr glücklich, mit dir zusammen sein zu können.«

»Mir geht es genauso, und ich fände es auch sehr schön, mit dir zusammenbleiben zu können. Meine Liebe habe ich dir ja schon gebeichtet.«

Heinrich gibt ihr einen Kuss auf den Mund und sie lächelt. Abends sind sie wieder zurück und essen in dem Restaurant, in dem sie an ihrem ersten gemeinsamen Abend schon waren. Er bleibt über Nacht bei ihr und sie verbringen auch noch den Sonntag bis zum Nachmittag zusammen. Dann verabschieden sie sich, und Lichtenberg fährt wieder nach Hause.

EIN TRAUMATISIERTES KIND

Montag, 20. Oktober. Lichtenberg will ein Reisebüro in der Fußgängerzone aufsuchen, weil er sich nach Kreuzfahrten in der Karibik erkundigen möchte. Da sieht er das kleine Kind, das von dem Hund gebissen wurde, mit seiner Mutter vor einem Brunnen stehen. Das Mädchen hat offenbar Nasenbluten. Die Mutter kniet vor ihr und hält ihr ein Taschentuch vor die Nase, um das Blut aufzufangen. Lichtenberg geht zu ihnen und spricht die Mutter an.

»Was hat die Kleine denn? Ist sie hingefallen?«

»Nein, ich glaube, sie hat nur zu heftig in der Nase gebohrt. Haben Sie vielleicht ein sauberes Papiertaschentuch? Ich habe keins mehr, und das hier ist schon voller Blut.«

»Hier bitte! Geben Sie mir das andere.«

Lichtenberg nimmt das blutverschmierte Taschentuch an sich und betrachtet die Wange des Mädchens, auf der sich deutlich eine Narbe abzeichnet, die das hübsche Gesicht verunziert. Ihre Nase, die auch verletzt war, ist wieder völlig verheilt.

»Das war doch Ihre Tochter, die hier neulich von einem

Hund gebissen wurde. Wie hat sie das Ganze denn verkraftet?«

»Ja, das war ein ganz schlimmer Schock für uns. Seitdem leidet unser Kind unter Albträumen und Ängsten. Besonders vor Hunden hat sie verständlicherweise jetzt Panik. Sie ist in therapeutischer Behandlung, und wir hoffen, dass es hilft. Aber die Narbe in ihrem Gesicht wird sie natürlich ihr Leben lang begleiten. Ich hoffe, dass man den Hundebesitzer irgendwann findet und bestraft.«

»Ich würde mich gern noch etwas mit Ihnen unterhalten, wenn Sie Zeit und Lust dazu haben. Da vorne sind ein paar Bänke, und wir könnten uns da einen Moment hinsetzen. Ich habe nämlich eine Idee.«

»Von mir aus gern. Ich habe gerade etwas Zeit.«

»Dann gehen Sie schon mal vor. Ich besorge uns etwas zu trinken. Was möchten Sie?«

»Einen schwarzen Kaffee für mich und eine Limonade für meine Tochter.«

Lichtenberg holt einen Strohhut aus seinem Auto, den er von dem Antiquitätenhändler geschenkt bekommen hat und den er seither in seinem Auto als Blendschutz bei tief stehender Sonne verwendet. Dann kauft er ein paar Becher mit Getränken in einem Schnellrestaurant und geht zu der Mutter und dem Mädchen zurück. Das kleine Mädchen läuft fröhlich um einen Brunnen herum und jagt dabei nach Tauben, die davon wenig beeindruckt sind und sich natürlich nicht erwischen lassen. Seine Mutter hat es sich auf einer Bank bequem gemacht. Lichtenberg setzt sich zu ihr und reicht ihr den Kaffeebecher und die Limonade.

»Stört es Sie, wenn ich rauche?«

»Nein, machen Sie nur. Was ist das für eine Idee, von der Sie vorhin sprachen?«

Lichtenberg zündet sich eine Zigarette an und nimmt einen Schluck von dem Kaffee.

»Kinder sind doch sehr leichtgläubig und ich denke, wenn man ihr eine Art Zauber vormacht, irgend etwas Geheimnisvolles, dann könnte das einen heilsamen psychologischen Effekt haben. Man weiß doch schon seit einiger Zeit, wie wichtig die Psychologie für die Heilung ist. Selbst der weiße Kittel des Arztes und die Überzeugung, dass einem geholfen wird, tragen schon wesentlich zur Genesung bei.«

»Ja, ist schon klar. Und was stellen Sie sich für meine Tochter vor?«

»Vertrauen Sie mir einfach, und lassen Sie mich machen.«

Die Mutter ruft ihre Tochter zu sich und erzählt ihr, dass Lichtenberg ein großer Zauberer ist und ihr helfen will.

»Wie heißt du denn?«

»Ich heiße Lena, und du?«

»Ich heiße Heinrich.«

»Das ist aber ein komischer Name für einen Zauberer.«

»Das ist ja auch nur mein privater Tarnname. Als Zauberer werde ich ›Der große Don Lichtenberg‹ genannt. Ich habe hier einen verzauberten Strohhut bei mir, den mir ein anderer großer Zauberer geschenkt hat. Ich habe gehört, dass du große Angst vor Hunden hast, weil dich einer gebissen hat, und diese Angst will ich wegzaubern, damit es dir wieder besser geht. Bist du einverstanden?« Lena nickt. Lichtenberg holt das blutige Papiertaschentuch heraus und taucht eine Ecke davon kurz ins Brunnenwasser.

»Ich schreibe jetzt mit deinem Blut von dem Taschentuch das Datum auf den Hut, bei dem der Hund dich gebissen hat. Ich weiß, dass es der 2. Oktober war.«

Neugierig sieht das kleine Mädchen zu, wie Lichtenberg mit dem zu einer Spitze zusammengedrehten Taschentuch das Datum auf den Strohhut schreibt und dazu geheimnisvolle und unverständliche Worte vor sich hin murmelt. Dann schwenkt er den Hut durch die Luft und legt ihn in einiger Entfernung auf den Boden. Das kleine Mädchen folgt ihm.

»Ich verbrenne jetzt den Hut und wenn du morgen früh aufwachst, dann hast du alles vergessen, was an dem Tag, als der Hund dich gebissen hat, passiert ist. Du hast dann auch keine Angst mehr und kannst wieder gut schlafen.«

Lichtenberg zündet den Hut mit seinem Feuerzeug an und die drei beobachten, wie der Strohhut in Rauch und Flammen aufgeht. Einige Passanten sehen dem Treiben irritiert zu. Nach kurzer Zeit hat sich der Hut in ein Häufchen Asche verwandelt. Die Mutter des Mädchens reicht Lichtenberg die Hand.

»Vielen Dank für die Vorstellung. Falls es nichts helfen sollte, war es zumindest recht unterhaltsam. Ich wünsche Ihnen alles Gute, und danke für den Kaffee und die Limonade.«

Mutter und Tochter winken Lichtenberg zum Abschied zu, und er bleibt noch auf der Bank sitzen, raucht eine Zigarette und trinkt den restlichen Kaffee aus. Dann geht er in das Reisebüro und nimmt sich Prospekte von Karibikkreuzfahrten mit. Als er abends wieder zu Hause ist, setzt er sich vor den Fernseher, macht sich eine Flasche Bier auf und sieht sich die Nachrichten an.

Lichtenberg fühlt sich müde und erschöpft. Er meint, Anzeichen einer Grippe bei sich zu spüren und misst seine Körpertemperatur. Achtunddreißig Grad! Kein Zweifel, er ist krank.

Er schleppt sich die Treppe hoch, legt sich ins Bett und schläft sofort ein. Als er am nächsten Tag aufwacht, fühlt er sich elend und immer noch fiebrig. Seine Muskeln und Gelenke schmerzen. Er vermutet, dass die letzte Grippeimpfung bei ihm nicht gewirkt hat. Mit letzter Kraft holt er sich eine Flasche Wasser aus der Küche und schläft bald wieder ein. Auch die nächsten Tage bringen keine Besserung und Lichtenberg verliert langsam das Zeitgefühl. Er weiß nicht mehr, wie lange er schon im Bett liegt und welcher Wochentag gerade ist. Das Telefon klingelt ständig, aber er kann das Geräusch nicht einordnen. Irgendwann später wird er von einem lauten Klingeln geweckt, und er sieht wie durch einen Nebel hindurch einige Personen vor seinem Bett stehen. Dann verliert er wieder das Bewusstsein.

Matthias hat die Polizei gerufen, weil Heinrich Lichtenberg nicht mehr zu erreichen war, und keiner wusste, wo er abgeblieben ist. Er war mit Lichtenberg verabredet und der hätte sich garantiert gemeldet, wenn ihm was dazwischen gekommen wäre. Die Polizei hat die Eingangstür von einem Schlüsseldienst öffnen lassen und Lichtenberg in seinem schlechten Zustand gefunden. Er wurde sofort ins Krankenhaus gebracht und man hat seine Tochter benachrichtigt. Sie eilt zusammen mit Jasmin ins Krankenhaus und spricht mit dem verantwortlichen Arzt.

»Wie geht es meinem Vater und was hat er?«

»Ihrem Vater geht es leider nicht besonders gut. Er wird gerade intensivmedizinisch wegen einer Sepsis behandelt.«

»Was ist eine Sepsis?«

»Das ist eine Blutvergiftung. Die Heilungschancen sinken dabei leider mit zunehmendem Lebensalter und man muss mit dem Schlimmsten rechnen. Wir tun alles für ihn, was wir können.«

»Wieso Blutvergiftung? Hat er sich verletzt, oder wo kommt das her?«

»Eine Verletzung konnten wir nicht feststellen, aber eine Blutvergiftung kann man auch ohne Verletzung bekommen, wenn das Immunsystem geschwächt ist. Dann können Keime, die jeder Mensch im Körper trägt und die normalerweise keine Probleme machen, sich ausbreiten.«

»Können wir mal kurz zu ihm?«

»Mit entsprechenden Vorsichtsmaßnahmen können sie das tun. Er ist aber im Moment nicht ansprechbar.«

Manuela und Jasmin gehen zu Lichtenbergs Krankenbett und sehen ihn an. Er ist mit Schläuchen und Kabeln an diverse Geräte angeschlossen. Jasmin bittet Manuela, das Amulett mit dem darauf abgebildeten Skarabäus, das sie bei dem Antiquitätenhändler gekauft haben, auf Lichtenbergs Stirn zu legen, was diese auch tut. Dann flüstert sie, wie mit Jasmin besprochen, den eingravierten lateinischen Spruch dreimal in Lichtenbergs Ohr. »Ludit in humanis divina potentia rebus.«

»Was heißt denn das?«, fragt Jasmin. »Ich weiß es auch nicht, mein Schatz.«

Der Arzt, der alles mitgehört hat, übersetzt es ihnen.

»Das bedeutet, in menschlichen Angelegenheiten spielt eine göttliche Macht mit.«

Manuela bedankt sich bei dem Arzt und verabschiedet sich. Jasmin und Manuela verlassen das Krankenhaus und gehen in der Stadt spazieren. Als sie über eine Brücke gehen, die über die Oker führt, machen sie in der Mitte halt und sehen in das vorbeifließende Wasser.

»Mach dir keine Sorgen. Opa wird bestimmt wieder gesund!«

»Natürlich wird Opa wieder gesund!«, antwortet Jasmin und wirft das Amulett in den Fluss.